Diogenes Taschenbuch 22447

de
te
be

Prosper Mérimée

Meister-erzählungen

Mit einem Nachwort von V.S. Pritchett

Diogenes

Der vorliegende Band enthält
eine Auswahl aus den Novellenbänden
Eine tragische Liebschaft und
Die Venus von Ille, beide erschienen
im Diogenes Verlag, Zürich 1985
Die Novelle ›Eine tragische Liebschaft‹ wurde von
Adolf V. Bystram übersetzt, alle anderen
Übersetzungen stammen von Arthur Schurig
Die Übersetzungen erschienen erstmals 1924
im Buchenau & Reichert Verlag, München
Das Nachwort von V.S. Pritchett
wurde erstmals auf deutsch unter dem Titel
›Der englische Franzose‹ im Band
V.S. Pritchett, *Der lebende Roman*,
in der Übersetzung von Ruth Weiland-Freeman,
Transmare Verlag, Berlin 1947, veröffentlicht
Umschlagillustration:
Jean-Antoine Watteau, ›Das Bad der Diana‹,
ca. 1715 (Ausschnitt)
Foto: Peter Willi/ARTOTHEK

www.diogenes.ch
30/03/36/2
ISBN 3 257 22447 8

Inhalt

Matteo Falcone

WENN MAN VON PORTOVECCHIO IN DAS Innere der Insel wandert, in nordwestlicher Richtung, steigt der Weg ziemlich rasch, und nach drei Stunden Marsch auf sich schlängelndem Saumpfad, den mächtige Felsblöcke verbauen und zuweilen Schluchten unterbrechen, steht man am Rand einer weitausgedehnten Macchia.

Hier ist die Heimat der korsischen Hirten und der Schlupfwinkel derer, die mit dem Gericht in Widerstreit geraten sind. Nun muß man wissen: auf Korsika erleichtert sich der Bauer die Mühe, sein Feld zu düngen, indem er ein Stück Wald in Brand steckt; fliegt das Feuer weiter, als der Zweck es erheischt, so ist das schlimm; doch was auch geschehen mag, die Saat unter der Asche der Bäume, die diese Flur beschatteten, sichert ihm gute Ernte. Die Ähren werden gesichelt, während das Stroh, das zu sammeln zu umständlich wäre, liegen bleibt; und aus den unverbrannten Baumwurzeln treiben im Frühling darauf üppige Sprößlinge, die in ein paar Jahren sieben bis acht Fuß hoch sind. So entsteht ein Buschwald, die Macchia geheißen, aus allerlei Bäumen und Sträuchern, die wirr durcheinander wachsen, wie der göttliche Zufall es fügt. Nur mit der Axt in der Hand bricht sich der Mensch darin Bahn, und an manchen Stellen ist das Dickicht so unzugänglich, daß sogar Wildschafe nicht durchkommen.

Wer einen Menschen umgebracht hat, enteilt in die Macchia von Portovecchio. Dort fristet er sein Leben ungefährdet, wenn er eine gute Büchse,

Pulver und Blei besitzt; nicht zu vergessen den Pilone (das ist ein brauner Kapuzenmantel), der als Lager und Decke dient. Die Hirten spenden Milch, Käse und Kastanien; vom Gericht und von der Sippe des Gemordeten hat er nichts zu befürchten, außer wenn er nach neuem Schießvorrat hinab ins Dorf muß.

Als ich im Jahre 18.. auf Korsika weilte, hatte Matteo Falcone sein Haus eine halbe Miglie vor diesem Buschwald. Nach dortigem Begriff war er ein wohlhabender Mann; er lebte vornehm, das heißt ohne viel zu tun, vom Ertrag seiner Herden, die von Hirten (einer Art Nomaden) nach den verstreuten Weiden im Hochlande geführt werden. Ich habe ihn kennengelernt zwei Jahre nach dem Ereignis, das ich erzählen will; er kam mir höchstens fünfzig Jahre alt vor. Man stelle sich einen kleinen, aber kräftigen Mann vor mit pechschwarzem krausem Haar, Adlernase, schmalen Lippen, großen lebhaften Augen und einer Hautfarbe vom Braungelb der Stulpenstiefel. Er galt als hervorragender Schütze, was viel besagt in einem Lande, das daran nicht Mangel hat. Wildschafe zum Beispiel traf Matteo auf hundertzwanzig Schritt mit der Kugel im Kopf oder Blatt, je nachdem. Nachts handhabte er seine Waffe genau so gut wie bei Tag, und man hat mir eine Probe seiner Geschicklichkeit berichtet, die mancher, der Korsika nicht kennt, kaum glauben wird. Man stellte in Entfernung von achtzig Schritt eine angezündete Kerze hinter einer tellergroßen Scheibe aus Ölpapier auf. Er legte an; dann blies man das Licht aus. Nach einer Minute drückte er ab und verfehlte die Scheibe im Stockdunklen bei vier Schuß nur einmal.

Bei so außerordentlicher Tüchtigkeit erfreute sich Matteo Falcone hohen Ansehens. Es hieß, er wäre als Freund so treu wie gefährlich als Feind. Sonst war er gefällig und mildtätig, hielt mit jedermann im Bezirk Frieden; allerdings ging das Gerücht, er habe sich in Corte, woher sein Weib gebürtig war, eines im Streit wie bei Liebschaften gleich unbequemen Rivalen in urwüchsiger Weise entledigt. Jener Flintenschuß nämlich, der besagten Nebenbuhler beim Rasieren am Fenster ins Jenseits beförderte, ward keinem andern zugeschrieben als dem Matteo. Noch war diese Geschichte nicht ganz vergessen, da führte er Giuseppa heim. Seine Frau schenkte ihm zunächst drei Mädchen (worüber er wütete) und endlich einen Jungen, der — die Hoffnung der Familie und der Erbe des Namens — Fortunato getauft wurde. Die Töchter waren längst gut verheiratet; bei Bedarf konnte Matteo auf die Dolche und Stutzen seiner Schwiegersöhne rechnen. Der Knabe war erst zehn Jahre alt, aber seine Anlagen versprachen das Beste.

An einem schönen Herbsttage brach Matteo mit seiner Frau zu früher Stunde auf, um in einer Lichtung der Macchia eine seiner Herden zu besichtigen. Der kleine Fortunato wollte mitgehen, aber der Ort war zu weit, und es war wohl auch nötig, daß jemand zurückblieb, das Haus zu hüten.

Also schlugs ihm der Vater ab. Er sollte es zu bereuen haben.
Die Eltern waren etliche Stunden fort; der Knabe lag behaglich ausgestreckt in der Sonne, schaute nach den blauen Bergen und bedachte, daß er am kommenden Sonntag in der Stadt bei seinem Onkel, dem Caporale, zum Mittagsmahl eingeladen war, als ihn plötzlich der Knall einer Feuerwaffe seiner Träumerei entriß. Er sprang auf und horchte in der Schallrichtung, der Niederung zu. Nochmals schoß es und immer wieder, in ungleichen Abständen, näher und näher. Schließlich erschien auf dem Pfad, der vom Hang her zum Hause führte, ein Mann, auf dem Haupt eine Zipfelmütze, wie die Bergbewohner sie tragen, mit struppigem Bart, in zerlumpter Kleidung. Auf seine Büchse gestützt, vermochte er sich kaum weiter zu schleppen. Ein Schuß hatte ihn in den Schenkel getroffen.
Es war ein Bandit, das heißt ein Geächteter, der in der Nacht, um Pulver zu kaufen, nach der Stadt gegangen war, unterwegs aber auf einen Streiftrupp korsischer Jäger gestoßen war, die im Hinterhalt lagen. Nach mannhafter Gegenwehr war es ihm gelungen, den Rückweg zu gewinnen, lebhaft beschossen, von Fels zu Fels wieder feuernd. Er hatte nur geringen Vorsprung vor den Soldaten, und seine Wunde hinderte ihn, den Buschwald zu erreichen, ehe sie ihn einholten.
Er näherte sich Fortunato und rief ihm zu:
Bist der Sohn von Matteo Falcone?

Bin ich! antwortete der Knabe.
Ich bin Gianetto Sanpierro. Die Gelbkragen sind mir auf den Nähten. Verbirg mich! Ich kann nicht weiter.
Was wird mein Vater sagen, wenn ich dich ohne seine Erlaubnis verstecke?
Er wird sagen: Hast recht getan!
Wer weiß?
Rasch verbirg mich! Sie sind schon nahe.
Warte, bis mein Vater heimkommt!
Warten soll ich? Gottverdammich! In fünf Minuten sind die Kerle hier. Rasch, verbirg mich — oder ich schlage dich tot!
Mit größter Kaltblütigkeit erwiderte ihm Fortunato: Deine Flinte ist nicht mehr geladen. Hast auch nichts zu schießen in deiner Carchera.
Ich habe meinen Dolch!
Kannst du so schnell laufen wie ich?
Er machte einen Satz und brachte sich in Sicherheit.
Du willst der Sohn von Matteo Falcone sein und läßt mich vor eurem Hause gefangennehmen?
Der Knabe war sichtlich betroffen.
Was gibst du mir, wenn ich dich verstecke? fragte er und kam wieder näher.
Der Geächtete griff in die Ledertasche, die er am Gürtel trug, suchte und brachte ein Fünffrankstück hervor, für das er gewiß hatte Pulver kaufen wollen.
Beim Anblick des Silberlings lächelte Fortunato, und er sagte zu Gianetto: Brauchst keine Angst mehr zu haben!

Alsbald machte er ein großes Loch in den Heuschober, der vorm Hause stand. Gianetto kroch hinein, und das Kind verbarg ihn so, daß er nur ein kleines Luftloch zum Atmen hatte, ohne daß man vermuten konnte, ein Mensch stäke im Heu. Erfindungsreich wie ein Wilder, hatte er noch einen Einfall. Er holte eine Katze samt ihren Jungen und setzte sie auf den Schober, damit es aussähe, als hätte ihn in der letzten Zeit niemand berührt. Und da er die Blutspur auf dem Wege zum Hause wahrnahm, streute er sorgsam Staub darüber. Danach streckte er sich in voller Gelassenheit wieder in der Sonne hin.
Wenige Minuten später waren auch schon sechs Soldaten in braunen Röcken mit gelbem Kragen, befehligt von einem Feldwebel, vor Matteos Haus. Dieser Führer war ein weitläufiger Verwandter Falcones; bekanntlich gilt in Korsika die Verwandtschaft in weiteren Graden als sonstwo. Der Feldwebel hieß Tiodoro Gamba; er war ein tatenlustiger Mann, gefürchtet von den Geächteten, denn er hatte ihrer schon manchen aufgestöbert.
Guten Morgen, Vetterchen! sagte er zu Fortunato, indem er vor ihn trat. Bist groß geworden! Sage mir mal, ist nicht eben ein Mann vorübergegangen?
So groß wie Ihr bin ich freilich noch nicht, Herr Vetter, entgegnete der Knabe dummdreist.
Wird nicht lange dauern .... Aber sag: hast du niemanden vorbeikommen sehen?
Ob ich jemanden habe vorbeikommen sehen?
Ja, einen Mann mit einer Zipfelmütze aus schwar-

zem Samt, in einem Kittel mit rot und gelbem Besatz.
Einen Mann mit einer Zipfelmütze in einem Kittel mit rot und gelbem Besatz?
Ja doch! Gib flugs Antwort und wiederhole nicht erst meine Fragen!
Heute morgen ist der Herr Pfarrer vor unsrer Tür vorbeigeritten auf seinem Piero. Er hat mich gefragt, wie es dem Vater gehe, und ich habe ihm gesagt ...
Du willst mich foppen, du Schlingel! Rasch, sag, wohin ist Gianetto? Den suchen wir nämlich, und den Weg da ist er bestimmt heraufgekommen.
Wer weiß?
Wer weiß? Ich weiß, daß du ihn gesehen hast.
Sieht man die Vorübergehenden, wenn man schläft?
Du hast nicht geschlafen, Spitzbube! Die Schießerei hat dich aufgeweckt.
Denkt Ihr denn, Herr Vetter, Eure Flinten machen solchen Lärm? Meines Vaters Stutzen ist viel lauter.
Der Teufel soll dich holen, gottverdammter Bengel! Ich bin überzeugt, daß du den Gianetto gesehen hast. Hast ihn vielleicht gar versteckt. Auf, Kameraden, ins Haus! Schaut nach, ob unser Mann nicht drin ist! Der eine Lauf ist ihm kaputt geschossen, und der Schelm ist nicht so dumm, die Macchia humpelnd erreichen zu wollen. Überdies hört die Blutspur hier auf.
Und was wird Vater sagen? fragte Fortunato

höhnisch grinsend, wenn er erfährt, daß man während seiner Abwesenheit in sein Haus gedrungen ist?

Nichtsnutz, sagte der Feldwebel Gamba und nahm den Jungen am Ohr, du weißt doch, daß es in meiner Macht steht, andre Saiten aufzuziehen! Ich denke, fünfundzwanzig mit der flachen Klinge werden dich zum Reden bringen.

Fortunato grinste weiter.

Mein Vater heißt Matteo Falcone! sagte er würdevoll.

Du weißt, kleiner Wicht, daß ich dich nach Corte oder nach Bastia führen lassen kann. Dort wirst du im Loch liegen auf Stroh, Eisen an den Beinen. Und den Kopf lasse ich dir abhacken, wenn du nicht gestehst, wo Gianetto Sanpierro ist.

Bei dieser bösen Drohung brach der Junge in Gelächter aus, und er wiederholte: Mein Vater heißt Matteo Falcone!

Feldwebel, raunte einer der Jäger dem Führer zu, mit Matteo wollen wir lieber keine Händel!

Gamba machte ein verlegenes Gesicht. Er beriet sich leise mit seinen Leuten, die bereits das ganze Haus durchsucht hatten. Das war kein zeitraubendes Geschäft, denn die Hütte eines Korsen enthält nur eine einzige viereckige Stube. Die Einrichtung besteht aus einem Tisch, Bänken, Truhen, Jagd- und Hausgerät.

Während sie sich besprachen, spielte der kleine Fortunato mit seiner Katze, wobei er sich sichtlich an der Ratlosigkeit der Jäger weidete.

Einer der Soldaten ging an den Heuschober und stach mit seinem Bajonett hinein, nachlässig und achselzuckend, als habe er das Gefühl, etwas Lächerliches zu tun. Es rührte sich nichts, und der Knabe verriet nicht die geringste Unruhe.

Der Feldwebel und sein Streiftrupp fluchten. Schon schauten die Soldaten ernstlich nach der Niederung, dem Entschlusse nahe, dahin zurückzukehren, woher sie gekommen, da begann ihr Führer, überzeugt, daß mit Drohungen bei Falcones Sohn nichts zu erreichen war, einen letzten Versuch, um zu sehen, ob mit Schmeichelei und Geschenken mehr zu machen sei.

Vetterchen, sagte er, du hasts faustdick hinter den Ohren. Wirst es weit bringen. Doch mit mir solltest du wahrlich dein Spiel nicht treiben. Ich möchte es meinem Vetter Matteo nicht antun; sonst, der Teufel hol mich, würde ich dich abführen!

Hihi!

Aber wenn mein Vetter heimkommt, werde ich ihm den Vorfall erzählen, und er wird dich zur Strafe braun und blau prügeln.

Fragt sich!

Du wirst es sehen. Aber schau! Sei ein braver Junge! Ich schenke dir auch was.

Und ich, Herr Vetter, gebe Euch einen guten Rat. Wenn Ihr noch länger säumt, wird der Gianetto im Buschwald sein, und dann langt ein Kerl wie Ihr nicht, ihn herauszukriegen.

Der Feldwebel zog seine silberne Uhr aus der Tasche, die ihre zehn Taler wert sein mochte, und

wie er bemerkte, daß die Augen des kleinen Fortunato bei ihrem Anblick funkelten, ließ er sie an der stählernen Kette baumeln und sagte:
Was, du Schlingel, so eine Uhr hättest du wohl gern am Halse hängen? Du würdest durch die Gassen von Portovecchio spazieren, stolz wie ein Spanier, und die Leute würden dich fragen: Welche Zeit ist es? Worauf du ihnen antwortest: Hier, seht selber nach!
Wenn ich groß bin, wird mir mein Onkel, der Caporale, eine Uhr schenken.
Ja, aber der Sohn deines Onkels hat schon eine... so schön wie die hier ist sie zwar nicht... er ist aber auch jünger als du.
Der Kleine seufzte.
Na, Vetterchen, willst du sie, diese Uhr?
Fortunato schielte nach der Taschenuhr wie eine Katze, der man ein ganzes Huhn vor die Nase hält. Sie hat die Empfindung, daß man Scherz mit ihr treibt; sie getraut sich nicht, die Krallen danach auszustrecken; von Zeit zu Zeit wendet sie den Blick ab, um der Versuchung nicht zu unterliegen, leckt sich aber fortgesetzt das Mäulchen und zieht dabei ein Gesicht, als wolle sie fragen: Wozu dies grausame Spiel?
Wie dem auch sei, der Feldwebel Gamba bot seine Uhr offenbar allen Ernstes an. Fortunato hielt seine Hand im Zaum, aber er sagte bitter lächelnd:
Was foppt Ihr mich?
Bei Gott, ich foppe dich nicht! Sage mir bloß, wo Gianetto ist—und die Uhr ist dein!

Um Fortunatos Mund flog ein ungläubiges Lächeln, und indem er seine schwarzen Augen auf die des Feldwebels heftete, suchte er darin zu ergründen, ob er dessen Worten glauben dürfe.
Ich will mich degradieren lassen, rief Gamba, wenn ich dir unter dieser Bedingung die Uhr nicht gebe. Die Kameraden sind Zeugen. Ich kann mein gegebenes Wort nicht zurücknehmen.
Wie er so sprach, ließ er die an der Kette herabhängende Uhr hin und her pendeln, so daß sie der bleichen Wange des Knaben ganz nahe kam. Auf Fortunatos Gesicht spiegelte sich der Kampf, der in seiner Seele zwischen seiner Begehrlichkeit und der Ehrfurcht vor dem Gastrecht tobte. Die nackte Brust schwoll ihm; er rang sichtlich nach Atem. Währenddem ward die Uhr hin und her geschlenkert, wobei sie sich drehte und zuweilen an Fortunatos Nase tippte. Nach einer Weile hob sich langsam seine Rechte nach der Uhr hin; die Spitzen ihrer Finger berührten sie, und schließlich lag sie ihm schwer in der Hand, doch ohne daß der Feldwebel das Ende der Kette losließ... Das Ziffernblatt war aus Lasur... das Gehäuse jüngst blankgeputzt... es flammte in der Sonne wie eitel Feuer... Die Versuchung war allzu mächtig.
Fortunato hob nun auch die linke Hand und wies mit dem Daumen über seine Schulter weg nach dem Heuschober, an den er gelehnt stand.
Gamba begriff die Geste sofort. Er gab die Kette frei; Fortunato fühlte sich im Vollbesitz der Uhr.

Behend wie eine Hindin richtete er sich gerade und ging zehn Schritte weg vom Heuschober, den die Jäger sofort auseinanderrissen.
Es dauerte nicht lange, da bewegte es sich im Heu, und ein blutbefleckter Mann kroch heraus, den Dolch in der Hand; doch als er versuchte, sich auf seine Füße zu stellen, machte es ihm die geronnene Wunde unmöglich, sich aufrecht zu halten. Er sank um. Der Feldwebel stürzte auf ihn und nahm ihm den Dolch. Alsdann legte man ihm trotz seines Widerstandes starke Fesseln an.
Als Gianetto, wie ein Bündel Reißig verschnürt, auf dem Boden lag, wandte er den Kopf nach Fortunato, der wieder näher gekommen war. Mißgeburt du! sagte er zu ihm mit mehr Verachtung als Zorn.
Der Knabe warf ihm das Silberstück hin, das er von ihm empfangen hatte, im Gefühl, daß er kein Recht mehr darauf hatte. Aber der Geächtete achtete dieser Bewegung nicht. Kaltblütig sagte er zum Feldwebel: Lieber Gamba, ich kann nicht laufen. Ihr müßt mich schon tragen, hinab zur Stadt!
Eben noch liefst du schneller als ein Reh, erwiderte der grausame Sieger. Doch sei beruhigt! Ich bin dermaßen froh, daß ich dich habe, daß ich dich eine Stunde lang auf dem Buckel tragen könnte, ohne matt zu werden. Zunächst, lieber Freund, wollen wir dir eine Bahre aus Ästen und deinem Mantel zurechtmachen. In der Meierei von Crespoli bekommen wir Pferde.

Gut! meinte der Gefangene. Etwas Stroh legt Ihr mir doch auch auf die Bahre, damit ich besser liege.

Wie die Jäger also beschäftigt waren, die einen, aus Kastanienbaumzweigen eine Art Tragebett herzustellen, die andern, dem Gianetto die Wunde zu verbinden, da tauchten mit einem Male Matteo Falcone und sein Weib an der Wendung des Pfades auf, der zum Buschwald führte. Die Frau ging tiefgebeugt unter der Last eines Riesensackes voll Kastanien, während der Mann, der nichts trug als eine Büchse in der Hand und eine zweite am Riemen über der Schulter, wie ein Prälat stolzierte; ist es doch eines Mannes unwürdig, andre Bürde zu tragen als seine Waffen.

Angesichts der Soldaten war Matteos erster Gedanke: Die wollen mich verhaften! Aber warum dieses Mißtrauen? Hatte er mit dem Gericht irgendwie zu schaffen? Keineswegs. Er genoß einen guten Ruf. Er war, wie man zu sagen pflegt, eine wohlbeleumundete Person. Aber er war Korse und Gebirgler, und es gibt unter den Korsen in den Bergen nur wenige, die bei genauer Prüfung ihres Gedächtnisses nicht irgendwelche kleine Sünde fänden, sei es, daß ihnen einmal das Gewehr plötzlich losgegangen oder der Dolch abgerutscht oder sonst eine Bagatelle passiert wäre. Mehr denn sonst einer durfte sich Matteo eines reinen Gewissens rühmen, war es doch schon über zehn Jahre her, daß er einmal sein Gewehr auf einen Menschen angelegt hatte. Immerhin, Vorsicht war geboten,

und er setzte sich in Bereitschaft, sich nötigenfalls bestens zu verteidigen.
Weib, sagte er zu Giuseppa, leg deinen Sack nieder und paß auf!
Sie gehorchte ohne weiteres. Er gab ihr die Büchse, die er am Riemen getragen und die ihm jetzt hinderlich sein konnte; die andre, die er in der Hand hielt, machte er schußbereit. Sodann schritt er langsam auf sein Haus zu, dicht an den Bäumen hin, die den Weg säumten, bereit, beim geringsten feindseligen Zeichen schleunigst hinter den dicksten Stamm zu treten, um in Deckung feuern zu können. Sein Weib trottete ihm auf den Fersen nach, mit der zweiten Büchse und der Munitionstasche. Auf Korsika ist es das Amt einer guten Hausgenossin, im Fall eines Kampfes die Gewehre des Mannes zu laden.
Drüben dem Feldwebel ward es arg unbehaglich zumute, als er Matteo derart anrücken sah, Schritt um Schritt, die Büchse schußfertig und den Finger am Abzug.
Sollte es der Zufall gefügt haben, dachte Gamba bei sich, daß sich Matteo als Vetter oder Freund von Gianetto ansieht und er ihn heraushauen will, so wird die Ladung von zwei Flinten zweien von uns so sicher aufs Fell brennen wie der Donner dem Blitze folgt; und nimmt er mich ins Visier, so nutzt mir alle Vetternschaft nichts.
In so hochnotpeinlicher Lage faßte er einen sehr mutigen Entschluß, nämlich, Matteo allein entgegenzugehen und ihm das Geschehnis zu erzählen,

wobei er ihn vertraulich anreden wollte. Doch der kurze Raum, der zwischen ihm und Matteo lag, kam ihm erschrecklich lang vor.
Halloh, alter Kamerad! schrie er. Wie geht es dir? Ich bins, Gamba, dein Vetter!
Ohne etwas zu erwidern, war Matteo stehengeblieben und bei jedem Wort, das der Andre sprach, hob er die Mündung seiner Büchse ein wenig, so daß der Lauf gen Himmel gerichtet war, im Moment, da Gamba bei ihm anlangte.
Buon giorno, fratello! (Das ist der übliche Gruß auf Korsika: Guten Tag, Bruder!) sagte der Feldwebel, indem er ihm die Rechte bot. Es ist lange her, seit ich dich nicht gesehen habe.
Buon giorno, fratello! wiederholte Matteo.
Ich wollte dir und meiner Base Peppa im Vorübergehn Guten Tag sagen. Wir haben heute einen tüchtigen Marsch hinter uns; aber wenn wir auch müde sind, wir dürfen nicht klagen, denn wir haben einen famosen Fang gemacht. Eben haben wir den Gianetto Sanpierro erwischt.
Gott Lob und Dank! rief Giuseppa. Er hat uns vergangene Woche eine Milchziege gestohlen.
Solches hörte Gamba mit Vergnügen.
Armer Teufel! murmelte Matteo. Er hatte Hunger.
Der Bursche hat sich wie ein Löwe verteidigt, fuhr der Feldwebel fort, etwas eingeschüchtert. Er hat mir einen meiner Jäger niedergeknallt, und nicht zufrieden damit, dem Sergeanten Chardon den Arm zerschossen, was nicht weiter schlimm ist, denn Chardon ist bloß ein Franzose. Zuletzt hat

er sich so gut versteckt, daß ihn auch der Teufel nicht entdeckt hätte. Ohne Vetterchen Fortunato hätte ich ihn nie und nimmer gekriegt.
Fortunato? schrie Matteo.
Fortunato? echote Giuseppa.
Ja, Gianetto hatte sich da im Heuschober verkrochen, aber Vetterchen hat mir das Versteck gezeigt. Ich werde es auch seinem Onkel, dem Caporale, berichten, damit er ihm für seine Mühe ein schönes Geschenk schickt. Und sein wie dein Name soll im Bericht nicht fehlen, den ich dem Herrn Staatsanwalt überreichen werde.
Verfluchte Geschichte! flüsterte Matteo vor sich hin.
Sie hatten den Streiftrupp erreicht. Gianetto war bereits auf die Bahre gebettet. Eben sollte aufgebrochen werden. Als er Matteo zusammen mit Gamba erblickte, lächelte er eigentümlich; dann, gegen die Haustüre gewandt, spuckte er auf die Schwelle und sagte: Verräterhaus!
Nur ein Mann, der mit dem Leben abgerechnet hat, konnte es wagen, Falcone das Wort Verräter ins Gesicht zu schleudern. Ein Dolchstoß, dem kein zweiter hätte zu folgen brauchen, hätte den Schimpf im selben Augenblick gerächt. Doch Matteo tat nichts; nur machte er eine Handbewegung nach der Stirn wie einer, der sich Höherem fügt.
Fortunato war ins Haus gegangen, sowie er den Vater kommen sah. Bald kam er wieder zum Vorschein, mit einem Topf Milch, den er mit gesenktem Blick Gianetto darbot.
Weg von mir! schrie der Geächtete mit Donner-

stimme ihn an. Darauf sagte er zu einem der Jäger: Kamerad, gib mir zu trinken!
Der Soldat legte ihm seine Feldflasche zwischen die Hände, und der Geächtete trank das Wasser, das ihm ein Mensch reichte, mit dem er kurz zuvor Flintenschüsse gewechselt hatte. Dann bat er, man möge ihm die Hände anstatt unter dem Rükken über der Brust zusammenbinden.
Ich liege gern bequem, sagte er.
Man beeilte sich, ihm zu willfahren. Darauf gab der Feldwebel das Zeichen zum Aufbruch, nahm Abschied von Matteo, ohne Antwort zu erhalten, und begann raschen Schritts den Abstieg.
Etwa zehn Minuten verstrichen, ehe Matteo den Mund öffnete. Der Knabe schaute mit unruhigem Auge bald zu seiner Mutter, bald zu seinem Vater, der ihn, auf seine Büchse gestützt, mit dem Ausdruck maßlosen Ingrimms betrachtete.
Endlich sagte er: Dein erstes Stück war gut!
Diese Worte klangen kühl, grausig aber dem, der den Sprecher kannte.
Lieber Vater! rief der Knabe, Tränen in den Augen und näher kommend, offenbar, um vor ihm auf die Knie zu fallen.
Matteo jedoch schrie: Zurück von mir!
Da blieb das Kind stehen und schluchzte. Regungslos stand es etliche Schritte vor seinem Vater.
Giuseppa trat hinzu. Sie hatte die Uhrkette bemerkt, die aus Fortunatos Hemd hervorblinkte.
Von wem hast du die Uhr? fragte sie in strengem Tone.

Vom Vetter Gamba.
Falcone riß die Uhr an sich und schleuderte sie mit aller Gewalt gegen einen Stein, an dem sie in tausend Stücke zerschellte.
Weib, rief er, ist der mein Blut?
Giuseppas Wangen wurden ziegelrot.
Was sagst du, Matteo? Weißt du, mit wem du redest?
Der erste Sproß meines Stammes, der ein Verräter ist!
Fortunatos Seufzen und Stöhnen wurde immer heftiger. Falcone starrte mit seinen Luchsaugen scharf auf ihn. Endlich stieß er den Kolben seines Gewehres zu Boden, warf es über die Schulter, schlug wieder den Weg nach der Macchia ein und schrie Fortunato zu: Mir nach!
Das Kind gehorchte.
Giuseppa lief hinter Matteo her und faßte ihn am Arm.
Es ist dein Sohn! sagte sie mit bebender Stimme, indem sie den Blick ihrer schwarzen Augen in die ihres Mannes bohrte, wie um darin zu lesen, was in seiner Seele vorging.
Laß ab! erwiderte Matteo. Ich bin sein Vater.
Giuseppa umarmte ihren Sohn und zog sich weinend in die Hütte zurück. Vor einem Bilde der Madonna warf sie sich auf die Knie und betete inbrünstig. Währenddem ging Matteo zweihundert und einige Schritte den Pfad hin und machte erst vor einer kleinen Schlucht halt, in die er hinabstieg. Er versuchte den Boden mit dem Gewehr-

kolben und fand ihn weich und leicht aushebbar. Die Stätte dünkte ihm passend für sein Vorhaben.
Fortunato, stell dich an den großen Stein dort!
Das Kind tat, wie ihm geheißen. Dann kniete es nieder.
Bete!
Vater, Vater, Ihr wollt mich töten?
Bete! wiederholte Matteo mit schrecklicher Stimme.
Weinend, schluchzend stammelte das Kind das Pater und das Credo her. Mit fester Stimme sprach der Vater jedesmal das Amen nach.
Sind das alle Gebete, die du weißt?
Lieber Vater, ich kann noch das Ave Maria und die Litanei, die mich die Tante gelehrt hat.
Die ist lang, doch in Gottes Namen!
Das Kind sagte die Litanei bis zu Ende her, mit immer leiser werdender Stimme.
Bist du fertig?
Gnade, lieber Vater! Verzeiht mir! Ich wills nicht wieder tun. Ich werde den Vetter Caporale bitten, daß er Gianetto laufen läßt.
Noch redete Fortunato. Matteo hatte den Hahn gespannt und legte das Gewehr an die Wange.
Gott sei dir gnädig! murmelte er.
Der Knabe machte einen verzweifelten Versuch, aufzustehen und die Knie seines Vaters zu umklammern, aber er kam nicht mehr dazu.
Matteo drückte ab, und Fortunato fiel tot nieder.
Ohne dem Leichnam einen Blick zu gönnen, schlug Matteo den Heimweg ein. Er wollte einen Spaten holen, seinen Sohn zu begraben.

Er hatte nur wenige Schritte zurückgelegt, als er Giuseppa begegnete, die, aufgeschreckt durch den Schuß, herbeilief.
Was hast du getan? schrie sie.
Gerechtes!
Wo liegt er?
In der Schlucht. Ich will ihn begraben. Er ist als Christ gestorben. Ich lasse ihm eine Messe lesen. Sage meinem Schwiegersohn Tiodoro Bianchi, er soll fortan mit in unserm Hause wohnen!

Die etruskische Vase

AUGUST SAINT-CLAIR WAR IN GUTEN KREISEN nicht beliebt; hauptsächlich weil er nur den Leuten zu gefallen trachtete, die ihm selber gefielen. Er suchte die einen auf; die andern mied er; überdies war er zerstreut und träg. Eines Abends, als er aus der Italienischen Oper kam, fragte ihn die Marquise von A***, wie die Sontag gesungen habe. Jawohl, gnädige Frau, gab Saint-Clair verbindlich lächelnd zur Antwort, an ganz andre Dinge denkend. Diesen lächerlichen Bescheid durfte man gewiß nicht als Schüchternheit auffassen, denn er unterhielt sich mit großen Herren, mit bedeutenden Männern und auch mit Damen der Welt genau so selbstbewußt wie mit sonstwem. Die Marquise entschied, Saint-Clair sei ein Ausbund an Unart und Eingebildetheit.

Eines Montags lud ihn Frau B*** zum Diner ein. Sie sprach viel mit ihm, und beim Fortgehen erklärte er, einer liebenswürdigeren Dame sei er nirgends begegnet. Frau B*** pflegte vier Wochen lang bei Andern Geist zu sammeln, um ihn an einer ihrer Abendgesellschaften wieder zu verausgaben. Saint-Clair sah sie am Donnerstag derselben Woche wieder. Diesmal langweilte er sich etwas. Ein nächster Besuch bestimmte ihn, nicht wieder in ihrem Salon zu erscheinen. Frau B*** verbreitete, Saint-Clair sei ein junger Mann ohne Lebensart und von übelstem Wesen.

Saint Clair besaß ein zärtliches, liebebedürftiges Herz; aber in einem Alter, wo Eindrücke sich leicht fürs ganze Leben einprägen, hatte ihm seine schwärmerische Empfindsamkeit den Spott seiner Kameraden zugezogen. Er war stolz und ehrgeizig, dabei eigensinnig wie ein Kind. Fortan machte er sich zur Pflicht, jede Äußerung, die ihm schimpfliche Schwäche dünkte, zu verbergen. Sein Ziel erreichte er, aber sein Sieg kam ihm teuer zu stehen. Vor den Andern gelang es ihm, die Regungen seiner allzu zärtlichen Seele geheimzuhalten; indem er sie aber in sich verschloß, wurden sie nur hundertfach grausamer. In der Gesellschaft bekam er den traurigen Ruf eines gefühllosen, sich um nichts kümmernden Menschen; doch in der Einsamkeit bereitete ihm seine ruhelose Einbildungskraft um so schrecklichere Leiden, als er dies Geheimnis niemandem anvertrauen wollte.

Einen Freund zu finden ist schwer; wahrlich, schwer. Ist es überhaupt möglich? Hat es jemals zwei Menschen gegeben, die kein Geheimnis voreinander gehabt hätten? Saint-Clair glaubte nicht recht an Freundschaft, und man merkte das. Man fand ihn kalt und zurückhaltend gegenüber den jungen Leuten seines Kreises. Nie befragte er sie um ihre Geheimnisse, und alle seine Gedanken und die meisten seiner Handlungen blieben für sie Mysterien. Die Franzosen lieben es, von sich selber zu sprechen; so war auch Saint-Clair ohne seinen Willen der Mitwisser vieler vertraulichen Dinge. Seine Freunde (dies Wort bezeichnet die Personen, die man wöchentlich zweimal sieht) beklagten sich über sein Mißtrauen. In der Tat, wer uns ungefragt sein Geheimnis mitteilt, ist zumeist gekränkt,

wenn wir das unsrige verschweigen. Man rechnet in der Indiskretion auf Gegenseitigkeit.
Er ist zugeknöpft bis zum Kinn, sagte eines Tages der schöne Rittmeister Alphons von Thémines. Ich könnte niemals das geringste Vertrauen fassen zu diesem teuflischen Saint-Clair.
Ich glaube, er ist Jesuit, erwiderte Julius Lambert. Irgendwer hat mir auf Ehre versichert, er habe ihn zweimal aus der Saint-Sulpice kommen sehen. Niemand kennt seine Gedanken; ich könnte nie recht warm mit ihm werden.
Sie trennten sich. Auf dem Boulevard Italien traf Alphons auf Saint-Clair, der gesenkten Hauptes und ohne jemanden zu sehen daherkam. Alphons hielt ihn an, nahm seinen Arm, und bevor sie die Rue de la Paix erreichten, hatte er ihm die ganze Geschichte von seiner Liebschaft mit Frau *** erzählt, deren Gatte so eifersüchtig und roh sei.
Am gleichen Abend verlor Julius Lambert sein Geld beim Ecarté. Er stand auf, um zu tanzen, und stieß dabei zufällig mit dem Ellbogen einen Herrn, der gleich ihm sein ganzes Geld verloren hatte und sehr schlechter Laune war.
Nach kurzem Wortwechsel: Duellforderung. Julius bat Saint-Clair, sein Sekundant zu sein, und bei der Gelegenheit lieh er Geld von ihm, das er ihm zurückzugeben vergessen hat.
Trotz allem kam man mit Saint-Clair vorzüglich aus. Seine Fehler schadeten nur ihm. Er war verbindlich, oft freundlich und selten langweilig. Er war viel gereist, hatte viel gelesen und sprach

von seinen Reisen und seiner Lektüre nur, wenn man ihn dazu aufforderte. Außerdem war er groß, gut gewachsen; seine Gesichtszüge waren edel und geistvoll, fast immer zu ernst; doch sein Lächeln war lautere Güte.

Etwas Wesentliches habe ich noch nicht erwähnt. Saint-Clair war aufmerksam gegen alle Frauen; ihre Unterhaltung zog er der mit Männern vor. War er liebefähig? Das ist schwer zu entscheiden. Wenn aber dieses so kalte Wesen Liebe empfand, so wußte man, daß sie nur der hübschen Gräfin Mathilde von Coursy gelten konnte. Das war eine junge Witwe, bei der man ihn häufig sah. Auf ihr Vertrautsein schloß man aus folgenden Vermutungen. Zunächst Saint-Clairs beinahe feierliche Höflichkeit für die Gräfin und die der Gräfin für ihn; ferner seine Sucht, ihren Namen in der Gesellschaft niemals auszusprechen. Wenn er gezwungen war, von ihr zu reden, tat er es ohne das geringste Lob; und dann, bevor Saint-Clair ihre Bekanntschaft gemacht hatte, liebte er leidenschaftlich die Musik, während die Gräfin ebensoviel Sinn für die Malerei hatte. Seit sie sich kannten, hatten ihre Neigungen gewechselt. Schließlich, als die Gräfin im vergangnen Sommer die Reise nach einem Badeorte angetreten hatte, war Saint-Clair sechs Tage nach ihr verschwunden.

Meine Pflicht als Erzähler erheischt es zu berichten, daß in einer Julinacht, kurz vor Sonnenaufgang, die Tür zum Park eines Landhauses aufging und ein junger Mann mit all der Vorsicht eines

Diebes, der überrascht zu werden fürchtet, heraustrat. Dies Landhaus gehörte der Gräfin von Coursy, und der Mann war Saint-Clair. Eine Dame, in einen Pelz gehüllt, begleitete ihn bis zur Pforte; sie steckte den Kopf heraus, um ihn länger sehen zu können, während er sich auf dem Fußwege längs der Parkmauer abwärts entfernte. Saint-Clair blieb stehen, schaute sich vorsichtig um und machte mit der Hand der Dame ein Zeichen, hineinzugehen. Die Klarheit der Sommernacht ließ ihn ihr bleiches Gesicht, das unbeweglich auf derselben Stelle blieb, deutlich erkennen. Er kehrte um, trat zu ihr und schloß sie zärtlich in seine Arme. Er wollte sie veranlassen hineinzugehen, hatte ihr aber noch hundert Dinge zu sagen. Ihre Unterredung dauerte schon zehn Minuten, als man die Stimme eines Bauern vernahm, der zur Feldarbeit ging. Rasch wird ein Kuß gewechselt; die Tür schlägt zu, und Saint-Clair ist mit einem Sprunge am Ende des Fußsteiges.
Er folgte einem Wege, der ihm offenbar bekannt war. Bald sprang er wie vor Freude und lief, die Büsche mit seinem Stocke schlagend; bald blieb er stehen oder schritt langsam hin, den Himmel betrachtend, der sich im Osten purpurn färbte. Kurz, wer ihn gesehen hätte, mußte ihn für einen Narren halten, der überglücklich war, aus seiner Zelle ausgebrochen zu sein. Nach halbstündigem Gang war er am Tor eines kleinen alleinstehenden Hauses, das er für den Sommer gemietet hatte. Er schloß auf, trat ein; dann warf er sich auf ein

großes Sofa, und mit unbeweglichen Augen, den Mund von einem süßen Lächeln bewegt, sann er, träumte er im Wachen. Lauter holdselige Gedanken erfüllten ihn. Wie bin ich glücklich! sagte er sich immer wieder. Endlich habe ich es gefunden, dies Herz, das das meine versteht! Ja, ich habe mein Ideal gefunden! Ich habe gleichzeitig einen Freund und eine Geliebte. Welch ein Charakter! Was für eine leidenschaftliche Seele! Nein, niemals hat sie vor mir geliebt...

Und da sich die Eitelkeit immer wieder in alles und jedes einschleicht, dachte er bei sich: Sie ist die schönste Frau von Paris. Und seine Phantasie führte ihm all ihren Liebreiz flugs vor Augen. Er sagte sich: Unter allen hat sie mich gewählt. Sie hatte die Lieblinge der Gesellschaft zu Bewunderern, den Husarenoberst, diesen schönen, tapferen, ein wenig dandyhaften Mann.... dann den jungen Schriftsteller, der so hübsche Aquarelle malt und so schön lebende Bilder stellt... dann den russischen Lovelace, der auf dem Balkan war und unter Diebitsch gedient hat... vor allem aber Kamill T***, der zweifellos Geist und gute Manieren hat, dazu die prächtige Säbelnarbe auf der Stirn... Alle hat sie abgewiesen. Und ich... Und aufs neue kam das alte Lied: Wie bin ich glücklich! Wie bin ich glücklich!

Er erhob sich, öffnete das Fenster, da er nicht atmen konnte, ging umher und warf sich wieder aufs Sofa. Ein glücklicher Liebhaber ist beinahe so langweilig wie ein unglücklicher. Einer meiner

Freunde, der sich häufig in dem einen oder andern dieser beiden Zustände befand, war schließlich auf das letzte Mittel sich auszusprechen verfallen: er gab mir jedesmal ein ausgezeichnetes Gabelfrühstück, während dessen Dauer er über seine Liebesangelegenheiten sprechen durfte; nach dem Kaffee aber mußte er den Gegenstand der Unterhaltung wechseln.
Da ich allen meinen Lesern kein Gabelfrühstück geben kann, erlasse ich ihnen die weiteren Liebesgedanken Saint-Clairs. Man kann übrigens nicht andauernd im Bereiche der Wolken weilen. Saint-Clair war müde; er gähnte, reckte sich und sah, daß es bereits heller Tag war. Er mußte also ans Schlafen denken. Wie er erwachte, sah er auf der Uhr, daß er kaum Zeit hatte sich anzukleiden, um nach Paris zu eilen, wo er zu einem Déjeuner-Diner mit etlichen jungen Herren seiner Bekanntschaft geladen war.
Man hatte soeben eine weitere Champagnerflasche entkorkt; ich überlasse dem Leser zu entscheiden, die wievielte. Es genügt zu wissen, daß man bei dem Zeitpunkt angelangt war, der sich bei einem Junggesellen-Frühstück ziemlich schnell einstellt, wo alle zugleich sprechen wollen und die Nüchternen für die Angeheiterten zu fürchten beginnen.
Ich wünschte, sagte Alphons von Thémines, der niemals die Gelegenheit über England zu sprechen versäumte, ich wünschte, es wäre in Paris wie in London Mode, daß jeder einen Trinkspruch auf seine Geliebte ausbrächte. Auf diese Weise wür-

den wir klipp und klar erfahren, für wen das Herz unsers Freundes Saint-Clair schlägt. Und indem er sprach, füllte er sein Glas und die seiner Nachbarn.
Ein wenig in Verlegenheit gebracht, machte Saint-Clair Anstalt zu antworten; aber Julius Lambert kam ihm zuvor.
Ich bin sehr für diesen Brauch, sagte er. Ich nehme ihn an. Und sein Glas erhebend, rief er:
Alle Putzmachermädels von Paris — ausgenommen die dreißigjährigen, die einäugigen und hinkenden!
Hurra! Hurra! schrien die jungen Anglomanen.
Saint-Clair erhob sich mit dem Glas in der Hand.
Meine Herren, sagte er, mein Herz ist nicht so weit wie das unsers Freundes Julius, dafür beständiger. Meine Treue ist um so verdienstvoller, als ich seit langem von der Dame meines Herzens getrennt bin. Wie dem auch sei, ich bin überzeugt, daß Sie meine Wahl gutheißen, wenn Sie nicht gerade meine Rivalen sind. Auf Judith Pasta, meine Herren! Möchten wir Europas erste Tragödin recht bald wiedersehn!
Thémines wollte gegen diesen Toast Einspruch erheben; die Beifallsbezeugungen unterbrachen ihn jedoch. Nach diesem parierten Stoß vermeinte Saint-Clair für heute unbehelligt zu bleiben.
Die Unterhaltung drehte sich zunächst ums Theater. Von der Zensur wandte man sich zur Politik. Vom Lord Wellington ging man zu englischen Pferden über, von englischen Pferden zu den

Frauen, durch eine leicht begreifliche Ideenverbindung; denn für junge Leute sind zunächst ein schönes Pferd, dann eine hübsche Geliebte die beiden begehrenswertesten Dinge.
Darauf plauderte man von den Mitteln und Wegen, diese so begehrenswerten Dinge zu erlangen. Pferde lassen sich kaufen; man kauft auch Frauen, aber über solche wollen wir lieber nicht reden. Nachdem Saint-Clair seine geringe Erfahrung in so delikaten Angelegenheiten in bescheidener Weise angedeutet hatte, stellte er die These auf, die erste Bedingung, einer Frau zu gefallen, sei, sich durch etwas Besonderes auszuzeichnen und anders als die Andern zu sein. Gibt es aber eine Definition des Besonderen? Er glaube es nicht.
Nach Ihrer Anschauung, meinte Julius, hat also ein Lahmer oder ein Buckliger größere Aussichten zu gefallen als ein gerader und regelrecht gewachsener Mensch?
Sie gehen zu weit, erwiderte Saint-Clair. Wenn es aber sein muß, nehme ich alle Folgen meiner Behauptung auf mich. Zum Beispiel, wenn ich bucklig wäre, würde ich mir keine Kugel durch den Kopf schießen; im Gegenteil, ich würde auf Eroberungen ausgehen. Zunächst würde ich mich nur an zwei Arten von Frauen wenden, an solche, die wahres Gefühl besitzen, oder an solche, und ihre Zahl ist groß, die originell sein wollen, eccentric, wie man in England sagt. Den ersteren würde ich schildern, wie schrecklich ich daran bin, wie grausam die Natur gegen mich ist. Ich würde ver-

suchen, ihr Mitleid rege zu machen, und in ihnen die Ahnung zu erwecken wissen, daß ich leidenschaftlicher Liebe fähig sei. Einen meiner Rivalen tötete ich im Duell, und mit einer schwachen Dosis Opium machte ich einen Vergiftungsversuch. Nach einigen Monaten würde man meinen Hökker nicht mehr sehen, und dann wäre es meine Sache, die erste Gefühlsregung zu erspähen. Was die Frauen betrifft, die auf Originalität Anspruch erheben, bei denen ist die Eroberung leicht. Man überzeuge sie nur, daß es eine unumstößliche Tatsache sei, daß ein Buckliger kein Glück haben kann; sofort werden sie die allgemeine Regel Lügen strafen wollen.

Seht den Don Juan! rief Julius.

Brechen wir uns die Beine, meine Herren! sagte der Oberst Beaujeu, da wir nicht das Pech haben, bucklig geboren zu sein.

Ich stimme Saint-Clair ganz und gar bei, erklärte Hektor Roquantain, der nur 1,13 groß war; man erlebt es tagtäglich, daß sich die schönsten und schicksten Weiber an Kerle wegwerfen, von denen unsereiner meinen möchte, daß sie überhaupt nicht in Wettbewerb treten.

Ich bitte dich, Hektor, erhebe dich und klingle, daß man uns Wein bringt, sagte Thémines im natürlichsten Tone der Welt.

Der Liliputaner stand auf, und jedermann erinnerte sich vergnügt der Fabel vom Fuchs mit dem abgeschnittenen Schwanze.

Was mich betrifft, sagte Thémines, das Gespräch

weiterführend, je älter ich werde, desto klarer sehe ich, daß ein leidliches Gesicht ... (dabei warf er einen zufriedenen Blick in den gegenüberliegenden Spiegel) — daß ein leidliches Gesicht und Geschmack im Anzuge die beste Sonderlichkeit ist, die die Sprödeste berückt ...
Und er schnippte mit der Fingerspitze eine Brotkrume vom Aufschlag seines Rockes weg.
Ach was! rief der Zwerg. Mit einem hübschen Gesicht und einem Anzug von Staub bekommt man Frauen, die man acht Tage behält, und die einen bei der zweiten Zusammenkunft schon langweilen. Andre Dinge sind nötig, um geliebt zu werden, was man so geliebt werden nennt ... Man muß ...
Halt! unterbrach ihn Thémines. Wollt Ihr ein schlagendes Beispiel? Ihr habt alle den Massigny gekannt und wißt, was für ein Mensch er war. Manieren wie ein englischer Reitknecht, unterhaltsam wie sein Gaul ... Aber schön war er wie Adonis, und seine Krawatte trug er wie Georges Brummell. Alles in allem ist mir ein langweiligeres Individuum nicht begegnet.
Mich hat er mit seiner Langweiligkeit einmal beinahe umgebracht, sagte der Oberst Beaujeu. Stellt Euch vor, daß ich zweihundert Wegstunden in seiner Gesellschaft zurücklegen mußte.
Wißt Ihr, fragte Saint-Clair, daß er am Tode des armen Richard Thornton, den Ihr alle gekannt habt, schuld ist?
Ist er nicht bei Fondi von Räubern ermordet worden? warf Julius ein.

Gewiß, aber Ihr werdet gleich sehen, daß Massigny zum mindesten mitschuldig an dem Verbrechen war. Mehrere Reisende, unter ihnen Thornton, hatten sich verabredet, aus Furcht vor den Räubern, zusammen nach Neapel zu gehen. Massigny wollte sich der Reisegesellschaft anschließen. Als Thornton das hörte, nahm er Reißaus, vor Entsetzen, denke ich, einige Tage mit ihm verbringen zu müssen. Er reiste allein, und das übrige wissen Sie.

Thornton tat recht, sagte Thémines, indem er von zwei Todesarten die mildere wählte. An seiner Stelle hätte es jeder ebenso gemacht. Und nach einer Pause begann er von neuem: Ihr stimmt mir doch bei, daß Massigny der langweiligste Mensch auf Gottes Erdboden war?

Zugestanden! rief alles unter Beifall.

Nehmen wir niemandem die Hoffnung! sagte Julius. Machen wir eine Ausnahme zugunsten von***, besonders wenn er seine politischen Pläne entwickelt!

Ihr werdet mir nun zugeben, fuhr Thémines fort, daß Frau von Coursy ein grundgescheites Weib ist, soweit es das überhaupt gibt.

Es trat ein Moment des Schweigens ein. Saint-Clair senkte den Kopf und bildete sich ein, aller Augen seien auf ihn gerichtet.

Wer zweifelt daran? sagte er endlich, immer noch über seinen Teller gebeugt, als interessierten ihn die gemalten Blumen auf dem Porzellan ganz außerordentlich.

Ich behaupte, sagte Julius mit erhobener Stimme, ich behaupte, daß sie eine der drei liebenswürdigsten Damen von Paris ist.
Ich habe ihren Mann gekannt, sagte der Oberst. Er hat mir öfters entzückende Briefe von seiner Frau gezeigt.
August, rief Hektor Roquantin dazwischen, stellen Sie mich der Gräfin vor! Man sagt, Sie machen bei ihr Regen und Sonnenschein.
Im Spätherbst, murmelte Saint-Clair, wenn sie nach Paris zurückkommt. Ich ... ich glaube, auf dem Lande empfängt sie keine Besuche.
Wollt Ihr mich anhören? rief Thémines.
Wiederum trat Schweigen ein. Saint-Clair rückte auf seinem Stuhle hin und her wie ein Angeklagter vor dem Schwurgericht.
Sie hätten die Gräfin vor drei Jahren sehen sollen, Saint-Clair, als Sie in Deutschland waren, fuhr Alphons von Thémines mit hartnäckiger Kaltblütigkeit fort. Sie machen sich keinen Begriff davon, wie sie damals aussah: schön, frisch wie eine Rose, über die Maßen lebhaft, und fröhlich wie ein Schmetterling. Und denken Sie, unter ihren zahlreichen Anbetern, wen beehrte sie damals mit ihrer Huld? Den Massigny. Der blödeste dümmste Mann verdrehte der gescheitesten Frau den Kopf. Glauben Sie, daß ein Buckliger das auch vermocht hätte? Da haben wirs! Habe eine hübsche Larve, einen guten Schneider und sei kühn!
Saint-Clair befand sich in gräßlicher Lage. Am liebsten hätte er den Schwätzer in aller Form wider-

legt; nur die Furcht, die Gräfin bloßzustellen, hielt ihn zurück. Er hätte zu ihrer Verteidigung mancherlei sagen mögen, doch seine Zunge war gelähmt. Seine Lippen zuckten vor Wut. Vergeblich suchte er nach irgendeinem Anlaß, Streit vom Zaune zu brechen.

Was! schrie Julius im Tone der Verwunderung, Frau von Coursy hat sich dem Massigny hingegeben? Schwachheit, dein Name ist Weib!

Was liegt am guten Rufe einer Frau? meinte Saint-Clair trocken. Man darf sie darum bringen, wenn man dabei nur witzig ist.

Während er das sagte, erinnerte er sich mit Schrekken einer gewissen etruskischen Vase, die er hundertmal auf dem Kamin der Gräfin in Paris gesehen hatte. Er wußte, daß sie ein Geschenk Massignys nach seiner Rückkehr aus Italien war, und (ein verdächtiger Umstand!) diese Vase war von Paris mit aufs Land gewandert. Jeden Abend nahm Mathilde die Blumen, die er ihr brachte, und stellte sie in die etruskische Vase. Das Wort erstarb auf seinen Lippen; er sah nichts anderes, er dachte nichts anderes als — die etruskische Vase.

Ein tüchtiger Beweis! wird der Logiker sagen: seine Geliebte einer so geringfügigen Sache wegen verdächtigen! — Sind Sie schon einmal verliebt gewesen, Herr Logiker?

Thémines war in zu guter Laune, um den Ton, den Saint-Clair gegen ihn gebraucht hatte, übelzunehmen. Er antwortete auf leichte und gutmütige Art: Ich wiederhole nur, was die Gesellschaft munkelt. Es galt damals, als Sie in Deutschland waren, für Tatsache. Schließlich kenne ich Frau von Coursy kaum. Seit anderthalb Jahren bin ich nicht bei ihr gewesen. Möglich, daß man sich täuschte, und daß Massigny mir ein Märchen erzählt hat. Um aber auf das, was wir besprachen, zurückzukommen: wenn das Beispiel, das ich angeführt habe, auch falsch wäre, so hätte ich darum nicht weniger recht. Ihr wißt alle, daß die geistvollste Französin, die, deren Werke ....

Die Tür öffnete sich, und Theodor Néville trat ein. Er kam aus Ägypten.

Theodor, so bald zurück?

Er wurde mit Fragen überschüttet.

Hast du ein echt türkisches Kostüm mitgebracht? fragte Thémines. Einen arabischen Vollblüter und einen nubischen Groom?

Was für ein Kerl ist der Pascha? fragte Julius. Wann macht er sich unabhängig? Hast du gesehen, wie man einen Kopf mit einem einzigen Säbelhieb abschlägt?

Und die morgenländischen Tänzerinnen? fragte Roquantin. Sind die Frauen von Kairo schön?

Haben Sie den General L*** kennengelernt? fragte der Oberst Beaujeu. Wie hat er die Armee des Pascha organisiert? Hat Ihnen Oberst C*** einen Säbel für mich mitgegeben?

Und die Pyramiden? Und die Katarakte des Nil? Und die Memnonsäule? Ibrahim Pascha?

Alle redeten auf einmal; Saint-Clair dachte nur an die etruskische Vase.

Theodor, der sich mit gekreuzten Beinen niederließ, denn er hatte diese Gewohnheit in Ägypten angenommen und mochte sie in Frankreich nicht aufgeben, wartete, bis die Fragenden müde wurden, und sprach das Folgende ziemlich schnell, um nicht so leicht unterbrochen zu werden.

Die Pyramiden? Auf Ehre, das ist regulärer Humbug. Sie sind nicht so hoch, wie man glaubt. Das Straßburger Münster ist nur vier Meter niedriger. Ich kann keine Altertümer mehr sehen. Sprecht mir nicht davon! Der Anblick einer Hieroglyphe macht mich blödsinnig. Es gibt genug Reisende, die sich mit diesem Kram beschäftigen. Mein Ziel war, das Wesen und die Sitten jener buntscheckigen Bevölkerung zu studieren, die sich durch die Straßen von Alexandria und Kairo drängt; als da sind: Türken, Beduinen, Kopten, Fellahs, Moghrebinen. Ich habe in der Eile einige Aufzeichnungen gemacht, während ich in der Quarantäne war. Eine Gemeinheit, diese Quarantäne! Ich hoffe, daß Ihr nicht an Ansteckung glaubt. Ich habe in voller Gemütsruhe meine Pfeife inmitten von dreihundert Pestkranken geraucht... Sie, Herr Oberst, Sie hätten eine schöne, gut berittene Reiterei sehen können. Ich werde Ihnen prächtige Waffen zeigen, die ich mitgebracht habe. Ich besitze einen Djerid, der dem berühmten Murat-Bey gehört hat. Für Sie, Herr Oberst, habe ich einen Yataghan und für August einen Khandjar. Ihr sollt meine Metschla sehen, meinen Burnus, mein Hhaïk. Wißt Ihr, daß ich hätte Weiber mitbringen können? Ibrahim Pascha hat so viele aus Griechenland geschickt, daß man sie geradezu umsonst haben kann.... Aber mit Rücksicht auf meine Mutter.... Ich habe mich oft mit dem Pascha unterhalten. Donnerwetter, das ist ein kluger Mann! Ohne Vorurteil. Ihr würdet nicht glauben, wieviel Verständnis er für unsre Angelegenheiten hat. Und tatsächlich, er ist von den Geheimnissen unseres Kabinetts bis ins Kleinste unterrichtet. Seiner Unterhaltung verdanke ich wertvolle Aufschlüsse über den Stand der Parteien in Frankreich. Im Augenblick beschäftigt er sich viel mit Statistik. Er hält alle unsre Zeitungen. Wißt Ihr, daß er begeisterter Bonapartist ist? Er spricht nur von Napoleon. Ach, was für ein großer Mann, dieser Bounabardo, sagte er mir. Bounabardo, so heißt Napoleon dort.

Giourdina, das heißt Jourdain! flüsterte Thémines vor sich hin, dem die bekannte Stelle bei Molière einfiel.

Anfangs, fuhr Theodor fort, war Mohamed-Ali sehr zurückhaltend gegen mich. Daß alle Türken äußerst mißtrauisch sind, dürfte Euch bekannt sein. Weiß der Teufel, er hielt mich für einen Spion oder für einen Jesuiten. Die Jesuiten hat er gefressen. Nach einigen Besuchen merkte er aber, daß ich ein harmloser Reisender war, begierig, die Gewohnheiten, Sitten und die Politik des Ostens von Grund aus kennenzulernen. Darauf wurde er zugänglicher, ja gesprächig. Bei meiner letzten Audienz (es war die dritte, die mir gewährt ward) nahm ich mir die Freiheit, ihm folgendes zu sagen: Ich begreife nicht, warum Deine Hoheit sich nicht unabhängig von der Pforte macht. — Mein Gott, antwortete er mir, ich möchte wohl, aber ich fürchte, daß die liberalen Blätter, die in Deiner Heimat den Ton angeben, mich nicht unterstützen, wenn ich die Unabhängigkeit Ägyptens ausrufe... Er ist ein schöner weißbärtiger alter Herr, der niemals lacht. Wundervolles Konfekt hat er mir vorgesetzt, und von all den Sachen, die ich ihm gab, freute ihn am meisten das Kostüm-Album der Kaiserlichen Garde von Charlet.

Ist der Pascha Romantiker? fragte Thémines.

Mit Literatur beschäftigt er sich wenig. Aber es wird Euch nicht unbekannt sein, daß die arabische Literatur hochromantisch ist. Sie haben einen Dichter namens Ayatalnefous-Ebn-Esraf, der unlängst Betrachtungen veröffentlicht hat. Im Vergleich damit ist Lamartine klassische Prosa. Bei meiner Ankunft in Kairo nahm ich einen arabischen Lehrer, mit dem ich den Koran zu lesen begann. Wenn ich auch nur wenige Stunden hatte, habe ich doch genug gelernt, um die erhabenen Schönheiten der Sprache des Propheten zu verstehen. Wie schlecht sind alle unsre Übersetzungen! Wollt Ihr arabische Schrift sehen? Dieses Wort in goldnen Buchstaben bedeutet: Allah, das heißt Gott.

Indem er so sprach, zeigte er einen sehr schmutzigen Brief, den er aus einem wohlriechenden Seidenbeutel zog.

Wie lange bist Du in Ägypten gewesen? fragte Thémines.
Sechs Wochen.
Und der Reisende fuhr in seiner Beschreibung fort, bis ins Kleinste.
Saint-Clair war bald nach seiner Ankunft gegangen und schlug den Weg nach seinem Landhause ein. Der ungestüme Galopp seines Pferdes verhinderte ihn, seinen Gedanken nachzuhängen. Doch hatte er das unbestimmte Empfinden, daß sein Glück auf dieser Welt auf ewig zertrümmert sei, und daß er sich nur an einem Toten und an einer etruskischen Vase rächen könne.
Zu Haus angelangt, warf er sich auf das Sofa, wo er abends zuvor so lange und mit so viel Genuß über sein Glück nachgedacht hatte. Am meisten hatte ihm der Gedanke geschmeichelt, daß seine Geliebte ihresgleichen suchte, daß sie außer ihm niemanden geliebt hatte noch lieben werde. Nun verflog der schöne Traum vor der traurigen und grausamen Wirklichkeit.
Eine schöne Frau ist mein eigen, aber das ist alles. Sie hat Geist; um so strafbarer ist sie. Sie hat einen Massigny lieben können... Wahr ist es, daß sie mich jetzt liebt... mit ganzer Seele... wie nur sie lieben kann. Geliebt zu werden wie einst Massigny! Sie hat meiner Werbung, meinen Zärtlichkeiten und meiner Leidenschaft nachgegeben? Aber ich habe mich getäuscht. Unsre Herzen stimmten nicht überein. Massigny oder ich, das ist dasselbe für sie. Er war schön und sie liebte ihn

ob seiner Schönheit. Ich bin ihr zuweilen amüsant. Lieben wir Saint-Clair, hat sie sich gesagt, da der Andre tot ist! Und wenn Saint-Clair stirbt oder mich langweilt, werden wir weiter sehen.
Ich glaube, der Teufel sitzt lauschend und unsichtbar neben einem Unglücklichen, der sich selber so quält. Es ist ein lustiges Schauspiel für den Feind der Menschen; und wenn das Opfer fühlt, daß seine Wunden sich schließen, der Teufel ist da, um sie wieder aufzureißen.
Es war Saint-Clair, als flüstre ihm eine Stimme zu:
Sonderbare Ehre, Nachfolger zu sein...
Er erhob sich und warf einen wilden Blick um sich. Wie glücklich wäre er gewesen, jemanden in seinem Zimmer zu finden! Er hätte ihn niedergeschlagen...
Die Uhr schlug acht. Um halb neun erwartete ihn die Gräfin. Wenn er nicht käme? Warum überhaupt die Geliebte Massignys wiedersehen?
Er streckte sich wieder aufs Sofa und schloß die Augen. Schlafen will ich, sagte er sich. Eine halbe Minute blieb er unbeweglich; dann sprang er auf und eilte zur Uhr, um zu sehen, wie der Zeiger weiterrückte. Wäre es nur schon halb neun! dachte er. Dann wäre es zu spät, um mich auf den Weg zu machen. Er spürte nicht den Mut, zu Hause zu bleiben; er suchte nach einem Vorwand. Wie gern wäre er krank gewesen! Er wanderte im Zimmer umher, setzte sich hin, nahm ein Buch zur Hand, ohne eine Silbe lesen zu können. Er setzte sich ans Klavier, hatte aber nicht die Kraft,

es zu öffnen. Er pfiff, betrachtete die Wolken und wollte die Pappeln vor seinem Fenster zählen. Endlich kehrte er zur Uhr zurück und sah, daß erst drei Minuten vergangen waren. Ich kann nicht anders, rief er, ich muß sie lieben. Er knirschte mit den Zähnen und stampfte mit den Füßen. Sie beherrscht mich; ich bin ihr Sklave, wie Massigny es vor mir war. Sei wie es sei, Elender! Gehorche, da du nicht Mut genug hast, die verhaßte Kette zu zerreißen!

Er nahm seinen Hut und stürzte aus dem Zimmer. Wenn eine Leidenschaft überhand nimmt, so empfindet unsre Eigenliebe einigen Trost, unsre Schwäche von der Warte des Stolzes zu betrachten. Wahrlich, ich bin zu schwach, aber wenn ich nur wollte!

Er stieg gemächlich den Pfad hinan, der zur Pforte des Parkes führte, und von weitem erblickte er eine weiße Gestalt, die sich vom Dunkel der Bäume abhob. Sie winkte mit einem Taschentuche, wie um ihm ein Zeichen zu geben. Sein Herz schlug heftig; seine Knie zitterten. Er hatte nicht die Kraft zu sprechen und war so schüchtern geworden, daß er fürchtete, die Gräfin könne ihm seine Verzweiflung vom Gesicht ablesen.

Er nahm ihre dargebotene Hand, küßte ihr die Stirn, da sie sich an seine Brust geworfen hatte. Stumm folgte er ihr in ihre Gemächer, mit Mühe die Seufzer zurückhaltend, die seine Brust zersprengen wollten.

Im Boudoir der Gräfin brannte eine einzige Kerze.

Sie setzten sich. Saint-Clair bemerkte, daß seine Freundin eine einzelne Rose im Haar trug. Abends zuvor hatte er ihr einen schönen englischen Stich gebracht: Die Herzogin von Portland nach Lesly (mit der nämlichen Frisur), und Saint-Clair hatte nichts als die Worte dazu gesagt: Ich liebe diese schlichte Rose mehr als die raffinierteste Haartracht... Er liebte Geschmeide nicht; er dachte wie jener Lord, der in grober Weise gesagt hat: Zurechtgemachte Weiber sind wie Pferde mit Schabracken. Der Teufel weiß, was an ihnen ist. Letzte Nacht, als er mit ihrem Perlenhalsband spielte (es war seine Gewohnheit, während des Sprechens immer etwas in der Hand zu halten), hatte er gesagt: Schmuck ist nur gut, um Fehler zu verbergen. Du bist zu hübsch, Mathilde, um welchen zu brauchen. Die Gräfin, die sich die geringsten seiner Worte merkte, trug an diesem Abend weder Ringe noch Halskette, weder Ohrringe noch Armbänder. Bei der Kleidung einer Frau sah er vor allem auf die Schuhe, und wie manch andrer hatte auch er in diesem Punkte seine besondere Vorliebe. Vor Sonnenuntergang hatte es in Strömen geregnet. Das Gras war noch naß, aber die Gräfin war mit seidenen Strümpfen und schwarzen Atlasschuhen über den feuchten Rasen gegangen... Wenn sie sich erkältete?

Sie liebt mich, sagte sich Saint-Clair, seufzte über sich und seine Torheit, und ohne es zu wollen, sah er Mathilde lächelnd an, schwankend zwischen seiner schlechten Laune und dem Vergnügen, eine hübsche Frau vor sich zu haben, die ihm durch diese Kleinigkeiten, die bei Verliebten eine so große Rolle spielen, zu gefallen trachtete. Das sonnige Gesicht der Gräfin, in dem Liebe und Schelmerei miteinander spielten, stand ihr entzückend.

Sie nahm etwas aus einem japanischen Lackkasten und streckte ihre kleine geschlossene Hand aus, die den Gegenstand verbarg: Neulich abends hast Du deine Uhr zerbrochen, sagte sie. Ich habe sie wieder in Ordnung bringen lassen.

Sie reichte ihm die Uhr und blickte ihn neckisch-zärtlich an, sich auf die Unterlippe beißend, wie um ein Lachen zu unterdrücken. Bei Gott, ihre Zähne waren schön! Wie weiß leuchteten sie zwischen dem glühenden Rot ihrer Lippen! Und wie albern nimmt sich ein Mann aus, der kalt bleibt bei zärtlichen Schmeicheleien einer hübschen Frau.

Saint-Clair bedankte sich, nahm die Uhr und wollte sie in seine Tasche stecken.

Aber sieh sie dir doch an! fuhr sie fort. Mache sie einmal auf und schaue nach, ob man sie gut gemacht hat. Du bist doch Fachmann als ehemaliger Zögling der Artillerieschule. Du mußt sie prüfen!

Ach, ich verstehe sehr wenig davon, meinte Saint-Clair und er öffnete den Uhrdeckel mit zerstreuter Miene.

Wie groß war seine Überraschung! Auf dem

inneren Deckel fand er ein Miniaturbild der Gräfin von Coursy. Konnte er da noch schmollen? Seine Stirn hellte sich auf. Er dachte nicht mehr an Massigny; er war sich nur noch bewußt, bei einer entzückenden Frau zu sein, die ihn anbetete.

Die Lerche, die Botin der Morgenröte, begann zu singen. Lange Streifen blassen Lichts schimmerten in den Wolken im Osten. Es war die Stunde, in der Romeo sich von Julia trennt, die klassische Stunde, wo alle Liebenden Abschied voneinander nehmen müssen.
Saint-Clair stand am Kamin, den Parkschlüssel in der Hand, die Augen auf die fragliche etruskische Vase gerichtet. Noch immer verspürte er einen Groll gegen Mathilde im Grunde seiner Seele. Indessen war er guter Laune, da der einfache Gedanke, daß Thémines wohl gelogen habe, ihn bereits ziemlich beherrschte. Während die Gräfin, die ihn bis zur Gartenpforte begleiten wollte, ihr Haupt in einen Schal hüllte, schlug er mit dem Schlüssel, zunächst leise, dann mit immer stärkeren Schlägen auf die ihm widerwärtige Vase, so daß es aussah, als wolle er sie in Stücke zerschlagen.
Um Gottes willen, Vorsicht! rief Mathilde, Du wirst meine schöne etruskische Vase zerschlagen. Und sie entwand den Schlüssel seinen Händen.
Saint-Clair war ärgerlich, doch blieb er gefaßt. Er wandte dem Kamin den Rücken, um der Ver-

suchung zu entgehen, und seine Uhr öffnend, begann er das Bildnis zu betrachten.
Wer ist der Maler? fragte er.
R***. Massigny hat ihn mir empfohlen.
Seit Massigny aus Rom zurück war, hatte er sich als Kunstkenner gefühlt und sich zum Mäzen aller jungen Künstler aufgeworfen.
Ich finde, das Bild ist mir wirklich ähnlich, wenn auch ein wenig geschmeichelt.
Saint-Clair verspürte Lust, die Uhr gegen die Wand zu schleudern, was ihr schwerlich gut bekommen wäre. Aber er beherrschte sich und steckte sie wieder in seine Tasche. Als er sodann wahrnahm, daß es bereits heller Tag war, trat er aus dem Hause und bat Mathilde inständig, ihn nicht zu begleiten. Er durchmaß den Park mit großen Schritten, und rasch befand er sich im Freien.
Massigny! Massigny! schrie er wutentbrannt. Soll ich dich überall wiederfinden? Ohne Zweifel hat der Maler des Bildchens ein zweites für Massigny gemalt. Ich Tor! Konnte ich auch nur einen Augenblick glauben, so geliebt zu werden, wie ich liebte... nur darum, weil sie eine Rose im Haar trägt und keine Edelsteine! Ihr Schmuckkasten ist ja voll davon... Massigny, der nur auf die Kleider der Frauen sah, liebte Juwelen über die Maßen.... Zugegeben, daß es sich gut mit ihr leben läßt. Sie weiß sich dem Geschmack ihrer Liebhaber anzupassen. Der Teufel hole mich! Hundertmal lieber hätte ich es, sie wäre eine Kur-

tisane, die sich für Geld hingibt. Dann könnte ich wenigstens glauben, daß sie mich liebt, da sie meine Geliebte ist und ich sie nicht bezahle.
Bald kam ihm ein noch qualvollerer Gedanke in den Sinn. In einigen Wochen ging die Trauer der Gräfin zu Ende. Saint-Clair sollte sie heiraten, sobald das Jahr der Witwenschaft abgelaufen war. Er hatte es versprochen. Versprochen? Nein, niemals hatte er davon geredet. Es war aber seine Absicht, und die Gräfin hatte ihn verstanden. Für ihn war es wie ein Schwur. Abends zuvor hätte er ein Königreich darum gegeben, den Augenblick zu beschleunigen, wo er vor aller Welt seine Liebe eingestehen durfte; nun schauderte er bei dem bloßen Gedanken, sein Schicksal mit Massignys ehemaliger Geliebten zu verbinden. Und doch, ich muß es tun! sagte er sich. Es wird geschehen. Gewiß glaubt sie, ich wisse von dieser verflossenen Liebesgeschichte. Sie soll allbekannt sein. Übrigens kennt mich Mathilde gar nicht. Sie kann mich nicht verstehen. Sie denkt, daß ich sie nur mit der Liebe eines Massigny liebe.
Darauf sagte er sich, nicht ohne Stolz: Ein Vierteljahr lang hat sie mich zum glücklichsten aller Männer gemacht. Dies Glück wiegt das Opfer meines ganzen Lebens auf.
Er legte sich nicht nieder, sondern begann einen Spazierritt durch den Wald. Auf dem Wege von Verrières sah er einen Herrn auf einem schönen englischen Vollblüter, der ihn von weitem mit Namen anrief und sogleich auf ihn zu-

kam. Es war Alphons von Thémines. In der Stimmung, in der sich Saint-Clair befand, ist die Einsamkeit besonders angenehm. Die Begegnung mit Thémines verwandelte seine Verzweiflung in verhaltene Wut. Thémines bemerkte es nicht, oder es bereitete ihm boshaftes Vergnügen, ihn zu ärgern. Er erzählte, lachte, scherzte, ohne zu gewahren, daß er keine Antwort erhielt.
Wie Saint-Clair einer schmalen Allee ansichtig ward, bog er ab, in der Hoffnung, daß der Zudringliche ihm nicht folgen werde. Doch er irrte sich; ein Zudringlicher läßt nicht so leicht von seiner Beute. Thémines bog ebenfalls ab und legte im Tempo zu, um wieder neben Saint-Clair zu kommen und die Unterhaltung bequem fortsetzen zu können. Es ist bereits erwähnt, daß die Allee eng war. Nur mit Mühe konnten die beiden Pferde nebeneinander gehen. Deshalb war es nicht zu verwundern, daß Thémines, obschon ein ausgezeichneter Reiter, Saint-Clairs Fuß berührte, als er an seine Seite kam. Der, dessen Zorn seinen Höhepunkt erreicht hatte, konnte nicht länger an sich halten. Er stellte sich in die Bügel und schlug mit seiner Reitgerte heftig über die Nase von Thémines Pferd.
Zum Teufel, August, was haben Sie? rief Thémines. Was schlagen Sie mein Pferd?
Warum reiten Sie mir nach? erwiderte Saint-Clair mit unheimlicher Stimme.
Sind Sie verrückt geworden, Saint-Clair? Vergessen Sie, mit wem Sie sprechen?

Ich weiß wohl, daß ich zu einem dummen Jungen rede.
Saint-Clair, Sie haben den Verstand verloren. Hören Sie! Morgen werden Sie sich entschuldigen oder mir für Ihre Frechheit Rechenschaft geben! Also auf morgen, Herr von Saint-Clair!
Thémines parierte sein Pferd. Saint-Clair gab dem seinen die Sporen und war bald im Walde verschwunden. In diesem Augenblick fühlte er sich erleichtert. Er hatte die Schwäche, an Vorahnungen zu glauben. Er dachte bei sich: Morgen bin ich tot. Und es gibt kein Grübeln und Fragen mehr. Noch ein einziger Tag, und alle Unruhe, alle Qual ist vorüber.
Er kam nach Hause, sandte den Diener mit einem Schreiben zum Obersten Beaujeu, schrieb einige Briefe. Dann nahm er sein Mittagsmahl mit gutem Appetit, und Punkt halb neun Uhr war er an der kleinen Pforte des Parkes.

Was hast du nur heute, August? fragte die Gräfin. Du bist von merkwürdiger Heiterkeit, und doch kannst du mich mit allen deinen Scherzen nicht zum Lachen bringen. Gestern hingegen warst du etwas verdrießlich, und ich war so fröhlich. Heute haben wir die Rollen getauscht. Ich habe heftige Kopfschmerzen.
Schöne Freundin, ich gebe zu, daß ich gestern recht langweilig war. Aber mein heutiger tüchtiger Morgenritt ist mir ausgezeichnet bekommen.

Was mich betrifft, so bin ich spät aufgestanden, habe in den Morgen hineingeschlafen und angreifende Träume gehabt.
Träume? Glaubst du an Träume?
Unsinn!
Ich glaube daran. Ich wette, daß du einen Traum hattest, der Unheil verkündete.
Mein Gott, ich erinnere mich niemals meiner Träume. Doch, ich erinnere mich. Ich habe im Traume Massigny gesehen. Es war keineswegs etwas Amüsantes.
Massigny! Ich hätte im Gegenteil geglaubt, daß du ihn gern wiedersehen würdest...
Armer Massigny!
Armer Massigny?
August, ich bitte dich, sage mir, was hast du heute abend? In deiner Heiterkeit liegt etwas Teuflisches. Ich möchte beinahe meinen, du machtst dich über dich selber lustig.
Sieh, jetzt behandelst du mich ebenso schlecht wie deine Freundinnen, die alten Majoratsdamen.
August, du machst heute dasselbe Gesicht wie bei den Leuten, die du nicht magst.
Böse Frau, gib mir die Hand!
Er küßte ihr die Hand mit spöttischer Höflichkeit, und sie sahen sich beide eine Minute lang scharf in die Augen. Saint-Clair senkte zuerst den Blick und rief: Wie schwer ist es, in dieser Welt zu leben, ohne für schlecht zu gelten! Man sollte niemals über andre Dinge als über das Wetter und die Jagd reden, oder mit deinen alten Freundinnen

das Budget ihres Wohltätigkeitsvereines besprechen. Er nahm ein Blatt vom Tisch: Ah, die Rechnung deiner Wäscherin! Plaudern wir darüber, mein Engel; dann wirst du nicht mehr sagen, daß ich schlecht sei.
August, du bringst mich wirklich in Verwunderung.
Diese Handschrift erinnert mich an einen Brief, den ich heute morgen gefunden habe. Ich muß erwähnen, daß ich meine Papiere ordnete, da ich von Zeit zu Zeit Anwandlungen von Ordnungssinn habe. Also, ich fand den Liebesbrief einer Schneiderin, in die ich mit achtzehn Jahren verliebt war. Sie hatte eine ganz besondre, umständliche Schreibweise. Der Stil war ihrer Rechtschreibung würdig. Da ich damals nicht zu knapp Dandy war, fand ich es unter meiner Würde, eine Geliebte zu besitzen, die nicht wie die Sévigné schrieb. Ich verließ sie plötzlich. Heute, als ich diesen Brief wieder las, erkannte ich, daß die Schneiderin mich wahrhaft geliebt hat.
Großartig! Eine Frau, die du ausgehalten hast!
Jawohl, großartig: mit fünfzig Frank den Monat. Aber mein Vormund hielt mich kurz, denn er war der Meinung, daß ein junger Mann, der Geld in der Hand habe, sich und andre zugrunde richte.
Und was ist aus ihr geworden?
Was weiß ich? Wahrscheinlich ist sie im Krankenhause gestorben.
August, wenn das wahr wäre, würdest du nicht so sorglos aussehen.

Um die Wahrheit zu sagen, sie hat einen anständigen Mann geheiratet; und als ich großjährig ward, habe ich ihr eine kleine Aussteuer geschenkt.
Wie gut du bist! Doch warum wolltest du dich so schlecht machen?
Ja, ja, ich bin wohl gut. Je mehr ich darüber nachdenke, um so mehr überzeuge ich mich, daß diese Frau mich wirklich geliebt hat. Damals aber war ich nicht imstande, echtes Gefühl in lächerlicher Form klar zu erkennen.
Du hättest mir den Brief bringen sollen. Ich wäre nicht eifersüchtig gewesen. Wir Frauen haben mehr Feingefühl als Ihr Männer und sehen sofort am Stil eines Briefes, ob der Schreiber es aufrichtig gemeint hat, oder ob er eine Leidenschaft vortäuscht, die er nicht empfindet.
Und doch, wie oft laßt Ihr Frauen Euch von Dummköpfen und Gecken überlisten!
Indem er so sprach, betrachtete er die etruskische Vase, und ein düsterer Ausdruck lag in seinen Augen und in seiner Stimme; Mathilde bemerkte ihn nicht.
Ach, Ihr Männer wollt immer für Don Juans gelten. Ihr bildet Euch stets ein, daß Ihr Andre täuscht, während Ihr häufig nur eine Donna Anna findet, die noch gerissener ist als Ihr.
Ich gebe zu, daß Ihr Frauen mit Eurem überlegenen Geiste einen Dummkopf auf Meilen wittert. Auch zweifle ich nicht, daß unser Freund Massigny, der ein Dummkopf und Geck war, jungfräulich als Märtyrer gestorben ist...

Massigny? Aber so borniert war er doch nicht; und dann, es gibt ja auch dumme Frauen. Ich muß dir eine Geschichte von Massigny erzählen... Oder habe ich sie dir nicht schon erzählt?
Ich wüßte nicht, erwiderte Saint-Clair mit zitternder Stimme.
Nach seiner Rückkehr aus Italien verliebte sich Massigny in mich. Mein Gatte kannte ihn; er stellte ihn mir als einen Mann von Geist und Geschmack vor. Sie paßten zueinander. Massigny kam anfangs sehr häufig. Er brachte mir Aquarelle, die er bei Schroth kaufte und für die seinigen ausgab; er redete über Musik und Malerei mit einem Ton von Überlegenheit, der mich belustigte. Eines Tages sandte er mir einen unglaublichen Brief. Er sagte mir da unter anderm, ich wäre die anständigste Frau von Paris; deswegen wolle er mein Liebhaber werden. Ich zeigte den Brief meiner Base Julie. Wir waren damals zwei rechte Närrinnen und beschlossen, Massigny einen Streich zu spielen. Eines Abends hatten wir einige Leute bei uns, darunter Massigny. Meine Base sagte zu mir: Ich will dir eine Liebeserklärung vorlesen, die ich heute morgen erhalten habe. Sie nahm den Brief und las ihn unter schallendem Gelächter vor... Der arme Massigny!
Saint-Clair warf sich Mathilden zu Füßen und stieß einen Freudenschrei aus. Er nahm ihre Hand und bedeckte sie mit Küssen und Tränen. Die Gräfin war höchst überrascht und glaubte zunächst, er wäre krank. Saint-Clair konnte nichts

als die Worte hervorbringen: Verzeihe mir! Verzeihe mir!
Endlich erhob er sich. Er strahlte. In diesem Augenblick war er glücklicher als an dem Tage, wo Mathilde zum ersten Male zu ihm sagte: Ich liebe dich.
Ich bin der törichtste und schuldigste aller Männer! rief er. Seit zwei Tagen hatte ich dich in Verdacht, und ich habe keine Aussprache mit dir herbeigeführt...
Du mich in Verdacht? Weshalb?
Ach, ich Armseliger! Man hatte mir hinterbracht, du hättest Massigny geliebt...
Massigny? Sie fing an zu lachen, um gleich darauf wieder ernst zu werden.
August, sagte sie, bist du so torhaft, solchen Argwohn zu hegen und solch ein Heuchler sein, ihn vor mir zu verbergen?
Tränen standen in ihren Augen.
Ich beschwöre dich, verzeihe mir!
Wie sollte ich dir nicht verzeihen, Geliebter? Aber zuvor laß mich dir schwören...
Oh, ich glaube dir, ich glaube dir. Sage nur nichts. Aber um Gottes willen, was konnte dich bewegen, so Unwahrscheinliches zu argwöhnen?
Nichts, nichts! Mein verflixter Kopf... und... siehst du, die etruskische Vase! Ich wußte, daß Massigny sie dir geschenkt hatte...
Die Gräfin rang voll Verwunderung die Hände und rief dann auflachend aus:
Meine etruskische Vase! Meine etruskische Vase!

Saint-Clair mußte selber lachen, während gleichzeitig große Tränen über seine Wangen liefen. Er nahm Mathilde in seine Arme und sprach:
Ich lasse dich nicht, solange du mir nicht vergeben hast.
Ja, ich verzeihe dir, du Tor, sagte sie, ihn zärtlich küssend. Du machst mich heute sehr glücklich. Es ist das erstemal, daß ich dich weinen sehe, und ich dachte, du könntest nicht weinen.
Sie entwand sich seinen Armen, nahm die etruskische Vase und warf sie zu Boden, so daß sie in tausend Stücke zersprang. (Es war ein seltenes und einzigartiges, der Öffentlichkeit unbekanntes Stück. Die dreifarbige Malerei stellte den Kampf eines Lapithen mit einem Kentauren dar.)
Saint-Clair war während der nächsten Stunden der beschämteste und der glücklichste aller Männer.

Ist die Nachricht wahr? fragte Roquantin den Obersten Beaujeu, den er am Abend bei Tortoni traf.
Leider allzu wahr, anwortete der Oberst traurig.
Erzählen Sie, wie es sich zugetragen hat!
Gern. Saint-Clair hat mir zunächst gesagt, er habe unrecht, doch wolle er Thémines einen Schuß lassen und sich erst dann bei ihm entschuldigen. Ich konnte dies nur billigen. Thémines schlug vor, das Los möge entscheiden, wer den ersten Schuß habe. Saint-Clair bestand darauf, Thémines solle ihn haben. Thémines schoß. Ich sah, wie Saint-Clair sich um sich selber drehte und tot zu Boden fiel. Öfter

schon habe ich bei Soldaten, die von einer Kugel getroffen waren, dies seltsame Sichdrehen im Tode beobachtet.
Etwas ganz Merkwürdiges! meinte Roquantin. Und was hat Thémines gemacht?
Was in solchem Fall zu machen ist. Er warf seine Waffe mit bedauernder Geste zu Boden, und zwar so heftig, daß der Hahn dabei abgebrochen ist. Es war eine englische Martonpistole. Ich weiß nicht, ob man in Paris einen Büchsenmacher findet, der imstande ist, das Ding wiederherzustellen.

Die Gräfin verbrachte ganze drei Jahre, ohne irgendwen zu empfangen. Winter wie Sommer blieb sie in ihrem Landhause, wo sie kaum das Zimmer verließ, bedient von einer Mulattin, die ihre Beziehungen zu Saint-Clair kannte und mit der sie keine zwei Worte am Tage wechselte. Im vierten Jahre kehrte ihre Base Julie von einer langen Reise zurück. Sie erzwang sich Zutritt und fand die arme Mathilde dermaßen abgemagert und bleich, daß sie vermeinte, die Mumie einer Frau zu erblicken, die sie in Schönheit und Lebensfreude verlassen hatte. Es war nicht leicht, sie ihrem Zufluchtsorte zu entreißen und nach Hyères zu bringen. Dort siechte die Gräfin in weiteren drei oder vier Monaten gänzlich hin. Sie starb dann an einer Lungenkrankheit, verursacht durch häusliche Sorgen, wie der Doktor M*** sagt, der sie behandelt hat.

Die Venus von Ille

ICH STIEG DEN LETZTEN HANG DES CANIGOU hinab. Obwohl die Sonne bereits untergegangen war, erkannte ich in der Niederung die Häuser des Städtchens Ille, mein Reiseziel.
Ihr wißt, sagte ich zu dem Katalonier, der mir seit dem vergangenen Tage als Führer diente, Ihr wißt gewiß, wo Herr von Peyrehorade wohnt?
Das will ich meinen! rief er. Ich kenne sein Haus wie das meine; und wenn es nicht so dunkel wäre, zeigte ich es Euch. Es ist das schönste von Ille. Ja, er hat Geld, der Herr von Peyrehorade; und seinen Sohn verheiratet er mit einer, die noch mehr hat.
Wird die Heirat bald stattfinden? fragte ich.
Sehr bald. Es kann sein, daß schon die Geiger zur Hochzeit bestellt sind. Ist sie heut abend, morgen oder übermorgen, ich weiß es nicht. In Puygarrig wird die Sache vor sich gehen; denn die Braut des jungen Herrn ist das gnädige Fräulein von Puygarrig. Das gibt ein schönes Fest, ja, ja.
An Herrn von Peyrehorade war ich durch meinen Freund, Herrn von P***, empfohlen. Er sei, so hatte man mir gesagt, ein wohlunterrichteter Altertumsforscher von erprobter Gefälligkeit. Es werde ihm ein Vergnügen sein, mir alle Ruinen zehn Wegstunden in der Runde zu zeigen. Also rechnete ich auf ihn für meine Streifzüge durch die Iller Gegend, die, wie ich wußte, reich an Denkmälern aus Altertum und Mittelalter ist. Die Feier, von der ich zum ersten Male hörte, warf alle meine Pläne um.

Ich komme als Störenfried, sagte ich mir; doch ich wurde erwartet. Durch Herrn von P*** angemeldet, mußte ich mich wohl oder übel einstellen.
Wetten wir, mein Herr, sagte mein Führer zu mir, als wir bereits in der Ebene waren, wetten wir um eine Zigarre, daß ich errate, was Ihr bei Herrn von Peyrehorade wollt.
Na, meinte ich, indem ich ihm eine Zigarre reichte, das zu erraten, ist nicht weiter schwierig. Um die jetzige Zeit und nach sechs Stunden Marsch über den Canigou ist die Hauptsache das Abendessen.
Aber morgen? Ich wette, Ihr kommt nach Ille, das Götzenbild zu sehen. Das weiß ich, seitdem ich gesehen, daß Ihr die Heiligen von Serrabona abgezeichnet habt.
Das Götzenbild? Was für ein Götzenbild?
Dies Wort hatte meine Neugier erregt.
Was? Man hat Euch in Perpignan nicht erzählt, wie Herr von Peyrehorade ein Götzenbild in der Erde gefunden hat?
Ihr meint eine Figur aus gebrannter Erde, aus Ton?
Ach nein, aus Kupfer! Man könnte riesig viel Kleingeld draus machen. Sie wiegt schwer wie eine Kirchenglocke. Tief im Boden, unter einem Olivenbaum, da haben wir das Ding herausgeholt.
Ihr wart demnach bei der Ausgrabung zugegen?
Jawohl, Herr. So vor vierzehn Tagen war es, da sagte Herr von Peyrehorade zu Jean Coll und zu mir, wir sollten den alten Olivenbaum ausroden, der im letzten Winter erfroren war. Ihr wißt, es gab schrecklich viel Frost. Also wie wir graben,

da haut der Coll, der feste drangeht, die Hacke in die Erde... Ich höre Bimm, als habe er an eine Glocke geschlagen. Was ist das? frage ich. Wir buddeln tiefer und immer tiefer, und da kommt eine schwarze Hand zum Vorschein, die wie eine Totenhand aussieht, die aus dem Grabe greift. Mich packt die Angst. Ich laufe zum Herrn, und ich vermelde ihm: Gnädiger Herr, unter dem Olivenbaum liegen Tote. Wir müssen den Pfarrer holen. – Tote? Was für Tote? fragt er. Er kommt mit, und kaum hat er die Hand gesehen, da ruft er: Eine Antike! Eine Antike! Als ob er einen Schatz gefunden hätte. Und dann hat er mit der Hacke und den Händen geschuftet mehr wie wir beiden andern zusammen.
Und was habt Ihr schließlich gefunden?
Eine große schwarze, mit Verlaub zu sagen, halbnackige Frau, ganz aus Kupfer, und Herr von Peyrehorade hat uns gesagt, es wäre ein Götzenbild aus der Heidenzeit. Aus der Zeit Karls des Großen oder so....
Ich weiß schon.... Eine brave heilige Jungfrau in Bronce, aus einem zerstörten Kloster.
Eine brave heilige Jungfrau? Jawohl, brav und heilig! Eine Heidengöttin, sage ich Euch. Das sieht man ihr gleich am Gesicht an. Sie behext einen geradezu mit ihren großen weißen Augen. Man muß wegsehen, ja, sowie man sie anschaut.
Weiße Augen? Ohne Zweifel in das Erz eingelegt. Vermutlich eine römische Statue.
Eine römische? Richtig! Herr von Peyrehorade

sagt, es sei eine Römerin. O, ich sehe, Sie sind genau so ein gelehrter Herr wie er.
Ist sie ganz? Gut erhalten?
Nichts fehlt ihr. Noch schöner und besser ausgeführt ist sie als die Büste von Seiner Majestät im Ratshause; die ist aus bemaltem Gips. Aber trotzalledem, das Gesicht des Götzenbildes behagt mir nicht. Das Weib sieht boshaft aus und ist es auch.
Boshaft? Was hat sie Euch Böses angetan?
Mir nicht gerade. Aber hört! Wir hatten uns tüchtig angestrengt, um sie herauszuziehen, und Herr von Peyrehorade zog auch am Seil, obgleich er nicht mehr Kraft hat als ein Huhn, der Verehrte. Mit viel Mühe stellten wir sie aufrecht hin. Ich wollte einen Ziegelstein unterlegen, um ihr Halt zu geben. Pardauz! Da fällt sie rückwärts um, schwer wie sie ist. Ich rufe: Achtung dahinten! Doch nicht rasch genug. Jean Coll hatte nicht die Zeit, sein Bein zurückzuziehen....
Hat er was abbekommen?
Glatt gebrochen wie eine Reblatte war sein armes Bein! Pech! Wie ich es sah, war ich fuchswild. Ich wollte dem Weibsbild eins mit der Hacke versetzen, aber Herr von Peyrehorade ist mir in den Arm gefallen. Er hat Jean Coll Schmerzensgeld gegeben; der liegt aber immer noch im Bette, vierzehn Tage schon; so lange ist es her. Und der Arzt meint, er wird mit diesem Bein nie wieder so gehn wie mit dem andern. Schade! Er war unser bester Läufer und nach dem jungen Herrn von Peyrehorade unser gerissenster Ballspieler. Herr

Alphons ist ganz traurig darüber geworden, denn Coll war sein Spielpartner. Es war schön anzusehen, wenn sie sich die Bälle abschlugen. Paff! Paff! Es kam nie einer zur Erde.
So plaudernd erreichten wir Ille, und alsbald sah ich mich Herrn von Peyrehorade gegenüber. Es war ein kleiner, noch frischer und munterer alter Herr, gepudert, mit roter Nase; biedere Freundlichkeit und ein wenig Spottlust im Gesicht. Noch ehe er den Brief des Herrn von P*** öffnete, hatte er mich an einer wohlgedeckten Tafel zum Sitzen gebracht und mich seiner Frau wie seinem Sohne vorgestellt, als berühmten Altertumsforscher, der die alte Grafschaft Roussillon der Vergessenheit entreißen werde, der sie durch die Indolenz der Gelehrten verfallen sei.
Während ich mit gutem Appetit aß (denn nichts regt mehr an als scharfe Bergluft), betrachtete ich meine Wirte. Herr von Peyrehorade ist bereits geschildert; ich möchte nachholen, daß er die Lebhaftigkeit in persona war. Er sprach, aß, stand auf, lief zu seiner Bibliothek, schleppte mir Bücher herbei, zeigte mir Stiche, schenkte mir Wein ein. Nicht zwei Minuten lang verharrte er in Ruhe. Seine Frau war etwas stark, wie fast alle Katalonierinnen, wenn sie über die Vierzig hinaus sind. Offenbar war sie eine richtige Kleinstädterin, die nichts als ihre Wirtschaft im Kopfe hatte. Obwohl das Abendessen für sechs Personen und mehr gereicht hätte, lief sie in die Küche, ließ Tauben schlachten, Miliasse backen und öffnete wer weiß

wie viele Töpfe Eingemachtes. Im Handumdrehen war der Tisch mit Schüsseln und Flaschen übervoll, und ich wäre zweifellos an Verdauungsbeschwerden gestorben, wenn ich von allem Angebotenen auch nur gekostet hätte. Trotzdem gab es bei jeder Platte, die ich ausschlug, neue Entschuldigungen. Man fürchtete, daß ich mich in Ille nicht wohl befände. In der Provinz habe man so wenig Bezugsquellen, und die Pariser seien so verwöhnt.

Bei all der Geschäftigkeit seiner Eltern blieb der junge Herr Alphons von Peyrehorade auf seinem Platze wie ein Pagode. Er war hochgeschossen, etwa sechsundzwanzig Jahre alt, und hatte schöne regelmäßige, aber ausdruckslose Gesichtszüge. Seine Gestalt und seine athletischen Formen stimmten zu seinem Rufe weit und breit als unermüdlicher Ballspieler. An jenem Abend war er elegant gekleidet, genau nach dem Kupfer in der letzten Nummer des Mode-Journals. Es kam mir aber vor, als beengte ihn diese Tracht; er hielt sich in seiner samtnen Halsbinde steif wie ein Stock und bewegte sich nur im Ganzen. Seine starken sonnenverbrannten Hände und seine kurzen Fingernägel standen in sonderbarem Gegensatz zu seinem Anzuge. Es waren Arbeiterfäuste, die aus den Ärmeln eines Dandy herauslangten. Obwohl er mich als Pariser mit großer Neugier von oben bis unten musterte, redete er mich den ganzen Abend nur ein einziges Mal an, und zwar um zu fragen, wo ich meine Uhrkette gekauft hätte.

Eines, verehrter Gast, sagte Herr von Peyrehorade, als das Mahl zu Ende ging, Sie gehören mir, Sie wohnen bei mir, und ich lasse Sie nicht los, als bis Sie alles gesehen haben, was es Merkwürdiges in unsern Bergen gibt. Sie sollen den Gau Roussillon gründlich kennenlernen, und Sie müssen ihm Gerechtigkeit widerfahren lassen. Sie ahnen nicht, was wir Ihnen alles zu zeigen haben. Phönikische, keltische, römische, arabische, byzantinische Denkmäler. Alles wird Ihnen vorgeführt, von A bis Z. Ich bringe Sie überall hin und erlasse Ihnen nicht einen Backstein...

Ein Hustenanfall nötigte ihn innezuhalten. Ich benutzte die Pause, ihm zu sagen, ich sei untröstlich, eine so bedeutungsvolle Familienfeier zu stören. Wenn er mir auf meine geplanten Ausflüge gütigst seine trefflichen Ratschläge mitgeben wolle, ohne sich die Mühe zu machen, mich persönlich zu begleiten, so würde ich...

Ach so! Sie meinen die Hochzeit meines Jungen da, rief er, mich unterbrechend, aus. Nebensache! Ist übermorgen erledigt. Sie machen die Feier mit, im engen Kreise, denn die Zukünftige hat Trauer um eine Tante, eine Erbtante. Deshalb keine große Festlichkeit, keinen Ball... Eigentlich schade! Sie hätten sonst unsere Katalonierinnen tanzen sehen. Die sind nicht übel, und wer weiß, ob Sie nicht Lust bekommen hätten, unserm Alphons nachzueifern. Einer Heirat folgt die andere! sagt das Sprichwort... Am Sonnabend, wenn die jungen Leute verheiratet sind, bin ich frei, und wir machen uns auf den Weg. Verzeihen Sie mir, bitte ich, daß ich Sie mit einer ländlichen Hochzeit langweile. Einen Pariser, der Festen gegenüber blasiert ist... noch dazu eine Hochzeit, auf der nicht getanzt wird ... Aber das sage ich Ihnen, Sie werden eine Braut zu sehen bekommen ... eine Braut ... über die Sie mir sicher ein Wörtchen sagen ... Freilich, Sie sind ein gesetzter Mann und kümmern sich nicht mehr um die Weiber. Darum werde ich Ihnen etwas andres zeigen. Sie sollen ein Ding zu sehen kriegen ... Ich behalte mir eine ganz gehörige Überraschung für morgen vor.

Bei Gott, sagte ich, es ist schwer, einen Schatz im Hause zu haben, ohne daß die Leute davon erfahren. Ich glaube, ich errate die Überraschung, die Sie mir in Aussicht stellen. Aber wenn es sich um Ihr Standbild handelt, so hat die Beschreibung, die mir mein Führer davon gemacht hat, meine Neugier erregt, und ich bin auf ein Wunder gefaßt.

Aha! Er hat Ihnen vom Götzenbild erzählt. So nennen Sie meine schöne Venus Tur ... Aber ich will nichts weiter sagen. Morgen werden Sie sie sehen, am hellichten Tage, und Sie werden mir sagen, ob ich nicht recht habe, sie für ein Meisterwerk zu halten. Auf Ehre, Sie konnten nicht gelegener kommen! Da gibt's Inschriften, die ich armseliger Laie auf meine Weise erkläre ... aber ein Gelehrter aus Paris! Vielleicht werden Sie über meine Interpretation spotten ... Ich habe nämlich eine Denkschrift verfaßt ... ich, so wie ich vor Ihnen stehe ... ich alter Altertumsschnüffler aus dem Hinterlande ... ich habe mich hervorgewagt ... will die Presse in Bewegung setzen ... Wenn Sie mich gütigst lesen und verbessern wollten, so dürfte ich hoffen ... Zum Beispiel bin ich sehr neugierig, wie Sie folgende Inschrift auf dem Sokkel übersetzen werden:

CAVE...

Doch ich will Sie vorläufig nichts fragen. Erst morgen, erst morgen! Heute sind die Akten über die Venus geschlossen.

Du tust gut daran, Peyrehorade, meinte seine Frau, dein Götzenbild in Ruhe zu lassen. Es sollte dir nicht entgehen, daß du unsern Herrn Gast gar nicht zum Essen kommen läßt. Glaube mir, Herr Mérimée hat in Paris viel schönere Bildsäulen als deine gesehen. In den Tuilerien gibt es ihrer zu Dutzenden und auch broncene.

Da sieht man die Einfalt, die heilige Einfalt der Provinz! unterbrach sie ihr Ehemann. Eine wunderbare Antike mit den faden Figuren eines Coustou zu vergleichen!

Wie respektslos von den Göttern
Spricht mir da die Hausgenossin!

Stellen Sie sich vor, meine Frau wollte, ich sollte meine Statue einschmelzen und eine Glocke für unsre Kirche daraus gießen lassen! Sie sähe sich gar zu gern als Stifterin. Ein Meisterwerk von Myron!

Meisterwerk! Meisterwerk! eiferte Frau von Peyrehorade. Ein schönes Meisterwerk hat sie angerichtet! Einem Menschen das Bein zerschlagen.

Liebe Frau, schau her! sagte Herr von Peyrehorade in energischem Ton und streckte ihr sein rechtes Bein entgegen, so daß man den buntgemusterten seidenen Strumpf sah. Liebe Frau, wenn die Venus mir dies Bein zerschlagen hätte, ich würde nicht klagen.
Um Himmels willen, Peyrehorade, wie kannst du so was sagen! Zum Glück geht es dem Manne besser ... Aber noch kann ich es nicht über mich bringen, die Bildsäule anzusehen, die solch Unglück anrichtet. Armer Jean Coll!
Von Venus verwundet! scherzte Herr von Peyrehorade zu mir gewandt, derb auflachend. Von Venus verwundet – und der Schafskopf beklagt sich! Veneris nec praemia noris! Wen hätte Venus nie verwundet?
Herr Alphons, der Französisch besser verstand als Latein, zwinkerte mich mit einem verständnisvollen Blick an; offenbar fragte er mich: Na, du Pariser, verstehst du das?
Das Abendbrot war zu Ende. Schon seit einer Stunde aß ich nicht mehr. Ich war müde, und es gelang mir mehrfach nicht mehr das Gähnen zu unterdrücken. Frau von Peyrehorade gewahrte es zuerst, worauf sie bemerkte, es sei Zeit, schlafen zu gehen. Da begannen neue Entschuldigungen wegen des schlechten Nachtlagers, das meiner warte. Ich werde es nicht wie in Paris haben. In der Kleinstadt sei man schlecht daran. Im Roussillon müsse man schon einen Pflock zurückstecken.

Vergeblich beteuerte ich, nach einer Gebirgswanderung wäre mir eine Schütte Stroh eine köstliche Schlummerstätte. Immerfort bat man, es armen Landleuten nicht übelzunehmen, daß sie mir nicht so aufwarten könnten, wie sie wohl möchten.

Endlich durfte ich mich in Begleitung des Herrn Peyrehorade in das mir bestimmte Schlafgemach hinaufbegeben. Die Treppe, deren letzte Stufen aus Holz waren, mündete in der Mitte eines Ganges, der zu mehreren Zimmern führte.

Die Räume da rechts, erläuterte mir mein Gastgeber, die habe ich meiner künftigen Schwiegertochter zugeteilt; Ihr Zimmer liegt am entgegengesetzten Ende. Junge Eheleute müssen für sich sein. Verstehen Sie? (Dabei lächelte er in ersichtlicher Verschmitztheit.) Sie hausen hier und jene da!

Wir betraten ein wohleingerichtetes Zimmer. Der erste Gegenstand, der mir in die Augen fiel, war ein Bett, sieben Fuß lang und sechs Fuß breit und so hoch, daß man einen Schemel brauchte, um sich hinaufzuschwingen. Mein Wirt zeigte mir, wo die Klingel war, und überzeugte sich umständlich, daß die Fläschchen mit Kölnischem Wasser am rechten Platz auf dem Toilettentische standen. Nachdem er mich mehrmals gefragt hatte, ob es mir an nichts gebräche, wünschte er mir gute Nacht und ließ mich allein.

Die Fenster waren geschlossen. Ehe ich meine Kleider ablegte, öffnete ich eins, um die frische Nachtluft zu atmen, eine Köstlichkeit nach so

langem Mahle. Vor mir ragte der Canigou. Er gewährt zu jeder Tageszeit einen wunderbaren Anblick, doch an jenem Abend, im vollen Mondenlichte, erschien er mir als der schönste Berg der Welt. Ich verweilte einige Minuten in der Betrachtung seines prächtigen Umrisses und wollte schon mein Fenster wieder schließen, als ich zufällig abwärts sah und in einer Entfernung von etwa vierzig Metern hinter dem Hause auf einem Sockel die Statue erblickte. Sie stand in dem Winkel einer grünen Hecke, die den nicht großen Garten von einem geräumigen viereckigen, ganz ebenen Platze trennte, dem städtischen Ballspielplatze, wie ich später erfuhr. Ehemals Eigentum des Herrn von Peyrehorade, war er auf die dringenden Bitten seines Sohnes an die Gemeinde abgetreten worden.
Entfernt, wie ich stand, war es mir schwer, die Gestalt im Einzelnen zu erkennen. Ich vermochte nur die Größe abzuschätzen, auf etwa sechs Fuß. In diesem Augenblick gingen zwei Burschen aus dem Ort über den Spielplatz nahe an der Hecke vorbei. Sie pfiffen ein hübsches Roussilloner Volkslied.
Wie sie die Bildsäule sahen, blieben sie stehen. Einer redete sie laut an. Er sprach Katalonisch, aber ich war lange genug in der Gegend, um halbwegs zu verstehen, was er sagte.
Da bist du Luder! So siehst du aus! rief er. Also du hast dem Jean Coll das Bein zerschlagen! Wärst du mein, ich schlüge dir den Kopf ab.
Womit? fragte der andre. Sie ist aus Kupfer und so hart, daß dem Stephan seine Feile zerbrochen

ist, wie er sie bloß ein bißchen anschneiden wollte. Kupfer aus der Heidenzeit ist verflucht hart. Wenn ich meinen Stahlmeißel bei mir hätte (offenbar war er Schlosserlehrling), wollte ich ihr bald die großen weißen Augen herausgesprengt haben wie eine Nuß aus der Schale. Das sind ein paar Taler Silber!
Sie gingen weiter.
Ich muß dem Götzenbilde gute Nacht wünschen, sagte der größere der Burschen und blieb wieder stehen.
Er bückte sich und hob wahrscheinlich einen Stein auf. Ich sah, wie er ausholte und irgend etwas schleuderte. Alsbald gab das Erz einen sonoren Klang, aber im nämlichen Augenblick fuhr sich der Lehrjunge mit der Hand an den Kopf und stieß einen Schmerzensschrei aus.
Sie hat wieder geworfen! rief er.
Da nahmen die beiden Schlingel die Beine unter den Arm und rannten weg. Vermutlich war der Stein vom Metall zurückgeprallt, und der Schimpf, den man der Göttin angetan, hatte sich sozusagen selber bestraft.
Ich mußte weidlich lachen und machte das Fenster zu.
Ein von Venus gestrafter Vandale! Mögen alle Zerstörer alter Denkmäler ebenso eins auf den Kopf bekommen!
Mit diesem christlichen Wunsche schlief ich ein.
Es war lichter Tag, als ich erwachte. An meinem Bett auf der einen Seite stand Herr von Peyreho-

rade im Schlafrocke, auf der andern Seite, als Bote seiner Frau, ein Diener mit einer Tasse Schokolade.

Auf, auf, lieber Herr Pariser! Da sieht man die Faulpelze der Hauptstadt! sagte mein Wirt, während ich mich eiligst ankleidete. Acht Uhr und noch im Bett! Ich bin schon seit sechs auf. Zum dritten Male bin ich oben. Ich habe mich Ihrer Tür auf den Zehen genähert: alles mucksmäuschenstill. In Ihren Jahren so lange zu schlafen, bekommt nicht gut. Und meine Venus haben Sie noch nicht gesehen! Rasch, rasch, nehmen Sie diese Tasse Schokolade! Barcelonaer! Veritable Schmugglerware! Schokolade, wie man sie in Paris nicht hat. Kräftigen Sie sich, denn wenn Sie erst einmal vor meiner Venus stehen, wird niemand Sie loßreißen können.

In fünf Minuten war ich fertig, das heißt, ich war flüchtig rasiert, trug die Weste halboffen und hatte mir in der Eile mit der Schokolade die Kehle verbrannt. Ich eilte in den Garten hinab und fand eine herrliche Antike.

Es war tatsächlich eine Aphrodite von wunderbarer Schönheit. Der Oberkörper war nackt; die rechte Hand, in der Höhe des Busens, nach innen gewendet; der Daumen und die zwei ersten Finger ausgestreckt, die andern beiden leicht gekrümmt. Die linke Hand hielt an der Hüfte das Gewand, das den Unterleib bedeckte. Die ganze Haltung erinnerte an den Moraspieler, der aus mir unbekanntem Grunde als Germanikus gilt. Vielleicht war auch diese Göttin beim Spiel gedacht.

Wie dem auch sei, die prächtige Venus hatte nicht ihresgleichen; anmutig und wollüstig im Körperlichen, reizend und edel in der Gewandung. Ich hatte irgendein Werk aus der späten Kaiserzeit erwartet; ich sah ein Meisterwerk aus der Blütezeit der antiken Plastik. Besonders überraschte mich die hohe Naturwahrheit; man war versucht zu glauben, diese erlesenen Formen wären dem Leben nachgebildet, vorausgesetzt, daß die Natur ein so vollendetes Vorbild dargeboten hat.
Das Haar, in Wellen aus der Stirn gestrichen, zeigte die Spuren ehemaliger Vergoldung. Der Kopf, klein wie ihn fast alle griechischen Statuen haben, war leicht vorgebeugt. Was das Gesicht anbelangt, so wird es mir wohl niemals gelingen, seinen seltsamen Charakter in Worten auszudrücken. Den Typ dieses Bildnisses habe ich, auch annähernd nicht, nirgends je bei einer Antike wiedergefunden. Es war nicht die bekannte ruhige herbe Schönheit der hellenischen Bildhauer, die den Zügen ihrer Gestalten eine hoheitsvolle Unbeweglichkeit geradezu planmäßig aufdrücken. Im Gegenteil bemerkte ich hier zu meiner Verwunderung die unverkennbare Absicht des Künstlers, eine böse, beinahe heimtückische Seele zu offenbaren. Das ganze Gesicht war in gewisser Spannung, die Augen schauten nicht ganz geradeaus, die Mundwinkel waren ein wenig verzogen, die Nasenflügel leicht gebläht. Hochmut, Spott, Grausamkeit spielten über der unerhörten Schönheit ihrer Züge. Ehrlich gesagt, je mehr

man die herrliche Statue anschaute, desto mehr hatte man die beklemmende Empfindung, daß dies wunderbar schöne Weib alles andre denn sentimental sein müsse.
Wenn das Modell hierzu je gelebt hat, sagte ich zu Herrn von Peyrehorade, und ich bezweifle, daß die Schöpfung solch ein Weib hervorgebracht hat, so beklage ich ihre Liebhaber. Es muß ihr Genuß gewesen sein, verzweifelte Verehrer in den Tod zu treiben. In ihrem Gesichtsausdruck liegt etwas Wildes, und doch habe ich nie etwas so Schönes gesehen.

Es ist Venus, nur bedacht auf ihre Beute...

rief Herr von Peyrehorade, sichtlich befriedigt von meiner Begeisterung.
Jener Zug teuflischen Spottes wurde wohl durch den Gegensatz verstärkt, den ihre eingelegten, aus Silber gefertigten, hellfunkelnden Augen zur schwärzlichgrünen Patina bildeten. Diese glanzvollen Augen täuschten wirkliches Leben vor. Dabei fiel mir wieder ein, daß mein Führer gesagt hatte, man könne ihr nicht lange in die Augen schauen. Das war wirklich beinahe wahr, und ich konnte mich eines gewissen Ärgers über mich selber nicht erwehren, weil mir vor diesem Erzgesicht unbehaglich zumute ward.
Nunmehr, sagte mein Gastgeber, da Sie alles im Einzelnen bewundert haben, verehrter Kollege in der Altertumsforschung, wollen wir, wenn es Ihnen recht ist, eine wissenschaftliche Diskussion eröffnen. Was sagen Sie zu dieser Inschrift, die Sie noch nicht beachtet haben?

Er wies auf den Sockel der Bildsäule, und ich las da die Worte:

CAVE AMANTEM.

Quod dicis, doctissime? fragte er mich, sich die Hände reibend. Sehen wir zu, ob wir über den Sinn dieses Cave amantem der nämlichen Meinung sind!

Der Spruch ist zweideutig, erwiderte ich. Man kann übersetzen: Hüte dich vor dem Geliebten! Aber ich weiß nicht, ob Cave amantem in diesem Sinne gutes Latein wäre. Wenn ich die teuflische Miene der Dame betrachte, möchte ich eher glauben, der Verfasser der Inschrift habe den Beschauer vor der schrecklichen Schönheit warnen wollen. Ich schlage daher die Übersetzung vor: Nimm dich vor dieser Liebenden in acht!

Hm! meinte Herr von Peyrehorade. Freilich, Ihre Deutung ist ausgezeichnet. Doch (nichts für ungut!) ich ziehe die erste Übersetzung vor, allerdings nicht ohne Erläuterung. Kennen Sie den Liebhaber der Aphrodite?

Es gab ihrer mehrere.

Ja, aber der erste war Hephaistos. Hat man nicht sagen wollen: Trotz aller deiner Schönheit, trotz deiner Unnahbarkeit, wird ein Schmied, ein häßlicher Hinkemann, dein Geliebter! Eine tiefsinnige Lehre für kokette Weiber.

Ich konnte ein Lächeln nicht unterdrücken; diese Erläuterung dünkte mich allzusehr bei den Haaren herbeigezogen.

Eine schreckliche Sprache, dies Latein mit seiner

Kürze! meinte ich, um meinem Antikenkenner nicht gerade zu widersprechen, und trat ein paar Schritte zurück, um die Statue besser betrachten zu können.

Einen Augenblick, Herr Kollege! sagte Herr von Peyrehorade, indem er mich am Arme festhielt. Sie haben noch nicht alles gesehen. Es ist noch eine andre Inschrift da. Steigen Sie einmal auf den Sockel und schauen Sie am rechten Arme nach!

Dies sagend, half er mir beim Klettern.

Ohne viel Umstände umhalste ich die Venus und begann mit ihr vertraut zu werden. Einen Augenblick stand ich ihr unmittelbar unter der Nase, wobei sie mir noch boshafter und schöner vorkam. Dann gewahrte ich einige Buchstaben ihr im Arm eingeritzt, in antiker Schrägschrift, wie ich feststellte. Mit Hilfe meiner Lupe entzifferte ich mühsam folgende Worte, wobei Herr von Peyrehorade jedes Wort, sowie ich es aussprach, mit billigender Stimme und Gebärde wiederholte. Ich las also:

VENERI TVRBVL...
EVTYCHES MYRO
IMPERIO FECIT

Nach dem Worte Turbul in der ersten Zeile waren sichtlich einige Buchstaben verschwunden; Turbul aber war deutlich zu lesen.

Und das heißt? fragte mich mein Wirt, strahlend und voll Arglist lächelnd, denn er mochte denken, daß ich mit diesem Turbul... nicht sogleich fertig werden würde.

Eins von den Worten ist mir noch schleierhaft, erwiderte ich ihm. Alles übrige ist leicht:

Eutyches Myron
hat der Venus auf ihr Geheiß
dies dargebracht.

Großartig! Aber Turbul...? Was fangen Sie damit an? Was heißt Turbul...?

Turbul... macht mir Kopfzerbrechen. Vergeblich suche ich nach einem bekannten Beiwort der Venus, das mich auf die Sprünge bringen könnte. Hören Sie! Was würden Sie zu: Turbulenta sagen? Der beunruhigenden, verwirrenden Venus? Sie werden bemerken, ich stehe vor allem unter dem Eindruck ihrer boshaften Miene. Turbulenta, das ist keine üble Bezeichnung für Venus.

Dies fügte ich in bescheidenem Tone hinzu, denn selber war ich von meiner Deutung nicht besonders befriedigt.

Venus turbulenta! Die radaulustige Venus! Aha! Sie glauben also, meine Venus sei eine Venus aus dem Tingeltangel? Mitnichten! Die Dame ist aus der guten Gesellschaft. Ich will Ihnen das Turbul... erklären. Nur müssen Sie mir versprechen, meine Entdeckung nicht vor dem Drucke meiner Denkschrift bekanntzumachen. Auf diesen Fund bilde ich mir nämlich etwas ein. Uns armen Teufeln im Hinterlande müßt Ihr schon auch ein paar Nüsse zu knacken übrig lassen. Ihr habt übergenug, ihr Herren Gelehrten in Paris!

Vom Sockel herab, auf dem ich noch immer thronte, versprach ich feierlich, daß ich niemals die

Nichtswürdigkeit begehen würde, ihm seine Entdeckung zu stehlen.

Turbul…, sagte er, indem er mir näherkam und seine Stimme dämpfte, damit es ja kein andrer außer mir hören könne: Lesen Sie:

TVRBVLNERAE!

Verstehe ich nicht! meinte ich.

Geben Sie acht! Eine Wegstunde von hier, am Fuße des Gebirges, da liegt ein Dorf, das heißt Boulternère, verdorben aus dem lateinischen Turbulnera. Solcher Silbentausch ist nicht ungewöhnlich. Boulternère war einmal ein römischer Ort. Ich habe nie daran gezweifelt, hatte aber keinen Beweis. Der Beweis steht da! Diese Venus war die Ortsgöttin des Städtchens Turbulnera. Und noch etwas viel Merkwürdigeres. Der Name Boulternère, dessen lateinische Herkunft ich eben dargelegt habe, läßt darauf schließen, daß der Ort vormals eine phönikische Niederlassung gewesen ist…

Er hielt einen Augenblick inne, um Luft zu schnappen und sich an meiner Verwunderung zu weiden. Es glückte mir, nicht laut herauszuplatzen.

In der Tat, fuhr er fort, Turbulnera ist reines Phönikisch. Tur und Sur ist dasselbe. Nicht wahr? Sur ist das phönikische Wort für Tyr. Die Bedeutung brauche ich Ihnen nicht zu sagen. Bul ist Bal. Bal, Bel, Bul… belanglose Verschiedenheiten der Aussprache. Was nera anbelangt, so bin ich mir darüber nicht recht klar. In Ermangelung eines phönikischen Wortes möchte ich annehmen, daß es vom griechischen neros (feucht,

sumpfig) kommt. Das Ganze wäre also Sprachmosaik. Um neros zu rechtfertigen, werde ich Ihnen in Boulternère zeigen, wie die Sturzbäche der Berge dort Maremmen bilden. Indessen könnte die Endung nera auch später zugefügt sein, zu Ehren der Nera Pivesuvia, der Frau des Tetrikus, die der Stadt Turbul irgendwelche Wohltat erwiesen haben mag. Doch in Hinsicht auf die Maremmen ziehe ich die Etymologie von neros vor.
Wohlgefällig nahm er eine Prise Schnupftabak.
Aber lassen wir die Phöniker und kehren wir zur Inschrift zurück! Ich lese also:

Der Venus von Turbulnera
stiftet Myron auf ihr Geheiß
sein Werk.

Ich hütete mich, seine Etymologie zu bekritteln, wollte aber meinerseits eine Probe meines Scharfsinnes vorbringen, und so sagte ich: Mit Verlaub! Myron hat etwas geweiht, aber nichts beweist, daß es diese Statue war!
Aber, aber! rief Herr von Peyrehorade. War Myron nicht ein berühmter griechischer Bildhauer? Seine Begabung hat sich in seiner Familie vererbt. Einer seiner Nachkommen ist der Meister dieses Werks. Das ist doch klipp und klar!
Na, na, erwiderte ich, ich sehe da am Arm ein Löchlein. Ich denke, es wird den Zweck gehabt haben, etwas zu halten, zum Beispiel ein Armband, das besagter Myron der Venus zur Versöhnung dargebracht hat. Myron war unglücklich verliebt. Venus grollte ihm. Er besänftigte sie, indem er ihr ein

goldenes Armband weihte. Beachten Sie, daß fecit oft im Sinne von consecravit gebraucht wurde. Das sind Synonyme. Ich könnte Ihnen mehr als ein Beispiel bringen, wenn ich Gruter oder Orellius zur Hand hätte. Es ist verständlich, daß einem Verliebten im Traume die Venus erscheint, daß er sich einbildet, sie befehle ihm, ihrem Bilde ein goldnes Armband zu stiften. Myron brachte es ihr dar. Später haben die Barbaren oder ein gottlästerlicher Dieb ...

Sieh da! Man merkt, daß Sie Romane geschrieben haben, rief mein Wirt, indem er mir die Hand reichte, damit ich herabkletterte. Nein, Herr Mérimée, das ist ein Werk aus der Schule Myrons. Betrachten Sie bloß die Arbeit, und Sie müssen es zugestehen!

Da es einer meiner Grundsätze ist, einem sturen Altertumsforscher niemals über eine gewisse Grenze zu widersprechen, so neigte ich wie ein Besiegter mein Haupt und sagte: Es ist ein herrliches Stück!

Du mein Gott! rief Herr von Peyrehorade. Schon wieder ein Vandalenstreich! Da hat einer mit einem Stein meine Bildsäule getroffen.

Er hatte soeben ein helles Mal über dem Busen der Venus wahrgenommen. Ich bemerkte an den Fingern der rechten Hand eine ähnliche Spur, die wohl von dem geworfenen Stein im Fluge gestreift worden war, oder aber der Stein war im Anprall zersplittert, und ein Stück davon hatte die Hand getroffen.

Ich erzählte meinem Wirt von dem Bubenstreich,

dessen Zeuge ich gewesen, und von der Strafe, die ihm auf dem Fuße gefolgt war. Er lachte laut, und indem er den Lehrling mit Diomedes verglich, wünschte er ihm, daß er wie der griechische Heros alle seine Genossen in weiße Vögel verwandelt sehen solle.

Die Frühstücksglocke unterbrach unser klassisches Gespräch, und gleich wie am Abend zuvor ward ich genötigt, für viere zu schmausen.

Danach kamen Herrn von Peyrehorades Pächter, und während er ihnen Audienz erteilte, zeigte mir sein Sohn eine Kalesche, die er für seine Braut in Toulouse gekauft hatte. Selbstverständlich bewunderte ich sie. Dann ging ich mit ihm in den Pferdestall, wo er mich eine halbe Stunde festhielt, um mir seine Gäule vorzurühmen, ihre Pedigree zu erörtern und die Preise aufzuzählen, die sie auf der Rennbahn des Departements eingeheimst hatten. Schließlich kam er auf seine Zukünftige zu sprechen. Den Übergang vermittelte eine graue Stute, die für sie bestimmt war.

Wir werden sie heute zu sehen bekommen, sagte er. Ich weiß nicht, ob Sie sie hübsch finden werden. Die Pariser sind anspruchsvoll. Aber hier und in Perpignan findet sie jedermann entzückend. Vor allem ist sie schwerreich. Ihre Tante in Prades hat ihr ihr Vermögen vermacht. Nichts wird meinem Glücke fehlen.

Der junge Mann, dem die Mitgift seiner Braut tiefer ging als ihre schönen Augen, war mir unangenehm.

Sie verstehen sich auf Schmucksachen, fuhr Herr Alphons fort. Wie finden Sie das hier? Es ist der Ring, den ich ihr morgen schenke.
Dabei zog er vom ersten Glied seines kleinen Fingers einen dicken, mit einer Reihe Brillanten besetzten Ring, gebildet aus zwei verschlungenen Händen. Ein reizendes Symbol. Die Arbeit war alt, aber die Steine waren wohl später eingesetzt. Innen stand in altmodischen Lettern:

SEMPR AB TI

Das heißt: Immer mit dir!
Ein hübscher Ring! sagte ich. Nur stören die dazugefügten Brillanten seine ursprüngliche Art ein wenig.
Oh! So ist er doch viel schöner, erwiderte er lächelnd. Die Steine daran kosten zwölfhundert Franken. Ein Familienerbstück. Meine Mutter hat ihn mir gegeben. Meine Großmutter hat ihn getragen; sie hatte ihn von ihrer Großmutter. Der Ring ist uralt. Aus der Troubadourzeit. Was weiß ich?
In Paris ist es Sitte, sagte ich, einen ganz einfachen Ring zu schenken, der gewöhnlich aus zwei verschiedenen Metallen besteht, etwa Gold und Platin. Sehen Sie, der andre Ring, den Sie da am Finger haben, der wäre recht passend. Dieser hier mit den Brillanten und den hervortretenden Händen ist so dick, daß man keinen Handschuh wird darüberziehen können.
Oh, Frau Alphons kann das halten, wie sie will. Ich glaube, sie wird ihn ganz gern nehmen. Zwölf-

hundert Franken am Finger, das ist doch angenehm. Der kleine Ring hier, fügte er mit einem selbstgefälligen Blick auf den glatten Reif an seiner Hand hinzu, den hat mir eine Pariserin geschenkt, zur Fastnacht. Da habe ich mich einmal ausgetollt, in Paris, vor zwei Jahren. Dort versteht man zu leben…

Und er seufzte voller Wehmut.

Diesen Tag sollten wir das Mittagessen in Puygarrig bei den Eltern der Braut einnehmen. Wir stiegen in eine Kutsche und fuhren nach dem Schlosse, das etwa anderthalb Stunden von Ille entfernt liegt. Ich wurde vorgestellt und wie ein Freund der Familie bewillkommt.

Vom Mahle will ich nicht reden, auch nicht von der Unterhaltung, die sich anschloß und an der ich mich wenig beteiligte. Herr Alphons, der neben seiner Braut saß, raunte ihr alle Viertelstunden etwas ins Ohr, worauf sie, die kaum die Augen aufschlug, errötete, aber ihm jedesmal herzhaft antwortete.

Fräulein von Puygarrig war achtzehn Jahre alt. Ihr biegsamer feiner Wuchs stach stark ab von dem knochigen Körperbau ihres derben Bräutigams. Sie war nicht nur schön, sondern allerliebst. Ich bewunderte die vollkommene Natürlichkeit aller ihrer Antworten. Ihr gütiges Antlitz hatte einen Anflug von Schelmerei, der mich unwillkürlich an die Aphrodite meines Wirtes erinnerte. Während ich diesen Vergleich bei mir anstellte, fragte ich mich, ob die überlegene Schönheit, die

man der Statue unbedingt zubilligen mußte, nicht zum großen Teil in ihrem Raubtierhaften beruhte, denn Willenskraft, selbst in schlimmer Leidenschaft, erregt in uns immer Staunen und unfreiwillige Bewunderung.
Wie schade, dachte ich, als ich Puygarrig verließ, daß ein so liebenswertes Mädchen reich ist, und daß ihre Mitgift der Anlaß ist, daß ein Mann sie begehrt, der ihrer nicht würdig ist.
Wieder in Ille, wußte ich nicht recht, was ich Frau von Peyrehorade sagen sollte, an die hin und wieder das Wort zu richten ich für schicklich hielt.
Gnädige Frau, bemerkte ich, Sie sind hier im Roussillon wirklich Freigeister. Sie feiern eine Hochzeit am Freitag! Wir in Paris sind abergläubischer. Niemand würde es wagen, an einem solchen Tage zu heiraten.
Lieber Gott, sprechen Sie mir nicht davon! erwiderte sie mir. Wenn es von mir abgehangen hätte, so wäre gewiß ein andrer Tag gewählt worden. Aber Peyrehorade hat es so gewollt, und man hat ihm nachgeben müssen. Mir macht das große Sorge. Wenn es ein Unglück gäbe? Es muß doch etwas daran sein; warum haben denn alle Leute Angst vor dem Freitag?
Freitag! rief ihr Mann. Das ist der Tag der Venus. Ein guter Tag für eine Hochzeit. Sie sehen, lieber Herr Kollege, ich denke nur an meine Venus. Auf Ehre, ihretwegen habe ich den Freitag genommen. Wenn es Ihnen recht ist, morgen, vor der Feier, wollen wir ihr ein kleines Opfer darbringen. Wir

wollen ihr zwei Tauben spenden; und wenn ich wüßte, wo Weihrauch aufzutreiben wäre....

Peyrehorade, ich bitte dich! unterbrach ihn seine Frau äußerst empört. Einem Götzenbilde Weihrauch? Das wäre Gotteslästerung. In was für ein Gerede würden wir weit und breit kommen?

Du wirst mir doch wenigstens gestatten, sagte Peyrehorade, daß ich ihr einen Kranz von Rosen und Lilien auf das Haupt setze: manibus date lilia plenis.

Sie sehen, Verehrtester, die Verfassung ist eitler Wahn. Freiheit im Gottesdienst haben wir nicht.

Die Einteilung des nächsten Tages ward wie folgt festgesetzt. Jedermann hatte Punkt zehn Uhr fix und fertig zu sein. Nach einer Tasse Schokolade Abfahrt nach Puygarrig. Standesamtliche Trauung im Gemeindehause, kirchliche Trauung in der Schloßkapelle. Darauf das Frühstück. Danach sollte jeder bis sieben Uhr abends machen, was er Lust hatte. Um sieben Rückfahrt nach Ille. Im Hause des Herrn von Peyrehorade gemeinsames Festmahl der verbundenen Familien. Das übrige freibleibend. Da man nicht tanzen durfte, sollte soviel wie möglich gegessen werden.

Von acht Uhr ab saß ich, den Bleistift in der Hand, vor der Venus. Zum zwanzigsten Male begann ich das Gesicht der Statue zu zeichnen, ohne daß es mir gelang, den eigentümlichen Ausdruck darin zu erfassen. Herr von Peyrehorade umkreiste mich, gab mir Ratschläge, wiederholte mir seine phönikische Etymologie. Sodann legte er Bengalrosen auf den Sockel des Standbildes nieder und erflehte in ernst-heiterer Art der Göttin Gunst und Gnade dem jungen Paare, das unter seinem Dache wohnen sollte.

Gegen neun Uhr ging er ins Haus, um sich festlich zu kleiden; gleichzeitig erschien Herr Alphons, in einen nagelneuen Bratenrock gezwängt, in weißen Handschuhen, Lackschuhen, mit pikfeinen Hemdenknöpfen und einer Rose im Knopfloche.

Er beugte sich über meine Zeichnung und meinte: Möchten Sie nicht meine Frau konterfein? Die ist auch hübsch.

In diesem Augenblick begann auf dem erwähnten Ballspielplatz eine Partie, die sofort Herrn Alphons' Aufmerksamkeit auf sich zog, und da ich mich müde fühlte und daran zweifelte, das Teufelsgesicht wiedergeben zu können, ließ ich das Zeichnen sein und sah den Spielern zu. Es befanden sich unter ihnen einige am Abend zuvor angekommene spanische Maultiertreiber aus Aragonien und Navarra, fast alle wunderbar geschickt. So waren denn die heimischen Sportsleute, obwohl sie durch die Gegenwart und die Ratschläge des Herrn Alphons angestachelt wurden, ziemlich bald durch die neuen Kämpen geschlagen. Die zuschauenden Iller waren bestürzt.

Herr Alphons sah auf seine Uhr. Es war erst halb zehn. Seine Mutter war noch nicht frisiert. Er zauderte nicht, zog seinen Rock aus, ließ sich eine Jacke geben und forderte die Spanier zum Spiel

heraus. Belustigt und ein wenig überrascht beobachtete ich sein Unterfangen.
Die Ehre des Landes muß gerettet werden! rief er. Jetzt fand ich ihn wahrhaft schön. Er war von der Leidenschaft gepackt. Seine Kleidung, die ihn eben noch stark beschäftigt hatte, war ihm völlig gleichgültig geworden. Ein paar Minuten zuvor hatte er kaum gewagt, den Kopf zu drehen, um ja nicht seine Krawatte in Unordnung zu bringen. Nunmehr dachte er weder an sein schöngelegtes Haar noch an sein tadellos gebügeltes Oberhemd. Und seine Braut? Wahrlich, ich glaube, im Notfalle hätte er die Hochzeitsfeier aufgeschoben.
Ich sah, wie er eiligst Sandalen anzog, die Ärmel aufkrempelte und sich mit zuversichtlicher Miene an die Spitze der besiegten Partei stellte, gleich Cäsar, als er bei Dyrrachium seine Truppen um sich scharte. Ich stieg über die Hecke und suchte mir einen bequemen Platz im Schatten eines Zirbelbaumes, von wo aus ich beide Lager gut überblickte.
Entgegen der allgemeinen Erwartung verfehlte Herr Alphons den ersten Ball. Allerdings, dieser Ball kam ganz flach über den Boden, erstaunlich kräftig geworfen von einem Aragonier, wohl dem Führer der Spanier. Das war ein Mann von ungefähr vierzig Jahren, mager und nervig, sechs Fuß hoch; seine olivengelbe Haut war beinahe ebenso dunkel wie das Erz der Venus.
Herr Alphons warf seinen Schläger voller Wut auf die Erde.

Daran ist dieser verfluchte Ring schuld, rief er. Er drückt mir den Finger und hat mich einen sicheren Ball verfehlen lassen.
Nicht ohne Mühe zog er den Brillantring ab. Ich ging auf ihn zu, um ihn in Empfang zu nehmen, aber rascher als ich, war er schon zur Venus gelaufen, steckte ihr den Ring an den Ringfinger und nahm seinen Stand an der Spitze der Iller wieder ein.
Er war blaß, aber mutig und entschlossen. Von nun an beging er keinen einzigen Fehler, und die Spanier wurden gründlich geschlagen. Ein schönes Bild bot die Begeisterung der Zuschauer. Die einen stießen endlose Jauchzer aus und warfen ihre Mützen in die Luft; die andern drückten dem Sieger die Hand und nannten ihn den Stolz des Landes. Hätte er einen feindlichen Einfall zurückgeschlagen, ich bezweifle, ob er lebhafter und ehrlicher beglückwünscht worden wäre. Der Ärger der Besiegten erhöhte seinen glänzenden Triumph.
Das war nicht unsere letzte Partie, Wackerer! rief er dem Aragonier im Ton der Überlegenheit zu. Aber ich werde Euch einige Punkte vorgeben.
Ich hätte mir Herrn Alphons bescheidener gewünscht; diese Demütigung seines Gegners war mir gräßlich.
Der baumlange Spanier empfand die Worte als schwere Kränkung. Ich sah, wie er unter seiner dunklen Haut erbleichte. Mit düstrer Miene und zusammengepreßtem Gebiß betrachtete er seinen Ballschläger; darauf murmelte er mit erstick-

ter Stimme: Me lo pagarás! (Das sollst du mir büßen!)
Herrn von Peyrehorades Stimme störte seines Sohnes Siegerlaune. Mein Wirt, schon sehr verwundert, ihn nicht als Anordner beim Anspannen der neuen Kutsche gefunden zu haben, ward es noch mehr, als er ihn schweißtriefend, den Schläger in der Hand, erblickte.
Herr Alphons eilte ins Haus, wusch sich Gesicht und Hände, zog seinen Festrock und seine Lackstiefel wieder an, und fünf Minuten später fuhren wir in scharfem Trabe auf der Straße nach Puygarrig dahin. Alle Ballspieler des Städtchens und eine Menge Zuschauer liefen unter Freudengeschrei hinter uns her. Unsre kräftigen Pferde mußten tüchtig ausgreifen, sonst wären sie von den flinken Kataloniern eingeholt worden.
Wir waren in Puygarrig, und der Hochzeitszug setzte sich nach dem Gemeindehause in Bewegung, da schlug sich Herr Alphons auf die Stirn und flüsterte mir zu: Wie dumm! Ich habe den Ring vergessen. Er steckt am Finger der Venus. Der Teufel soll sie holen! Sagen Sie es wenigstens meiner Mutter nicht! Vielleicht merkt sie es gar nicht.
Schicken Sie doch jemanden zurück! schlug ich vor.
Ach nein. Mein Diener ist in Ille geblieben. Denen hier traue ich nicht recht. Für zwölfhundert Franken Brillanten! Das führt manchen in Versuchung. Was würde man übrigens von meiner Zerstreutheit denken? Man würde mich arg hän-

seln. Man würde mich das Ehegespons der Venus nennen.... Hoffentlich maust man mir ihn nicht. Zum Glücke haben die Kerle Angst vor dem Götzenbilde. Keiner wagt sich in Reichweite heran. Doch genug. Es macht nichts. Ich habe einen andern Ring.

Beide Feierlichkeiten, die standesamtliche wie die kirchliche, spielten sich unter dem herkömmlichen Gepränge ab, und Fräulein von Puygarrig empfing den Ring einer Pariser Putzmacherin, ohne sich träumen zu lassen, daß ihr Bräutigam ihr ein Liebespfand darbrachte. Dann setzte man sich zu Tisch, aß, trank und sang sogar, alles ausgiebig und andauernd. Ich litt für die junge Frau unter der derben Lustigkeit, die sich um sie entwickelte; doch hielt sie sich wackrer als ich erwartet hatte, und ihre leichte Befangenheit verriet weder Ohnmacht noch Ziererei. Es mag wohl sein, daß der Mut in schwieriger Lage wächst.

Das Frühstück kam zu Ende, als es Gott gefiel. Es war vier Uhr. Die Herren setzten sich zu einem Spaziergang durch den prächtigen Park in Bewegung oder schauten den Bäuerinnen von Puygarrig zu, die in ihrem Sonntagsstaat auf der Schloßwiese tanzten. So schlugen wir die paar Stunden tot. Währenddem scharten sich die Damen um die Neuvermählte, die ihre Brautgeschenke bewundern ließ. Dann wechselte sie ihr Kleid. Ich bemerkte, daß sie eine Haube und einen Federhut auf ihrem schönen Haar trug. Eine Verheiratete hat natürlich nichts Eiligeres zu tun als so schnell

wie möglich einen Schmuck anzulegen, den die Sitte einem jungen Mädchen zu tragen verbietet.
Es ging auf acht Uhr, als man sich zum Aufbruch nach Ille anschickte. Zuletzt gab es einen rührseligen Auftritt. Die Tante des Fräuleins von Puygarrig, die ihr die Mutter vertrat, eine betagte und sehr fromme Dame, sollte nicht mit uns zur Stadt kommen. So hielt sie ihrer Nichte beim Scheiden über ihre Frauenpflichten eine herzergreifende Predigt, der ein Tränenstrom und endlose Umarmungen folgten. Herr von Peyrehorade seinerseits verglich die Trennung mit dem Raube der Sabinerinnen. Endlich kam es zur Abfahrt, und unterwegs tat ein jeder sein Mögliches, die junge Frau zu zerstreuen und aufzuheitern. Jedoch es war vergebens.
In Ille erwartete uns das Abendessen — und was für eins! War mir schon die Ausgelassenheit vom Vormittag unangenehm gewesen, weit peinlicher waren mir die Zweideutigkeiten und Späße, die den Neuvermählten, zumal der jungen Frau, galten. Der Bräutigam, der, ehe man sich zur Tafel setzte, einen Moment wegging, war bleich und von eisigem Ernst. Aller Augenblicke hatte er das Glas an den Lippen, alten Collioure, stark fast wie Branntwein. Ich saß ihm zur Seite und hielt es für meine Pflicht, ihn zu warnen.
Sehen Sie sich vor! Man sagt, dieser Wein...
Ich weiß nicht, was für dummes Zeug ich vorbrachte, um mich der Stimmung der andern Gäste anzupassen.

Er stieß mich mit dem Knie und flüsterte mir zu: Wenn die Tafel aufgehoben wird, möchte ich Ihnen kurz etwas sagen.
Sein feierlicher Ton kam mir merkwürdig vor. Ich beobachtete ihn eifrig und gewahrte eine seltsame Veränderung seines Gesichts.
Fühlen Sie sich unwohl? fragte ich ihn.
Nein.
Wieder und wieder trank er.
Unterdessen kroch unter Rufen und Händeklatschen ein elfjähriges Kind unter dem Tisch hervor und überreichte der Tafelrunde ein hübsches rot und weißes Band, das es der jungen Frau vom Knöchel gelöst hatte, das Strumpfband der Braut, wie es hieß. Es wurde sogleich in Stücke geschnitten und an die jungen Herren verteilt, die sich das Knopfloch damit schmückten, altem Brauche gemäß, der sich in einigen altväterischen Familien erhalten hat. Es gab der jungen Frau Anlaß, über und über zu erröten. Aber ihre Verwirrung erreichte den Gipfel, als Herr von Peyrehorade, nachdem er um Silentium gebeten, ein paar, wie er sagte, Verse aus dem Stegreif in katalonischer Mundart vorsang. Sie hatten, wenn ich recht verstanden habe, folgenden Sinn:

Was ist das, liebe Freunde?
Läßt der Wein, den ich getrunken
Mich alles doppelt schaun?
Es sind zwei Aphroditen da...

Jählings und verstört schaute sich der Bräutigam um, was alle zum Lachen brachte.

Herr von Peyrehorade sang weiter:

Ja, Venus weilt zwiefach unter meinem
Dache.
Die eine hab ich in der Erde gefunden wie
eine Trüffel;
Die andre, eine mir vom Himmel zuge-
fallene,
Hat eben ihren Gürtel an uns verteilt...

(Das sollte heißen: ihr Strumpfband.)

Sohn, willst du die römische oder die kata-
lonische?
Sieh, der Spitzbube hat die katalonische
gewählt
Und damit den besseren Teil,
Die Römerin ist schwarz, die Katalonierin
weiß,
Die römische kalt, doch die katalonische
Setzt alles, was ihr naht, in Flammen.

Der Schlußvers erregte solch ein Hurra, Beifallstoben und lautes Gelächter, daß ich vermeinte, die Decke werde über uns zusammenstürzen. In der ganzen Tafelrunde blieben nur drei Gesichter ernst, die des jungen Paares und meins. Ich hatte heftigen Kopfschmerz; überdies stimmt mich, ich weiß selber nicht warum, eine Hochzeit immer traurig. Insbesondere diese war mir etwas contre coeur.

Des Bürgermeisters Adjunkt gab auch noch ein Lied zum besten (ich muß sagen, es war recht frei); dann begab man sich in den Salon, um sich am Schauspiel des Abganges der Braut zu weiden,

die nun in ihr Schlafgemach geleitet werden sollte, denn es war kurz vor Mitternacht.
Herr Alphons zog mich in eine Fensternische und sagte zu mir mit abgewandtem Blick:
Sie werden mich auslachen... aber ich weiß nicht, was mit mir ist... ich bin verhext... Hol mich der Teufel!
Meine erste Vermutung war, er fühle sich von jenem Übel bedroht, das Montaigne und Frau von Sévigné mit den Worten meinen: Das Reich der Liebe wimmelt von tragischen Geschichten...
Ich dachte (sagte ich zu mir selber), dies Mißgeschick stieße nur Leuten des Geistes zu.
Sie haben zuviel Collioure getrunken, bester Herr Alphons!
Mag sein! Aber es ist etwas viel Schrecklicheres...
Er bekam den Schlucken; ich hielt ihn für bezecht.
Nach einem Stillschweigen begann er von neuem:
Sie wissen doch, mein Ring...
Freilich! Ist er weg?
Nein.
Also haben Sie ihn?
Nein... ich... krieg ihn nicht vom Finger dieser gottverdammten Venus!
So! Sie haben nicht gehörig stark gezogen.
Doch. Aber die Venus... die hat den Finger krumm gemacht.
Er starrte mich mit verstörtem Blick an. Um nicht hinzusinken, hielt er sich am Fensterriegel fest.
Was Sie da fabeln! meinte ich. Sie haben ihr den Ring zu fest angesteckt. Morgen werden Sie ihn

mit einer Zange abnehmen. Aber geben Sie acht, daß Sie die Statue nicht beschädigen!
Ich bleibe dabei. Der Finger der Venus ist gekrümmt, zurückgezogen. Sie ballt die Hand. Verstehen Sie mich? Unbedingt, sie ist meine Frau, da ich ihr meinen Ring gegeben habe... Sie will ihn mir nicht wiedergeben.
Ich verspürte einen plötzlichen Schauer und bekam Gänsehaut. Einen Augenblick. Alphons schluckte auf. Starker Weindunst wehte mir zu. Jede Erregung war mir vertrieben.
Der Unglücksmensch ist gänzlich beschwippst, dachte ich bei mir.
Sie verstehen sich auf Antiken, Herr Mérimée, fuhr er weinselig fort. Sie kennen diese Art Bildsäulen. Gibt es an ihnen irgendeine Feder, eine Teufelei, die ich nicht weiß? Wenn Sie einmal nachschauen wollten...
Gern, sagte ich. Kommen Sie mit mir!
Nein, es ist mir lieber, wenn Sie allein gehen.
Ich verließ den Salon.
Während des Mahles war das Wetter umgeschlagen. Ein starker Regenschauer ging nieder. Ich wollte mir einen Schirm geben lassen, da hielt mich eine Erwägung zurück. Ich wäre schön dumm, sagte ich mir, wollte ich dem Geschwätz eines Betrunkenen auf den Grund gehen. Vielleicht hat er sich gar einen schlechten Scherz mit mir erlaubt, um diesen ehrenwerten Spießbürgern Stoff zum Lachen zu geben. Zum mindesten werde ich dabei bis auf die Knochen naß und hole mir einen tüchtigen Schnupfen.

Unter der Haustür warf ich einen Blick auf das vom Regen triefende Standbild, begab mich hinauf in mein Zimmer und schenkte mir die Rückkehr in den Salon. Ich legte mich zu Bett, aber der Schlaf ließ auf sich warten. Vorgänge des Tages tauchten vor meinem Geiste auf. Ich dachte an das so schöne und so reine junge Mädchen, das einem rohen Trunkenbold ausgeliefert war. Wie häßlich ist doch die herkömmliche Heiraterei! Ein Standesbeamter liest seine Formeln vor, ein Pfaffe hängt sich seinen Kittel um – und die ehrbarste Jungfrau ist dem Minotaurus verfallen. Zwei Menschen, die einander nicht lieben, was haben die sich zu sagen in einem Moment, für den zwei Andre ihr Leben dahingeben würden? Vermag ein Weib einen Mann zu lieben, den sie einmal gemein gesehen hat? Der erste Eindruck vergeht nie, und, ich bin sicher, dieser Herr Alphons verdient es, gehaßt zu werden.

Während meines Selbstgespräches, das ich beträchtlich kürze, hatte ich mehrfach im Hause hin- und herlaufen hören; Türen gingen auf und zu, Wagen fuhren weg. Dann vermeinte ich, auf der Treppe die leichten Tritte mehrerer weiblicher Wesen zu vernehmen, die sich nach dem meinem Zimmer entgegengesetzten Ende des Ganges begaben; vermutlich war dies das Gefolge der Braut, die man ins Bett geleitete. Dann ging man wieder die Treppe hinab. Die Tür hinter der jungen Frau von Peyrehorade schloß sich. Armes Ding, dachte ich bei mir, dir mag es unbehaglich und übel zumute sein! Mißlaunig drehte ich mich in meinem Bette um. Ein Junggeselle in einem Hause, in dem sich eine Hochzeit abwickelt, spielt eine törichte Rolle. Eine Weile herrschte Ruhe. Da ward sie durch schwere Schritte treppauf gestört. Die hölzernen Stufen dröhnten stark.

Dieses Rauhbein! sagte ich zu mir. Ich wette, er stolpert über die Stiegen.

Wiederum wurde es still. Ich nahm ein Buch, um meine Gedanken in andere Bahn zu bringen. Es war eine Statistik des Departements, deren Zierde eine Abhandlung des Herrn von Peyrehorade über Denkmäler aus heidnischer Zeit im Bezirk Prades war. Bei Seite drei entschlummerte ich.

Ich schlief schlecht und wachte mehrmals auf. Es mochte fünf Uhr morgens sein; ich war schon länger als eine Viertelstunde wach, als der Hahn krähte. Der Tag graute. Da hörte ich deutlich die nämlichen schweren Tritte, das nämliche Dröhnen der Stiegen wie vor dem Einschlafen. Es kam mir sonderbar vor. Gähnend sann ich nach, weshalb Herr Alphons so früh auf den Beinen sei. Die rechte Lösung des Rätsels fand ich nicht. Eben schloß ich die Augen wieder, als meine Aufmerksamkeit von neuem durch seltsames Getrappel erregt ward. Alsbald ertönten Zimmerklingeln, und Türen gingen laut auf. Schließlich vernahm ich verworrene Schreie.

Der Süffel wird irgend etwas in Brand gesetzt haben, war mein Gedanke, als ich aus dem Bette sprang.

Rasch kleidete ich mich an und trat auf den Gang. Vom andern Ende drangen Rufe und Jammerlaute zu mir, und eine Stimme, die mir durch Mark und Bein ging, überschrie die andern: Mein Sohn! Mein Sohn!

Offenbar war Herrn Alphons ein Unfall zugestoßen.

Ich eilte nach der Brautkammer. Sie war voller Leute. Mein Blick fiel sofort auf den jungen Mann; halbbekleidet lag er quer über dem großen Bette, dessen Holzgestell zertrümmert war. Er war fahl und starr. Neben ihm kniete seine Mutter, laut klagend. Herr von Peyrehorade war in Tätigkeit; er rieb ihm die Schläfe mit Kölnischem Wasser oder hielt ihm Riechsalz unter die Nase. Umsonst. Lange schon war sein Sohn tot.

Am andern Ende des Gemaches, auf einem Sofa, saß die Jungvermählte, in entsetzlichen Krämpfen, wie ein Tier schreiend, kaum von zwei derben Mägden gebändigt.

Mein Gott, rief ich, was ist denn geschehen?

Ich trat an das Bett und hob den Körper des unglücklichen jungen Mannes. Er war schon steif und kalt. Seine aufeinander gepreßten Zähne und sein gedunkeltes Gesicht drückten die gräßlichste Angst aus. Man sah es nur zu deutlich, er hatte ein gewaltsames Ende gehabt und sein Todeskampf war fürchterlich gewesen. Übrigens fanden sich keinerlei Blutspuren. Ich schob sein Hemd auseinander und bemerkte auf seiner Brust einen bläulichen Eindruck, der über die Seiten und nach dem

Rücken lief. Man war versucht, anzunehmen, er sei von einem eisernen Ring umschlungen worden. Mein Fuß trat auf etwas Hartes. Ich neigte mich und erblickte auf dem Teppich den Brillantring. Ich zog Herrn von Peyrehorade und seine Frau in das Wohnzimmer und ließ auch die junge Frau dahin bringen.

Es ist Ihnen eine Tochter geblieben, sagte ich zu den Schwiegereltern. Sie müssen um sie sorgen! Dann entfernte ich mich.

Es war mir nicht zweifelhaft, daß Herr Alphons einem Mörder anheimgefallen war, der Mittel und Wege gefunden hatte, nachts in die Brautkammer zu dringen. Die Quetschung auf der Brust und ihre ringförmigen Ausläufer bereiteten mir zwar ziemliche Bedenken, denn von einem Knüttel oder einer Eisenstange konnten sie nicht herrühren. Plötzlich kam mir in Erinnerung, daß in Valencia die Bravi (gedungene Meuchelmörder) sich länglicher, mit feinem Sand gefüllter Ledersäcke bedienen, um ihr Opfer totzuschlagen. Sofort fiel mir auch der aragonische Eseltreiber ein und seine Drohung; ich wagte mir freilich kaum auszudenken, daß ein leichter Scherz Anlaß zu so furchtbarer Rache geworden sein könnte.

Ich ging im Hause umher und suchte überall nach Spuren eines Einbruches, entdeckte aber nicht das geringste. Ich ging hinab in den Garten und sah nach, ob der Mörder von dorther gekommen wäre, doch fand ich kein sichres Anzeichen. Überdies hatte der nächtliche Regen den Boden derart aufgeweicht, daß man Fußspuren schwer feststellen konnte. Immerhin spürte ich einige tiefe Eindrücke auf. Es war jemand auf dem gleichen Wege hin und her gegangen; und zwar begannen die Spuren im Winkel der Hecke, die den Garten vom Ballspielplatz trennte, und endeten vor der Haustüre. Vielleicht rührten sie von Herrn Alphons her, der zur Venus gegangen war, um seinen Ring zu holen. Hinwiederum war die Hekke im Winkel minder dicht denn anderswo, so daß man vermuten durfte, hier sei der Mörder übergestiegen.

Jedesmal wenn ich während dieser Nachforschung an der Bildsäule vorüberging, machte ich einen Augenblick halt, um sie zu betrachten. Ich gestehe, als ich die Fußspur gefunden, vermochte ich mir den boshaften Spott in ihrem Gesicht nicht ohne Grauen anzuschauen. Den Kopf voll der schrecklichen Auftritte, deren Zeuge ich gewesen, war mir zumute, als weidete sich da vor mir ein Dämon am Unheil, das dies Haus betroffen hatte.

Ich begab mich zurück in mein Zimmer und blieb dort bis Mittag. Dann verließ ich es und erkundigte mich nach meinen Wirten. Sie hatten sich ein wenig beruhigt. Fräulein von Puygarrig, vielmehr die Witwe des Herrn Alphons, war wieder bei Bewußtsein. Sie hatte sich sogar vom Staatsanwalt aus Perpignan vernehmen lassen, der auf einer Amtsreise zufällig in Ille weilte. Er bat auch mich um meine Aussage. Ich berichtete ihm, was ich wußte, und verhehlte ihm meinen Verdacht

gegen den aragonischen Eseltreiber nicht. Er ordnete sofort dessen Festnahme an.
Haben Sie von Frau Alphons etwas erfahren? fragte ich den Staatsanwalt, als meine Aussage niedergeschrieben und unterzeichnet war.
Die unglückliche junge Dame hat den Verstand verloren, erwiderte er mit traurigem Lächeln. Sie ist verrückt, gänzlich verrückt. Hören Sie ihre Angaben!
Sie war, sagt sie, seit einigen Minuten im Bett. Die Bettvorhänge waren zugezogen. Da öffnete sich die Tür und jemand trat ein. Frau Alphons lag am hinteren Bettrand, das Gesicht gegen die Wand. Sie änderte ihre Lage nicht, überzeugt, es wäre ihr Mann. Im nächsten Augenblick ächzte das Bett wie unter gewaltiger Last. Sie bekam schreckliche Angst, wagte aber nicht, den Kopf zu wenden. Fünf Minuten, vielleicht zehn Minuten (sie kann sich über die Zeit keine Rechenschaft geben) vergingen so. Dann machte sie unwillkürlich eine Bewegung, oder die Person, die im Bette lag, war ihr näher gekommen; kurz, sie fühlte sich von etwas Eiskaltem berührt. Das sind ihre eigenen Worte! Sie schmiegte sich ganz an die Wand, zitternd an allen Gliedern. Gleich darauf ging die Tür zum zweitenmal; es kam jemand herein und sagte: Guten Abend, liebes Frauchen! Alsbald wurden die Vorhänge gezogen. Ein erstickter Schrei ward hörbar. Die Gestalt an ihrer Seite richtete sich auf, und es schien als strecke sie die Arme hoch. Jetzt wandte Frau Alphons den Kopf hin, und sie

sah (so sagt sie), wie ihr Mann am Bette kniete, den Kopf in Höhe des Kopfkissens, von den Armen eines grünlichen Ungeheuers gewaltsam umklammert...

So sagt sie aus. Ein dutzendmal immer das gleiche. Die arme Frau! Sie behauptet (erraten Sie es?), sie habe die Broncegestalt, die Venus des Herrn von Peyrehorade, erkannt... Seit die da ist, träumt hier jedermann davon. Doch ich will Ihnen die Aussage der Unglücklichen weiter berichten. In diesem Moment verlor sie das Bewußtsein; den Verstand hatte sie wohl bereits einige Augenblicke zuvor verloren. Wie lange sie ohne Besinnung gelegen hat, vermag sie ganz und gar nicht anzugeben. Wie sie wieder zu sich gekommen war, sah sie das Gespenst, oder, wie sie stets sagt, das Standbild, regungslos, die Beine und den Leib im Bett, die Brust vorgebeugt und mit den Armen ihren Mann umschlingend, der sich nicht regte. Ein Hahn krähte. Da stieg das Standbild aus dem Bett, ließ den Leichnam fallen und entfernte sich. Frau Alphons riß am Klingelzug – und das übrige wissen Sie.

Man führte den Spanier vor. Gelassen, mit viel Kaltblütigkeit und Geistesgegenwart, verteidigte er sich, ohne jene Drohung zu leugnen, die ich gehört hatte. Er behauptete, damit nichts weiter gemeint zu haben als daß er am nächsten Tage, ausgeruht, dem Sieger eine Partie abgewinnen wollte. Ich erinnerte mich, daß er hinzufügte: Ein Aragonier, der sich beleidigt fühlt, wartet mit der Rache nicht bis zum nächsten Tage. Wäre ich der

Meinung gewesen, Herr Alphons hätte mich verhöhnen wollen, so hätte ich ihm auf der Stelle mein Messer in den Leib gestoßen.
Man verglich seine Schuhe mit den Spuren im Garten; die Schuhe waren viel größer. Schließlich versicherte der Wirt des Gasthofes, wo der Mann wohnte, er habe die ganze Nacht einen ihm gehörigen kranken Esel abgerieben und mit Arznei versorgt. Überdies stand der Aragonier in gutem Leumund und war in der Gegend, in die ihn sein Geschäft alle Jahre führte, allerorts bekannt. Man ließ ihn also unter Entschuldigung frei.
Nicht unerwähnt bleibe die Aussage eines Dieners, der den jungen Herrn zuletzt lebend gesehen hatte, und zwar um die Zeit, als er im Begriff war, zu seiner Frau hinaufzugehen. Herr Alphons hatte ihn angerufen und ihn in erregtem Tone gefragt, ob er wisse, wo ich sei. Auf die Verneinung des Dieners habe der junge Herr gestöhnt, und länger als eine Minute habe er stumm dagestanden. Endlich hatte er gesagt: Gehen wir! Am Ende hat der Teufel ihn auch geholt.
Ich fragte den Diener, ob Herr Alphons seinen Brillantring gehabt habe, wie er mit ihm sprach. Er zögerte mit der Antwort. Endlich sagte er, er glaube nicht; indessen er habe nicht darauf geachtet.
Wenn er den Ring am Finger gehabt hätte, fügte er sich berichtigend hinzu, so hätte ich es gewiß bemerkt, denn ich war der Meinung, er habe ihn der gnädigen Frau gegeben.
Während ich den Diener verhörte, verspürte ich

in mir etwas vom abergläubischen Schrecken, den die Aussage der Frau Alphons im ganzen Hause verbreitet hatte. Der Staatsanwalt lächelte mich an, und ich hütete mich, näher hierauf einzugehen.
Einige Stunden nach der Beerdigung des Herrn Alphons war ich zur Abfahrt von Ille bereit. Der Wagen des Herrn Peyrehorade sollte mich nach Perpignan bringen. Ungeachtet seines schwachen Zustandes wollte mich der bedauernswerte alte Herr bis an die Pforte seines Gartens geleiten. Schweigsam schritten wir dahin, er auf meinen Arm gestützt, nur mühsam vorwärtskommend. Im Augenblick des Abschieds warf ich einen letzten Blick auf die Venus. Ich war mir sicher, daß mein Gastgeber, wenn auch weit entfernt von der Angst und dem Haß eines Teiles seiner Familie, geneigt sein werde, sich eines Gegenstands zu entledigen, der ihn immerdar an gräßliches Unglück erinnern mußte. Meine Absicht war, ihm nahezulegen, sie einer öffentlichen Sammlung zu überlassen. Noch zögerte ich, auf die Sache zu kommen, da wandte Herr von Peyrehorade unwillkürlich den Kopf nach der Richtung, in die er mich hinlugen sah. Er bemerkte das Standbild, und mit einem Male brach ein Tränenstrom aus seinen Augen. Ich umarmte ihn, und ohne ihm ein einziges Wort gesagt zu haben (ich wagte es nicht), stieg ich in den Wagen.
Seit meiner Abreise habe ich nicht vernommen, ob irgendwie Licht auf jenes geheimnisvolle Ereignis gefallen ist.

Herr von Peyrehorade hat seinen Sohn einige Monate überlebt. Sein handschriftlicher Nachlaß ist mir testamentarisch vermacht; vielleicht veröffentliche ich ihn einmal. Sein Versuch über die Inschriften auf der Venus befindet sich nicht darunter.

NACHSCHRIFT

Mein Freund, Herr von P***, schreibt mir soeben aus Perpignan, daß die Statue nicht mehr da ist. Nach dem Tode ihres Mannes war es Frau von Peyrehorades erste Sorge, daß sie die Venus einschmelzen und eine Glocke daraus gießen ließ. In dieser neuen Gestalt dient sie der Kirche von Ille. Mich dünkt, fügt Herr von P*** hinzu, ein Unstern stehe über jedem, der diese Bronce besitzt. Seit die neue Glocke in Ille läutet, sind die Weinstöcke zweimal erfroren.

Arsenia Guillot

Wo Paris und Phoibos Apollon
Dich, so tapfer du bist, am skaiïschen Tore verderben.
Ilias XXII, 359f.

IN DER KIRCHE SAINT-ROCH WAR DIE letzte Messe verklungen. Der Küster machte seine Runde, um die verlassenen Kapellen zu schließen. Er war im Begriff, das Gitter vor einer jener aristokratischen Andachtsstätten zuzuziehen, in denen, gesondert von den übrigen Gläubigen, zu Gott zu beten etliche fromme Frauen das erkaufte Vorrecht haben; da bemerkte er, daß eine Dame darin verblieben war, die sich in ihrem Kirchenstuhle, das Haupt zurückgelehnt, sichtlich in erbaulichen Gedanken verloren hatte.

Das ist Frau von Piennes, sagte er sich, am Eingange der Kapelle haltmachend. Frau von Piennes war dem Manne wohlbekannt. Zu jener Zeit erwarb sich eine junge reiche hübsche Dame der Gesellschaft den Ruf besondrer Frömmigkeit, wenn sie Kirchengängerin war, Altardecken stiftete und dem Pfarrer ansehnliche Almosen zur Verfügung stellte, vorausgesetzt, daß ihr Gatte nicht Regierungsbeamter war, sie selber keine Getreue der Frau Kronprinzessin, und ihr Kirchgang wirklich nur ihrem Seelenheile galt.

Der Küster wäre gern zu Tisch gegangen (Leute seines Standes essen um ein Uhr); doch wagte er die Andacht einer im Sprengel von Saint-Roch hochgeschätzten Person nicht zu stören. Also entfernte er sich, seine ausgetretenen Schuhe auf den Steinfliesen klappern lassend, nicht ohne die Hoffnung, daß er nach vollendetem Rundgange die Kapelle leer finden werde.

Er befand sich bereits auf der andern Seite des

Chores, als ein junges Weib in die Kirche trat und, sich neugierig umschauend, durch eins der Seitenschiffe schritt. Schreine, Stationen, Weihwasserbecken, alle diese Dinge kamen ihr offenbar ebenso fremdartig vor wie Ihnen, gnädige Frau, etwa die Krypta und die Inschriften in einer Moschee Kairos. Sie mochte fünfundzwanzig alt sein; aber wer sie nicht aufmerksam anschaute, hielt sie für älter. Ihre wenn auch leuchtenden schwarzen Augen lagen in blaubeschatteten Gruben; ihre mattweiße Gesichtsfarbe, ebenso ihre fahlen Lippen verrieten Schmerz und Leid, während ein Schimmer von Keckheit und Frohsinn im Blick jenen Merkmalen widersprach. An ihrer Kleidung hätten Sie ein merkwürdiges Gemisch von Nachlässigkeit und Gefallsucht wahrgenommen. Ihre rosenrote Capote, geschmückt mit künstlichen Blumen, hätte eher zu einem Abendkleid im Haus gepaßt. Unter einem langen Kaschmirschal (dem scharfen Auge eines Weltkindes wäre es nicht entgangen, daß ihn nicht die erste Besitzerin trug) lugte ein abgenütztes Kleid hervor; zwanzig Sous mochte die Elle gekostet haben. Schließlich, nur ein Mann hätte es fertig bekommen, ihren zierlichen Füßen in ordinären Strümpfen und in Tuchschuhen, die den Kampf mit dem Straßenpflaster gewiß schon lange aushielten, Bewunderung zu gönnen. Sie wissen, gnädige Frau, der Asphalt ist neuerdings erfunden.

Das Mädchen, dessen gesellschaftliche Stellung Sie wohl ahnen, näherte sich der Seitenkapelle, in der

Frau von Piennes noch immer weilte, und nachdem sie sie mit ängstlichem, verlegenem Blick einen Moment angeschaut hatte, sprach sie die sich zum Weggehen Erhebende an.
Können Sie mir sagen, gnädige Frau, fragte sie schüchtern lächelnd in sanftem Tone, können Sie mir sagen, an wen ich mich zu wenden habe, wenn ich eine Kerze weihen will?
Diese Worte klangen dem Ohr von Frau von Piennes allzu ungewohnt. Sie verstand sie zuerst nicht und bat um Wiederholung.
Ach, ich möchte dem heiligen Rochus eine Kerze weihen; nur weiß ich nicht, wem ich das Geld dazu gebe.
Frau von Piennes war bei all ihrer Frömmigkeit Rationalistin; den Aberglauben des Volkes kannte sie nicht. Gleichwohl ließ sie ihn gelten; hat doch jede Art Gottesverehrung, auch die niedrigste, etwas Rührendes. Im Glauben, es handle sich um ein Gelübde oder derlei, und zu großherzig als daß sie aus der Tracht (der rosenroten Capote) des jungen Weibes auf Bestimmtes geschlossen hätte (Sie würden sich kaum davor gescheut haben!), wies sie ihr den sich nähernden Küster. Die Unbekannte dankte und lief auf den Mann zu, der sie augenscheinlich ohne weiteres verstand. Während Frau von Piennes ihr Gebetbuch ergriff und ihren Schleier zurechtzupfte, sah sie, wie das Mädchen mit der Kerze eine kleine Börse aus der Tasche zog, vielem Kleingeld ein einsames Fünffrankstück entnahm und dieses dem Küster einhändigte, wo-

bei sie ihm eine Menge Anliegen zuflüsterte, die er lächelnd anhörte.
Beide verließen die Kirche zu gleicher Zeit, aber das Mädchen mit der Kerze ging dermaßen rasch, daß Frau von Piennes, obwohl sie die nämliche Richtung einschlug, sie bald aus den Augen verlor. An der Ecke der Straße, in der sie wohnte, begegnete ihr die Unbekannte abermals. Sie bemühte sich, unter ihrem schäbigen Schal ein Vierpfundbrot zu verbergen, das sie in einem nahen Laden gekauft hatte. Wie sie Frau von Piennes wiedersah, neigte sie den Kopf, konnte nicht umhin zu lächeln und beschleunigte ihren Gang. Ihr Lächeln besagte: Was kann ich dafür? Ich bin arm. Spotten Sie meiner! Ich weiß wohl, daß man in einer rosenroten Capote und mit einem Kaschmirschal nicht Brot einholt.... Dies Gemisch von falscher Scham, Schicksalsergebenheit und munterer Laune entging Frau von Piennes keineswegs. Nicht ohne Betrübnis ward ihr der Beruf des jungen Mädchens klar. Ihre Frömmigkeit, dachte sie bei sich, ist aber doch mehr wert als meine. Daß sie ein Fünffrankstück geopfert hat, fällt gewiß viel schwerer in die Wagschale als alles das, was ich den Armen aus meinem Überfluß ohne die geringste Entbehrung gebe. Die zwei Scherflein der armen Witwe fielen ihr ein, die Gott wohlgefälliger sind als das protzige Almosen des reichen Mannes. Ich tue nicht genug, sagte sie sich. Ich tue nicht alles, was ich könnte... In Gedanken über diesen gewiß unberechtigten Vorwurf kam sie nach Hause. Die

Kerze, das Vierpfundbrot und vor allem das dahingegebene Fünffrankstück hatten ihr die Gestalt des Mädchens unvergeßbar gemacht; sie schwebte ihr vor wie die verkörperte Pietas.
In der Folge begegnete ihr die Unbekannte ziemlich oft, auf der Straße, in der Nähe der Kirche, doch nie beim Gottesdienst. Jedesmal wenn sie Frau von Piennes entgegenkam, neigte sie das Haupt, leise lächelnd. Dies beinahe demütige Lächeln gefiel Frau von Piennes. Gern hätte sie Gelegenheit gefunden, dem jungen Mädchen, das erst ihre Aufmerksamkeit und jetzt ihr Mitleid erregte, eine Wohltat zu erweisen, zumal es ihr auffiel, daß die rosenrote Capote ihre Farbe verloren hatte und der Kaschmirschal verschwunden war; wahrscheinlich war er zum Altwarenhändler zurückgewandert. Somit hatte der heilige Rochus das ihm dargebrachte Opfer nicht hundertfältig vergolten.
Eines Tages sah Frau von Piennes einen Sarg in die Kirche von Saint-Roch tragen; hinter ihm einen recht dürftig gekleideten Mann ohne Flor am Hut. Offenbar war er Pförtner oder dergleichen. Sie war dem Mädchen mit der Kerze mehr denn vier Wochen nicht begegnet, und der Gedanke kam ihr, es sei ihr letzter Gang, dem sie beiwohnte. Warum nicht? Sie hatte so blaß und abgemagert ausgesehen, wie Frau von Piennes ihr zuletzt begegnet war. Der Küster, an den sie sich wandte, befragte den Mann hinter dem Sarge. Der antwortete, er sei Pförtner in der Rue Louis-le-Grand. Eine der Mieterinnen im Hause sei gestorben, eine

Frau Guillot; da sie weder Verwandte habe noch Freunde, nur eine Tochter, so gehe er bei dieser Person, die ihm gleichgültig sei, aus Gutmütigkeit mit zu Grabe. Sogleich bildete sich Frau von Piennes ein, ihre Unbekannte wäre im Elend gestorben mit Hinterlassung eines hilflosen kleinen Mädchens, und sie nahm sich vor, durch den Geistlichen, der ihre guten Werke zu vermitteln pflegte, nachzuforschen.

Am übernächsten Tage ward ihr Wagen auf einige Augenblicke durch einen Karren aufgehalten, der quer auf der Straße stand. Wie sie flüchtig durch den Vorhang sah, gewahrte sie das totgeglaubte Mädchen, gelehnt an einen Pfeiler. Sie erkannte sie sofort, trotzdem sie bleicher und magerer denn je war. Sie trug ein (allerdings ärmliches) Trauerkleid, ohne Handschuhe, ohne Hut. Ihr Gesichtsausdruck war sonderbar. Statt zu lächeln wie sonst, waren alle ihre Züge verzerrt. Ihre großen schwarzen Augen sahen verstört aus; sie richtete sie auf Frau von Piennes, doch ohne sie wahrzunehmen, denn sie starrten ins Leere. Aus ihrer ganzen Haltung sprach nicht Schmerz, sondern ein rasender Entschluß.

Nach Beseitigung des Hemmnisses fuhr der Wagen der Frau von Piennes in flottem Trabe weiter; aber die Gestalt des Mädchens und ihre verzweifelten Mienen blieben ihr noch stundenlang gegenwärtig. Auf der Rückfahrt bemerkte sie einen Auflauf in ihrer Straße. Die Pförtnersweiber standen an ihren Haustüren und berichteten den Nachbarinnen Dinge, die diese mit sichtlicher Anteilnahme anhörten. Besonders drängten sich die Leute vor einem Hause unweit dem von Frau von Piennes bewohnten. Aller Augen waren einem offenen Fenster im dritten Stock zugewandt. Ausgestreckte Arme wiesen da hinauf und wieder hinab zur Erde. Die Blicke der Gruppen folgten. Es mußte sich etwas Außergewöhnliches ereignet haben.

Als Frau von Piennes ihr Vorzimmer durchschritt, fand sie ihre Dienstboten in voller Aufregung. Offenbar war ein jeder erpicht, ihr das Allerneueste des Viertels mitzuteilen. Aber ehe sie eine Frage hätte tun können, brach ihre Jungfer in die Worte aus: Ach, gnädige Frau, wissen die gnädige Frau... Und in fabelhafter Eile die Tür öffnend, war sie mit ihr im Sanctum sanctorum verschwunden, im Ankleidezimmer der Herrin, das dem übrigen Personal unzugängliches Gebiet war. Ach, gnädige Frau, wiederholte die Jungfer, indem sie Frau von Piennes den Schal abnahm, das Herz steht einem still. So etwas Furchtbares habe ich mein Lebtag nicht gesehen. Das heißt, gesehen habe ich es gar nicht, obwohl ich gleich hingelaufen bin... Immerhin...

Was ist geschehen, Josephine! Sagen Sie es doch!

Also, gnädige Frau, drei Häuser weit von uns hat sich ein armes unglückliches junges Mädel aus dem Fenster gestürzt, vor kaum drei Minuten. Wenn die gnädige Frau eine Minute früher gekommen wäre, so hätte sie den Aufschlag gehört...

Mein Gott! rief Frau von Piennes aus. Die Unglückliche hat sich getötet?

Gnädige Frau, wie gräßlich! Baptist, der den Krieg mitgemacht hat, meinte, derlei habe er nie und nimmer gesehen... Vom dritten Stock...
War sie auf der Stelle tot?
Ach, gnädige Frau, sie bewegte sich noch. Sie redete sogar. Man soll mir den Rest geben, hat sie gesagt. Die Knochen waren ihr alle zerschlagen. Die gnädige Frau kann sich denken, wie sie aufgeprallt sein muß...
Hat man der Unglücklichen Hilfe geleistet? Ist nach einem Arzt geschickt? Einem Priester?
Nach einem Priester? Das wissen die gnädige Frau doch am besten... Ich kann es auch keinem Priester verdenken. Ein Frauenzimmer, das sich soweit vergißt, daß es Selbstmord begeht... das kann keine anständige Person sein... Das ist doch klar. Man sagt, es sei eine von der Oper... Alle diese Dämchen enden so. Sie hat sich in das Fenster gestellt, ihre Röcke mit einem roten Bande zugebunden... und ratsch!
Das ist das Mädchen in Trauer! rief Frau von Piennes, als spräche sie mit sich selber.
Jawohl, gnädige Frau, die Mutter war ihr vor drei oder vier Tagen gestorben. Sie wird den Kopf verloren haben... Vielleicht hat auch ihr Liebster sie sitzen lassen... Nun war es soweit... Kein Geld... Arbeiten kann man dann nicht... Weg ist der Verstand, und die dumme Tat geschieht!
Fräulein Josephine redete eine Weile so weiter, ohne daß Frau von Piennes etwas dazu sagte. Sicherlich betrübt grübelte sie über das Vernom-

mene nach. Plötzlich aber stellte sie die Frage: Sagen Sie, Josephine, hat die Unglückliche, was sie in ihrem Zustande braucht? Wäsche, ein richtiges Bett? Das muß unverzüglich festgestellt werden.
Ich werde hingehen, gnädige Frau, wenn die gnädige Frau einverstanden ist, rief die Jungfer aus, hingerissen von dem Gedanken, eine Frau sehen zu können, die sich hatte töten wollen. Schon aber fügte sie nachdenklich hinzu: Ich weiß zwar nicht, ob ich stark genug bin, eine Frau zu sehen, die aus dem dritten Stock gestürzt ist. Als man jüngst Baptist zur Ader gelassen hat, ist mir schlecht geworden. Es war zuviel für mich.
Gut! Beauftragen Sie Baptist! befahl Frau von Piennes. Und daß ich sofort erfahre, wie es der Unglücklichen geht!
Der Zufall fügte es, daß sich im Augenblick, wo sie diesen Auftrag gab, ihr Hausarzt, der Dr. Koreff, einstellte. Er pflegte alle Dienstage, am Tage der Italienischen Oper, ihr Tischgast zu sein.
Herr Doktor! rief sie ihm entgegen, ohne ihm Zeit zu lassen, seinen Stock abzulegen und sich seines dicken Überziehers zu entledigen. Gehen Sie rasch mit! Baptist wird Sie führen. Es ist ganz in der Nähe. Ein armes junges Mädchen hat sich soeben aus dem Fenster gestürzt. Sie ist ohne Beistand.
Aus dem Fenster? wiederholte der Arzt. Wenn es hoch war, habe ich wahrscheinlich nichts zu tun.
Der Doktor verspürte mehr Lust nach dem Mittagsmahle als nach einer Operation; aber Frau von Piennes bestand darauf, und da das Essen bis zu

seiner Rückkehr verschoben ward, erklärte er sich bereit, Baptist zu folgen.
Der Diener kam nach ein paar Minuten allein zurück. Er bat um Wäsche, Kissen und so weiter. Zugleich überbrachte er das ärztliche Urteil.
Es ist weiter nichts. Das Mädchen wird davonkommen, wenn es nicht stirbt ... am ... Ich habe vergessen, an was sie sterben könnte ... Es war was hinten mit ... os.
Tetanos! rief Frau von Piennes. Starrkrampf!
Sehr wohl, gnädige Frau, sagte Baptist. Jedenfalls war es ein Glück, daß der Herr Doktor gekommen ist, denn es war schon ein andrer, schlechter Arzt da, der keine Patienten hat, derselbe, der das kleine Berthchen behandelt hat, wie sie die Masern bekam. Bei seinem dritten Besuch war sie tot ...
Nach einer Stunde war der Arzt wieder da, kaum noch so gepudert, sein schönes Batistjabot zerknüllt. Die Leutchen, die Hand an sich legen, erklärte er, haben wunderbares Glück. Neulich bringt man eine Frau in meine Klinik, die sich mit einer Pistole in den Mund geschossen hatte. Das Dümmste, was sie tun konnte! Sie hatte sich drei Zähne weggeputzt und die linke Backe durchlöchert. Schön ist sie nicht mehr. Im übrigen hat es nichts nach sich. Und diese springt drei Stockwerke hinunter! Der brave arme Teufel, der aus Versehen aus dem ersten Stock fällt, schlägt sich regelrecht den Schädel ein. Dies Mädchen bricht ein Bein, schindet sich ein bißchen auf und quetscht sich zwei Rippen. Das ist alles. Ausgerechnet, wo sie

hinabgestürzt ist, hat einer der Läden ein Leinwanddach. Das hat die Wucht des Sturzes aufgehoben. Der dritte gleiche Fall, seit ich wieder in Paris bin... Sie ist auf die Füße zu stehen gekommen. Schien- und Wadenbeine sind wiederherstellbar. Anders ist es mit der Kruste dieses Steinbutts, die gänzlich eingetrocknet ist. Wer weiß, was mit dem Braten geschehen ist... und der erste Akt vom Othello entgeht uns auch.
Hat das arme Ding Ihnen eingestanden, was sie dazu getrieben hat?
Derlei Historien höre ich mir nie an, gnädige Frau. Haben Sie zuvor gegessen? Dies und ähnliches frage ich, denn das ist für die Behandlung wichtig. Du mein Gott, wenn man sich das Leben nehmen will, wird man den oder jenen törichten Anlaß wohl haben. Der Liebste hat sie sitzen lassen, und die Zimmervermieterin setzt sie auf die Straße. Um ihr eins auszuwischen, springt so ein Mädel zum Fenster hinaus. Kaum fliegt sie durch die Luft, so reut sie die Geschichte...
Sie bereut, das arme Kind? Ich hoffe es.
Selbstverständlich! Selbstverständlich! Sie war in Tränen und redete auf mich ein... Übrigens, Baptist ist ein ausgezeichneter Assistent. Er hat seine Sache besser gemacht als der medizinische Grünschnabel, der sich vor mir eingestellt hatte. Er kraute sich hinterm Ohr und wußte keinen Anfang. Interessant ist die Sache insofern noch: wenn das Mädchen den Tod gefunden hätte, brauchte sie nicht an der Lungenschwindsucht zu sterben. Sie

ist nämlich lungenleidend. Diese Diagnose stelle ich ihr. Die Brust abgeklopft habe ich ihr nicht, aber mein Blick täuscht mich niemals. Wie kann man es so eilig haben, wenn man nur abzuwarten braucht?

Sie werden sie morgen wieder besuchen, Doktor, nicht wahr?

Da Sie es wünschen, wird es wohl sein müssen, gnädige Frau. Daß Sie etwas für sie tun werden, habe ich ihr bereits versprochen. Das einfachste wäre, man steckte sie ins Krankenhaus. Dort würde man ihr kostenlos das Bein einschienen. Doch bei dem Worte Krankenhaus schreit sie, man solle sie gleich lieber umbringen; und alle die Klatschbasen um sie herum schreien im Chor mit. Ja, wenn man keinen roten Heller hat...

Ich werde die geringen erforderlichen Unkosten auf mich nehmen, Doktor... Wissen Sie, das Wort Krankenhaus ist mir auch schrecklich. Ich kann mir nicht helfen. Es geht mir wie den Klatschbasen, von denen Sie reden. Überdies wäre die Überführung in ein Krankenhaus bei ihrem gräßlichen Zustand ihr Tod.

Vorurteil! Reines Vorurteil der Weltkinder! Nirgends ist man so gut aufgehoben wie im Krankenhause. Wenn ich einmal ernstlich krank werden sollte, so lasse ich mich ins Krankenhaus schaffen. Von dort aus — es hat natürlich noch dreißig bis vierzig Jahre Zeit, meine Gnädigste! — will ich mich in Charons Kahn einschiffen. Meinen Corpus werde ich den Studenten vermachen... Was

Ihren Schützling anbelangt, so mache ich Sie auf eins aufmerksam. Es sieht mir ganz so aus, als gehöre das Mädel zur Oper. Nur mit Ballettbeinen kann man einen solchen Sprung glücklich überstehen.

Ich habe sie in der Kirche gefunden..., und dann kennen Sie meine Schwäche. Aus einem Gesicht, einem Blick baue ich mir eine ganze Lebensgeschichte auf.... Lachen Sie, soviel Sie wollen; ich täusche mich selten. Das arme Mädchen hat jüngst ein Gelübde für ihre kranke Mutter getan. Die Mutter ist gestorben... Da hat sie den Verstand verloren. Verzweiflung und Not haben sie zu dieser schrecklichen Tat getrieben.

Alle Achtung, gnädige Frau! Tatsächlich hat sie auf der Schädeldecke eine aufgetriebene Stelle, die auf Überspanntheit deutet. Was Sie mir da sagen, ist durchaus wahrscheinlich. Sie erinnern mich daran, daß ein Buchsbaumzweig über ihrem Gurtbett hängt. Einen Beweis ihrer Frömmigkeit, meinen Sie nicht?

Ein Gurtbett? Mein Gott, das arme Kind! Aber, lieber Doktor, Sie haben Ihr boshaftes, mir wohlbekanntes Lächeln. Ich spreche nicht von der Frömmigkeit, die sie hat oder auch nicht. Was mich verpflichtet, mich des Mädchens anzunehmen, ist vor allem: ich muß mir ihretwegen einen Vorwurf machen....

Einen Vorwurf? Da bin ich neugierig. Ohne Zweifel hätten Sie Matratzen auf die Straße legen lassen sollen, um sie aufzufangen.

Ja, einen Vorwurf? Ihr Zustand war mir bereits aufgefallen. Ich hätte ihr Hilfe schicken sollen, aber der gute Abbé Dubignon war bettlägerig, und.... Sie kämen mit Selbstvorwürfen nie zu Ende, gnädige Frau, wenn Sie meinen, Sie seien nicht mildtätig genug, wenn Sie, wie Sie das tun, jedweden Bettler beschenken. Ihnen zuliebe müßte man sogar die Gabe haben, die verschämten Armen zu erkennen. Genug, sprechen wir nicht weiter von dem gebrochenen Bein – oder vielmehr noch ein paar Worte darüber! Wenn Sie meiner neusten Patientin Ihre hohe Huld gewähren, so schicken Sie ihr morgen ein besseres Bett und eine Pflegerin; für heute genügen die Klatschbasen. Sodann Fleischbrühe, Krankentee und derlei. Und was nicht übel wäre: Senden Sie ihr aus Ihrer Abbéschar irgendeinen hellen Kopf, der ihr die Leviten liest und ihr die Moral kuriert wie ich ihr das Bein! Das Persönchen ist überreizt; ein Rückfall ist nicht ausgeschlossen.... Wenn Sie es selber täten.... Weiß Gott ja, Sie wären die beste Predigerin. Das heißt, für edlere Objekte.... Das wollte ich sagen.... Es ist achteinhalb Uhr. Höchste Zeit, daß Sie sich für die Oper fertigmachen! Baptist wird mir den Mokka bringen und das Journal des Débats. Ich war den ganzen Tag auf den Beinen und habe keinen Schimmer, was in der Welt los ist.

Etliche Tage vergingen. Es stand ein wenig besser um die Kranke. Der Arzt beklagte sich lediglich über die seelische Überreizung, die nicht nachlasse.

Ich halte nicht viel von Ihren Seelsorgern, sagte er zu Frau von Piennes. Wenn es Ihnen nicht allzu wider den Strich geht, sich das Schauspiel des Menschenelends zu betrachten, und ich weiß, an Mut dazu gebricht es Ihnen nicht, so wären Sie imstande, das Gehirn dieses armen Dinges besser zu beruhigen als ein Priester von Saint-Roch, und, was mehr besagt, besser als alle Apothekerpillen.
Frau von Piennes war damit einverstanden und schlug vor, ihn ohne Verzug zu begleiten. Zusammen stiegen sie hinauf zur Kranken.
In einer Kammer, deren Mobiliar aus drei Strohstühlen nebst einem kleinen Tische bestand, lag sie ausgestreckt in einem guten Bette, das Frau von Piennes geschickt hatte. Feines Bettzeug, eine dicke Matratze, mehr breite Kissen denn nötig, alles das deutete auf barmherzige Dienste, deren Ursprung zu erraten Ihnen gewiß keine Mühe macht.
Das Mädchen sah schrecklich bleich aus; die Augen glühten ihr. Den einen Arm hatte sie über dem Bett, und das blasse Stück davon, das die Unterjacke unbedeckt ließ, hatte über und über braune und blaue Flecke und gewährte einen Rückschluß auf den übrigen Zustand ihres Körpers.
Als sie Frau von Piennes erblickte, hob sie den Kopf, und, in Trübsal leise lächelnd, sagte sie:
Ich wußte, daß Sie es sind, gnädige Frau, die Mitleid mit mir hat. Wie man mir Ihren Namen nannte, dachte ich mir gleich: Das ist die Dame, der ich in der Kirche begegnet bin.
Mich dünkt, Ihnen bereits gesagt zu haben, daß

sich Frau von Piennes einbildete, die Menschen nach ihrem Gesicht zu erraten. Hocherfreut stellte sie an ihrem Schützling die gleiche Fähigkeit fest. Diese Entdeckung vermehrte ihre Teilnahme.
Sie sind hier recht schlecht untergebracht, mein liebes Kind, sagte sie, indem sie ihren Blick über die armselige Einrichtung des Stübchens gleiten ließ. Ich verstehe nicht, daß man Ihnen keine Vorhänge geschickt hat.... Sie müssen die Dinge, die Sie brauchen, von Baptist verlangen.
Wie gut Sie sind, gnädige Frau.... Was brauche ich weiter? Nichts.... Es geht zu Ende. Ein wenig besser oder schlechter, einerlei.
Sie wandte den Kopf und begann zu weinen.
Sie haben wohl große Schmerzen, liebes Kind? fragte Frau von Piennes und setzte sich ans Bett.
Nein, keine großen... Nur heult mir immer der Wind im Ohr, wie ich hinabstürzte... und das Geräusch, krach, wie ich in der Straße aufschlug.
Damals waren Sie von Sinnen, liebe Freundin. Jetzt bereuen Sie es, nicht wahr?
Ja... Doch wenn man unglücklich ist, hat man nicht Gewalt über sich selber.
Es tut mir leid, daß ich nicht eher erfahren habe, wie es um Sie steht. Gleichwohl, meine Liebe, in keiner Lage des Lebens darf man sich der Verzweiflung anheimgeben.
Sie haben gut reden, gnädige Frau, warf der Arzt ein, der am Tischchen ein Rezept schrieb. Sie wissen nicht, was es heißt, wenn einem ein hübscher junger Mann durch die Lappen geht. Aber wenn

man ihm nachrennt, beim Teufel ja, es muß nicht gleich durchs Fenster sein!
Schämen Sie sich, Doktor! mahnte Frau von Piennes. Das arme Kind hatte wohl andre Gründe.
Die Kranke schrie laut auf.
Ach, weiß ich denn, was mich dazu trieb? Hunderterlei! Wie meine Mutter starb, das war der erste Schlag. Dann... ich kam mir so verlassen vor... Niemand kümmerte sich um mich... Zuletzt... einer, an den ich mehr dachte als an sonstwen, gnädige Frau... der vergaß mich und sogar meinen Namen... Ja, ich heiße Arsenia Guillot: G – U – I – zwei L... Er schrieb mich mit Y!
Natürlich! rief der Doktor. Ein Treuloser! Immer die alte Geschichte... Vergessen Sie den Mann! Einer ohne Gedächtnis ist des Seinergedenkens nicht wert...
Der Arzt zog seine Uhr... Schon vier Uhr? sagte er und erhob sich. Ich komme zu spät in meine Sprechstunde. Gnädige Frau, ich bitte tausend- und aber tausendmal um Verzeihung, aber ich muß Sie verlassen. Ich habe nicht einmal die Zeit, Sie nach Hause zu geleiten... Auf Wiedersehen, mein Kind! Keine Beunruhigung! Die Sache ist nicht schlimm. Sie werden mit dem Bein da wieder genau so schön tanzen wie mit dem andern... Und Sie, gnädige Frau, begeben Sie sich, bitte, mit diesem Rezept nach der Apotheke und machen Sie alles so wie gestern!
Der Arzt und die Pflegerin waren fort; Frau von Piennes blieb allein bei der Kranken, ein wenig erregt, eine Liebesgeschichte entdecken zu sollen,

wo ihr die Einbildung ganz andere Motive zurechtgelegt hatte.
Also, man hat Sie hintergangen, unglückliches Kind? begann sie nach einigem Schweigen.
Mich hintergangen? Ach nein! Ein armselig Ding wie mich? Er wollte bloß nichts mehr von mir wissen... Er hat recht. Ich bin nichts für ihn. Er war immer gut und generös. Ich habe ihm geschrieben und ihm mitgeteilt, wie es um mich steht, und ob unser Verhältnis weiterbestehen solle... Da hat er mir geschrieben... ach, Dinge, die mir sehr weh getan haben... Tags darauf, wie ich nach Hause komme, da habe ich einen Spiegel fallen lassen, ein Geschenk von ihm, einen venezianischen Spiegel, wie er ihn nannte. Der Spiegel ist entzweigegangen, Ich sagte mir: Auch das noch! Nun ist alles aus... Ich hatte nichts mehr von ihm. Die Schmucksachen hatte ich aufs Leihhaus getragen... Dann sagte ich mir, wenn ich Selbstmord beginge, würde das ihm leid tun... und ich wäre gerächt... Das Fenster stand offen und ich bin hinausgesprungen.
So unglücklich Sie auch waren, der Anlaß war ebenso leichtfertig wie die Tat böse.
Von Ihrem Standpunkt gewiß! Aber wer Herzeleid hat, überlegt nichts. Zu glücklichen Leuten kann man gut sagen: Seid vernünftig!
Ich weiß, Unglück ist ein schlechter Ratgeber. Immerhin gibt es Dinge, die man selbst in den schmerzlichsten Versuchungen nicht vergessen darf. Ich habe Sie in Saint-Roch kennengelernt, wie Sie ein frommes Werk taten. Es ist noch nicht

lange her. Die Gnade des Glaubens ist Ihnen zuteil geworden. Die Religion, meine Liebe, hätte Ihnen Halt geben müssen im Augenblick, da Sie sich der Verzweiflung überließen. Sie verdanken Ihr Leben dem lieben Gott. Es gehört nicht Ihnen... Genug! Es ist nicht recht von mir, Sie jetzt zu schelten, arme Kleine! Sie bereuen, Sie leiden; Gott wird sich Ihrer erbarmen.
Arsenia senkte den Kopf; Tränen netzten ihre Lider.
Gnädige Frau, sagte sie mit einem tiefen Seufzer. Sie halten mich für besser als ich bin... Sie denken, ich sei fromm... ich bin es nicht sehr... man hat mir das nicht beigebracht... Und wenn Sie mich in der Kirche eine Kerze haben spenden sehen, so geschah dies, weil ich mir nicht mehr zu helfen wußte.
Das war ein guter Gedanke, meine Liebe! Im Unglück soll man sich stets an Gott wenden.
Man hatte mir gesagt..., wenn ich in Saint-Roch eine Kerze spendete... Doch nein, gnädige Frau, das kann ich Ihnen nicht erzählen... Eine Dame wie Sie weiß nicht, was man zu tun imstande ist, wenn man so bettelarm ist.
Vor allem muß man den lieben Gott um Mut bitten, fuhr Frau von Piennes fort.
Mit einem Wort, gnädige Frau, ich will mich nicht besser hinstellen als ich bin, und es hieße Sie bestehlen, wenn ich Nutzen zöge aus der Barmherzigkeit, die Sie mir erweisen, ohne mich zu kennen... Ich bin ein erbärmliches Ding... aber unser-

einer muß sehen, wie er durch die Welt kommt... Kurz und gut, gnädige Frau, ich habe die Kerze gespendet, weil meine Mutter meinte, wenn man dem heiligen Rochus eine Kerze stifte, man unbedingt binnen acht Tagen einen Mann fände, mit dem man zusammen leben könne... Nun bin ich häßlich geworden; ich sehe aus wie eine Mumie... Keiner wird mich mögen... Also bleibt mir nichts übrig als zu sterben. Halb ist es schon geschehen.
Alles das ward jäh herausgestoßen, mit schluchzender Stimme, unter Tränen, in einem rasend erregten Ton, der Frau von Piennes in Schreck und Schauder versetzte. Unwillkürlich rückte sie ihren Stuhl vom Bett der Kranken ab. Vielleicht wäre sie aus dem Zimmer entflohen, wenn die Menschlichkeit, die stärker in ihr war als der Abscheu vor der Verlorenen, ihr nicht verboten hätte, sie in einem Moment allein zu lassen, wo sie die Beute heftigster Verzweiflung war. Einen Augenblick herrschte Schweigen. Dann fragte sie leise, mit niedergeschlagenen Augen:
Ihre Mutter? Unselige, das wagen Sie zu sagen?
Wieso? Meine Mutter war nicht anders als alle Mütter... als alle unsere Mütter... Sie hat ihrer Mutter den Unterhalt verdient... ich habe meiner Mutter den Unterhalt verdient... Zum Glück habe ich kein Kind... Ich sehe, gnädige Frau, Sie fürchten sich vor mir... Warum eigentlich? Sie sind wohlerzogen; Ihnen ist's nie schlecht ergangen. Wer reich ist, hat es leicht, ehrbar zu sein. Wenn ich die Mittel gehabt hätte, wäre auch ich ehrbar.

Ich habe manchen Liebsten gehabt; geliebt habe ich nur einen einzigen Mann. Er hat mich sitzen lassen. Wäre ich reich, so hätten wir uns geheiratet und wir wären die Eltern ehrbarer Menschen geworden... Sehen Sie, gnädige Frau, ich rede offen und ehrlich, obgleich ich recht gut sehe, wie Sie über mich denken – und mit Recht... Sie sind die einzige anständige Frau, mit der ich in meinem Leben gesprochen habe, und Sie schauen so gütig aus, so gütig, daß ich mir von vornherein gesagt habe: selbst wenn sie alles von mir weiß, wird sie Mitleid mit mir haben. Ich werde bald sterben. Um eines nur bitte ich Sie... Lassen Sie, wenn ich tot bin, in der Kirche, in der ich Sie zum erstenmal gesehen habe, eine Messe für mich lesen. Etwas andres begehre ich nicht. Ich bin Ihnen von Herzen dankbar.
Nein, rief Frau von Piennes erschüttert, Sie dürfen nicht sterben! Gott wird Erbarmen mit Ihnen haben, Sie arme Sünderin. Sie werden Ihre Verfehlungen bereuen, und er wird Ihnen verzeihen. Wenn meine Gebete etwas für Ihr Heil vermögen, sollen sie Ihnen nicht ermangeln. Ihre Erziehung trägt mehr die Schuld als Sie. Haben Sie nur Mut und Hoffnung! Vor allem versuchen Sie, ruhiger zu werden, mein liebes Kind! Sie müssen körperlich wiederhergestellt werden; auch Ihre Seele ist krank, doch verbürge ich mich für deren Genesung.
Während sie sprach, hatte sie sich erhoben: ihre Finger spielten mit einem Papierpäckchen, das mehrere Goldstücke enthielt.

Hier, sagte sie, wenn Sie irgendeinen Wunsch haben...
Dabei schob sie das kleine Geschenk unter ihr Kopfkissen.
Nein, gnädige Frau, rief Arsenia ungestüm und reichte ihr das Päckchen zurück. Ich will nichts von Ihnen; nur das, was Sie mir versprochen haben. Leben Sie wohl! Wir werden uns nicht wiedersehen. Lassen Sie mich in ein Krankenhaus schaffen, damit ich zuletzt niemandem Ungelegenheiten bereite. Niemals werden Sie aus mir etwas Tüchtiges machen! Eine große Dame wird für mich beten. Ich bin zufrieden. Leben Sie wohl!
Sich zur Wand wendend, soweit es ihr möglich war (sie war eingeschient), verbarg sie ihren Kopf in den Kissen, um nichts mehr zu sehen.
Hören Sie, Arsenia, sagte Frau von Piennes in ernstem Tone, ich habe Pläne mit Ihnen. Ich will Sie zu einer ehrbaren Frau machen. In Ihrer Reue erblicke ich die Gewähr dafür. Ich werde häufig zu Ihnen kommen. Ich sorge für Sie. Eines Tages werden Sie mir Ihre Selbstachtung schulden...
Sie ergriff ihre Hand und drückte sie leise.
Sie haben mir die Hand gegeben; Sie haben sie mir gedrückt! rief die Kranke, und ehe Frau von Piennes die Hand zurückziehen konnte, ergriff sie sie und bedeckte sie mit Küssen.
Beruhigen Sie sich! Beruhigen Sie sich, meine Liebe! sagte Frau von Piennes. Sagen Sie mir nichts mehr! Ich weiß nun alles, und ich kenne Sie besser, als Sie sich selber kennen. Ich will der Arzt Ihrer

Gedanken sein, Ihrer sündigen Gedanken. Sie müssen mir aber folgen — das verlange ich — ganz wie Ihrem andern Arzte. Ich werde einen mir befreundeten Geistlichen zu Ihnen schicken. Hören Sie auf ihn! Ich werde Ihnen gute Bücher aussuchen. Die lesen Sie! Hin und wieder werden wir zusammen plaudern, und sowie Sie wieder gesund sind, wollen wir uns Ihre Zukunft überlegen.
Die Pflegerin trat ein, mit einem Arzneifläschchen, das sie in der Apotheke bekommen hatte. Arsenia weinte noch immer. Frau von Piennes drückte ihr nochmals die Hand, legte das eingewickelte Geld auf den kleinen Tisch und ging weg, wohl noch mehr für die Sünderin eingenommen als zuvor, da sie ihr noch nicht gebeichtet hatte.
Gnädige Frau, warum hat man doch stets eine Vorliebe für Taugenichtse? Vom verlornen Sohne bis zu Ihrem Schoßhündchen, das alle Leute beißt und das boshafteste Vieh ist, das ich kenne, erregt immer der am meisten Teilnahme, der es am wenigsten verdient. Eitelkeit, pure Eitelkeit ist dies Mitgefühl, gnädige Frau, Freude an der überwundenen Schwierigkeit! Der Vater des verlornen Sohnes hat den Teufel besiegt und ihm die Beute abgejagt. Frau von Piennes war stolz darauf, die Verderbtheit einer Dirne ausgelöscht und mit ihrer Beredsamkeit die durch zwei Jahrzehnte des Lasters um eine arme verworfene Seele aufgerichteten Schranken niedergeworfen zu haben. Obendrein mischte sich in den Stolz ob dieses Sieges, in das Vergnügen ob eines guten Werkes die Neugier der

tugendsamen Frau, eine Geschlechtsgenossin ganz andrer Art kennenzulernen. Wenn eine Schauspielerin einen Salon betritt, sieht man oft sonderbare Blicke auf ihr ruhen. Es sind nicht die Männer, die sie am schärfsten betrachten. Sie selber, gnädige Frau, haben kürzlich im Théâtre-Français jene Sängerin, die man Ihnen in einer Loge zeigte, recht lange mit dem Opernglase angeschaut. Wie kann man Perser sein? Wie häufig richtet man derlei Fragen nicht an sich? Kurzum, Frau von Piennes beschäftigte sich in Gedanken stark mit Fräulein Arsenia und nahm sich vor: Ich will sie retten!

Sie schickte einen Priester zu ihr, der sie zur Reue ermahnte. Sie fiel dem armen Mädchen nicht schwer; kannte sie doch vom Leben, abgesehen von den flüchtigen Stunden grober Sinnenlust, nichts als Kummer und Elend. Sagt man einem Unglücklichen, er sei selber an allem schuld, so ist er nur allzusehr davon überzeugt. Fügt man ein paar Worte des Trostes hinzu, so segnet er einen und verspricht alles für die Zukunft. Ein Grieche, oder vielmehr sein Übersetzer, hat einmal gesagt:

Wer einen freien Mann in Ketten wirft,
Raubt ihm zugleich die Hälfte seiner Tugend.

In gemeiner Prosa besagt dieser Spruch: Unglück macht uns hammelhaft sanft und nachgiebig.... Der Priester berichtete Frau von Piennes, Arsenia sei zwar ziemlich ungebildet, im Grunde aber nicht schlecht. Er hoffe ihre Seele zu retten. In der Tat hörte ihn Arsenia voller Aufmerksamkeit und Ehrfurcht an. Sie las die Bücher, die man ihr vorschlug, oder ließ sich vorlesen, und sie gehorchte Frau von Piennes ebenso gewissenhaft wie den Anordnungen des Arztes. Vollends gewann sie das Herz des biederen Priesters durch die Art, wie sie einen Teil des ihr in die Hände gegebenen Geldes verwendete; Frau von Piennes wähnte hierin bereits das Merkmal der endgültigen Bekehrung zu erkennen. Man solle für ihrer Mutter Seele in der Kirche von Saint-Roch eine Messe lesen. Zweifellos hatte Frau Pamela Guillot solche Fürbitte nötiger denn sonstwer.

Eines Vormittags, als Frau von Piennes beim Ankleiden war, klopfte einer ihrer Dienstboten behutsam an die Tür ihres Allerheiligsten und überreichte der Zofe eine Karte, die ein junger Herr eben abgegeben hatte.
Max in Paris! rief Frau von Piennes angesichts der Karte. Rasch, Josephine, melden Sie Herrn von Salligny, er möge mich im Salon erwarten.
Ein paar Minuten später hörte man im Salon Lachen und einen halbunterdrückten Schrei. Mit arg verschobener Haube und bedenklich gerötetem Gesicht erschien Fräulein Josephine wieder.
Was gibts, Josephine? fragte Frau von Piennes.
Ach nichts, gnädige Frau! Herr von Salligny hat nur gesagt, ich sei so dick geworden.
In der Tat durfte Salligny, der über zwei Jahre auf Reisen gewesen war, über Fräulein Josephines Körperfülle erstaunt sein. Ehedem war er Lieb-

ling der Dienerin und Verehrer der Herrin gewesen. Als Neffe einer Busenfreundin von Frau von Piennes ging er, zusammen mit seiner Tante, bei ihr ein und aus. Im übrigen mied er Häuser, wo es steif herging. Max von Salligny stand im Ruf, ein ziemlicher Taugenichts, Spieler, Raufbold, Lebemann zu sein, dabei aber ein guter Kerl. Seiner Tante, der Frau Aubrée, Sorgenkind, liebte sie ihn doch zärtlich. Mehrfach hatte sie versucht, ihn seinem leichten Leben zu entziehen; doch immer hatten seine schlechten Gewohnheiten den Sieg über ihre weisen Lehren davongetragen. Salligny war zwei Jahre älter als Frau von Piennes; sie kannten sich schon als Kinder, und ehe sie verheiratet wurde, war er offenbar verliebt in sie. Liebes Kindchen, meinte Frau Aubrée, wenn Sie wollten, würden Sie, des bin ich sicher, einen Mann wie ihn bändigen... Frau von Piennes (sie hieß damals Elise von Guiscard) hätte das Wagnis vielleicht unternommen, denn Max war so lustig, so drollig, als Gast so unterhaltsam, auf dem Balle so unermüdlich, daß er ein guter Ehemann zu werden versprach; aber Elisens Eltern waren vorsichtig. Frau Aubrée selber stand nicht so recht für ihren Neffen ein. Es ward festgestellt, daß er Schulden und eine Geliebte hatte. Hierzu kam ein aufsehenerregendes Duell, dessen wenig unschuldige Ursache eine kleine Schauspielerin war. Kurz und gut, die Heirat wurde für unmöglich erklärt. Dann stellte sich Herr von Piennes ein, ein ernster solider Edelmann, auch reich und aus guter Familie. Es ist nicht viel über ihn zu sagen; er galt als Ehrenmann und war es auch. Er sprach wenig; wenn er aber den Mund auftat, so geschah es, um irgend etwas zu sagen, gegen das nichts einzuwenden war. Auf verfängliche Fragen schwieg er sich klugerweise aus. Wenn er den Kreis, in dem er verkehrte, sicherlich nicht reizvoller machte, so war er doch auch keine Null. Man sah ihn allerorts gern, seiner Frau wegen; doch wenn er abwesend war (auf seinen Gütern, was neun Monate im Jahre der Fall war, insbesondre zur Zeit, da meine Geschichte anhebt), merkte es kein Mensch, insbesondere nicht einmal seine Frau.

Nachdem Frau von Piennes sich binnen fünf Minuten fertiggemacht hatte, verließ sie ihr Schlafzimmer, etwas bewegt, denn Sallignys Ankunft erinnerte sie an den kürzlich erfolgten Tod eines über alles geliebten Wesens. Diese Erinnerung war lebhaft genug, daß sie keinerlei Mutmaßung, die eine weniger vernünftige Seele über Fräulein Josefines verschobene Haube angestellt hätte, aufkommen ließ. Wie sie sich dem Empfangszimmer näherte, vernahm sie ein wenig befremdet eine schöne Baßstimme, die, mit Klavierbegleitung, frohgemut das schöne Lied sang:

Leb wohl, Therese,
Therese, leb wohl!
Wenn ich wiederkehr,
Heirat ich dich.

Frau von Piennes trat ein und unterbrach den Sänger, indem sie ihm die Rechte darbot.

Lieber Herr Max, wie freue ich mich, Sie wiederzusehen!
Salligny sprang auf und drückte ihr die Hand; er schaute sie betroffen an, ohne Worte zu finden.
Frau von Piennes fuhr fort: Ich habe es recht bedauert, daß ich nicht nach Rom eilen konnte, als Ihre liebe Tante krank wurde. Ich weiß, wie sorglich Sie um sie gewesen sind, und ich danke Ihnen herzlich für das Andenken an sie, das Sie mir geschickt haben.
Sallignys heiteres, um nicht zu sagen lachendes Gesicht nahm einen traurigen Ausdruck an.
Meine Tante hat oft von Ihnen gesprochen, sagte er, bis zum letzten Augenblick... Sie haben ihren Ring erhalten, wie ich sehe, und das Buch, in dem sie noch am Morgen gelesen hat...
Ja, Max. Ich danke Ihnen dafür. Als Sie mir dies traurige Geschenk sandten, vermeldeten Sie mir, daß Sie Rom verließen, gaben mir aber keine Adresse an. Ich konnte Ihnen somit nicht schreiben. Die arme Freundin! Daß sie so fern der Heimat sterben mußte! Zum Glück sind Sie sofort hingeeilt. Sie sind besser, als Sie sich den Anschein geben! Max, ich kenne Sie gut.
Meine Tante sagte mir, wie sie krank war: Wenn ich nicht mehr auf der Welt bin, ist nur noch Frau von Piennes da, dir die Leviten zu lesen... (Er vermochte ein Lächeln nicht zu unterdrükken.) Sieh zu, daß es nicht allzuoft geschieht!
Ich hoffe, eine Sinekure innezuhaben. Man sagt,

Sie hätten sich gebessert, Sie wären ordentlich und vernünftig geworden.
So ist es! Ich habe der Tante versprochen, ein braver Junge zu werden und...
Sie werden Ihr Wort halten; gewiß.
Will's versuchen. Auf der Reise war das leichter als in Paris. Trotzdem... Denken Sie sich, gnädige Frau, ich bin erst ein paar Stunden hier, und schon habe ich Versuchungen widerstanden! Auf dem Wege zu Ihnen bin ich einem alten Freunde begegnet, der mich eingeladen hat, mit ein paar Schwerenötern zu tafeln. Ich hab's abgelehnt.
Recht so!
Ich muß aber gestehen: weil ich hoffte, Sie würden mich einladen.
Schade! Ich esse in der Stadt. Aber morgen...
In diesem Falle stehe ich nicht für mich ein. Wenn ich hingehe, tragen Sie die Verantwortung.
Hören Sie, Max! Es kommt vor allem darauf an, einen Anfang zu machen. Gehen Sie nicht zu diesem Junggesellenessen! Ich bin zu Tisch bei Frau Darsenay. Kommen Sie abends hin; wir wollen plaudern!
Ja, aber Frau Darsenay ist etwas sehr langweilig. Sie wird tausend Fragen an mich richten. Ihnen könnte ich kein Wort widmen. Ich werde Unschickliches reden; und dann hat sie eine große Tochter. Ein Knochengerüst. Am Ende ist die noch nicht an den Mann gebracht...
Ein scharmantes Ding... und was Unschicklich-

keiten anbelangt: von ihr so zu reden, wie Sie es eben getan, das ist eine.

Ich bin im Irrtum. Gut! Aber... heute erst angekommen, würde ich da nicht arg aufdringlich erscheinen?

Tun Sie also, was Sie wollen! Eines nur, Max... Als die Freundin Ihrer Tante habe ich das Recht, offen und ehrlich zu sprechen: vermeiden Sie Ihre früheren Bekanntschaften! Natürlicherweise sind alle diese Beziehungen eingeschlafen. Knüpfen Sie sie nicht wieder an! Wenn Sie nicht verführt werden, bin ich Ihrer sicher... In Ihrem Alter..., in unserm Alter muß man vernünftig sein. Doch genug mit Ratschlägen und Reden. Erzählen Sie mir lieber, was Sie gemacht haben, seit wir uns nicht gesehen! Sie waren in Deutschland, in Italien. Mehr weiß ich nicht. Sie haben mir zweimal geschrieben; mehr nicht. Entsinnen Sie sich! Zwei Briefe in zwei Jahren. Somit weiß ich von Ihnen nicht gerade viel.

Mein Gott, gnädige Frau. Ich bin arg schuldbewußt... aber ich bin so... ich muß es gestehen... so faul. Zwanzig Briefe an Sie habe ich angefangen... doch was sollte ich Ihnen berichten, das Sie interessiert hätte? Ich bin ein schlechter Briefschreiber. Wenn ich jedesmal, da ich Ihrer gedachte, an Sie geschrieben hätte, alles Papier Italiens hätte nicht gereicht.

Was haben Sie denn nun gemacht? Wie haben Sie Ihre Zeit ausgefüllt? Daß Sie sie nicht zum Briefeschreiben verwendet haben, weiß ich.

Ausgefüllt? Sie wissen ja, daß ich keine Beschäftigung habe. Leider. Ich habe die Augen offen gehalten und die Beine in Bewegung gesetzt. Ich wollte malen, aber der Anblick so vieler schöner Gemälde hat mich von meinem Dilettantismus geheilt. Und dann hat mich der alte Nibby fast zum Archäologen gemacht. Ja, er hat mich zu Ausgrabungen veranlaßt. Zutage befördert sind: ein zerbrochener Fuß und ich weiß nicht wie viele alte Scherben... Ferner habe ich in Neapel Gesangsstunden genommen. Viel ist dabei nicht herausgekommen... Ich habe...
Ihre musikalischen Neigungen schätze ich nicht besonders, obwohl Sie eine schöne Stimme haben und ganz nett singen. Das bringt Sie mit Leuten in Berührung von der Sorte, die schon genug um Sie herum ist...
Ich verstehe. In Neapel, wie ich dort war, hatte das keine weitere Gefahr... Die Primadonna wog einhundertfünfzig Kilo; die zweite Sängerin hatte einen Mund wie ein Scheunentor und eine Schimborasso-Nase. Kurzum, die zwei Jahre sind dahingegangen, ich weiß nicht wie. Ich habe nichts getan und nichts gelernt, habe aber zwei Jahre gelebt, ohne was davon zu merken.
Ich möchte Sie bei einer Beschäftigung wissen, möchte Sie bei einer starken Neigung zu irgend etwas Nützlichem sehen. Nichtstun ist Ihnen schädlich.
Offen gesagt, gnädige Frau, das Reisen ist insofern für mich von Vorteil gewesen, als ich bei meinem

Nichtstun doch nicht ganz müßig war. Wenn man schöne Dinge sieht, langweilt man sich nicht. Wenn ich mich aber langweile, bin ich immer nahe daran, Dummheiten zu begehen. Wahrlich, ich bin recht ordentlich geworden. Ich habe mir sogar eine Anzahl Angewohnheiten, Geld zu vergeuden, abgewöhnt. Meine liebe Tante hat mir meine Schulden bezahlt. Ich habe keine mehr und will keine mehr machen. Mein Junggesellenleben ist gesichert, und da es mir nicht einfällt, reicher zu erscheinen als zu sein, so werde ich haushälterisch werden... Sie lächeln? Zweifeln Sie an meiner Umkehr? Wollen Sie Beweise? Hören Sie den guten Anfang! Famin, mein alter Freund, der mich heute eingeladen hat, hat mir sein Pferd zum Kauf angeboten. Für fünftausend Franken. Ein Prachtgaul. In der ersten Regung wollte ich ihn nehmen. Dann habe ich mir gesagt, daß ich nicht reich genug bin, um fünftausend Franken einer Laune zu opfern. Ich bleibe Fußgänger.
Welch Wunder, Max! Wissen Sie, was erforderlich ist, um auf diesem guten Wege weiterzugehen? Sie müssen sich verheiraten!
Ich mich verheiraten? Ja, warum nicht? Wen aber? Große Ansprüche darf ich nicht machen. Nein, nein, eine Frau nach meinem Sinn finde ich nicht mehr...
Frau von Piennes errötete ein wenig. Ohne es zu bemerken, fuhr Salligny fort:... Eine, die mich möchte... Wissen Sie, gnädige Frau: wenn mich eine haben wollte, so wäre das geradezu ein

Grund für mich, sie nicht haben zu wollen.
Das verstehe ich nicht!
Sagt nicht Othello einmal, ich glaube, um den Verdacht, den er gegen Desdemona hegt, vor sich selber zu rechtfertigen: Sie war nicht blind und wählte mich? Kann ich da meinerseits nicht sagen: Eine Frau, die mich will, muß blind sein?
Sie waren ein ziemlicher Tunichtgut, Max, aber wozu machen Sie sich schlechter als Sie sind? Hüten Sie sich, derart von sich selber zu reden; denn es gibt Leute, die es Ihnen aufs Wort glauben. Was mich anbelangt, so bin ich sicher, daß Sie eines Tages... Ja, wenn Sie einmal eine Frau lieben, die Sie anbeten, Sie würden ihr...
Frau von Piennes blieb in ihrer Rede stecken, und Salligny, der sie in starker Neugier scharf ansah, half ihr durchaus nicht, den ungeschickt begonnenen Satz zu vollenden.
Sie wollen sagen, hob er endlich an, wenn ich wirklich Liebe empfände, würde ich Gegenliebe finden, weil es sich dann der Mühe lohne?
Ja, dann wären Sie es wert, geliebt zu werden.
Man sollte nur lieben, um geliebt zu werden? Was Sie da sagen, gnädige Frau, das glaube ich nicht so recht... Lassen wir es auf sich beruhen! Suchen Sie mir eine mutige Frau, und ich heirate sie. Sie darf nicht allzu häßlich sein; ich bin in den besten Jahren und werde schon noch Feuer fangen... Alles andre ist Ihre Sache!
Frau von Piennes unterbrach ihn in ernstem Tone: Wo haben Sie zuletzt verweilt?

Salligny berichtete von seiner Reise ziemlich lakonisch, immerhin in einer Weise, die Zeugnis davon ablegte, daß er keiner jener Globetrotter war, von denen man sagt: Koffer eingepackt, Koffer ausgepackt! Seine knappen Bemerkungen verrieten einen gesunden Menschenverstand, der die Meinungen andrer nicht einfach zu übernehmen pflegt. Im Grunde war er gebildeter, als er sich den Anschein gab.
Er empfahl sich bald wieder, da er bemerkte, daß Frau von Piennes nach der Standuhr sah. Nicht ohne gewisse Verlegenheit versprach er, abends bei Frau Darsenay zu erscheinen. Er kam aber nicht hin, und Frau von Piennes war ein wenig ärgerlich darüber. Dafür stellte er sich am nächsten Vormittag ein und bat sie um Verzeihung. Er sei müde von der Reise gewesen und deshalb zu Hause geblieben. Er entschuldigte sich mit niedergeschlagenen Augen und in so unsicherem Tone, daß Frau von Piennes keine besondere Physiognomienkennerin zu sein brauchte, um zu merken, daß er flunkerte.
Wie er mühsam ausgeredet hatte, drohte sie mit dem Finger, ohne etwas zu erwidern.
Sie glauben mir nicht? fragte er.
Nein. Es ist Ihr Glück, daß Sie das Lügen noch nicht verstehen. Nicht weil Sie sich von der Reise ausruhen mußten, sind Sie gestern abend nicht zu Frau Darsenay gekommen. Sie waren woanders!
Eingestanden! antwortete Salligny mit erzwunge-

nem Lächeln. Ich habe mit diesen Bummlern im Rocher-de-Cancale gegessen. Dann war ich zum Tee bei Famin. Man ließ mich nicht weg. Und dann habe ich gespielt.
Und haben verloren. Selbstverständlich.
Nein. Ich habe gewonnen.
Um so schlimmer! Mir wäre es lieber, Sie hätten verloren. Vielleicht gewöhnten Sie sich dieses dumme Laster endlich einmal ab.
Sie beugte sich über ihre Handarbeit und begann übertrieben eifrig daran zu sticheln.
Waren viel Leute bei Frau Darsenay? fragte Salligny schüchtern.
Wenige.
Keine jungen heiratsfähigen Damen?
Nein!
Wissen Sie, was Sie mir versprochen haben? Ich verlasse mich auf Sie.
Das hat Zeit.
Die Worte der Frau von Piennes klangen ungewöhnlich kühl und gezwungen. Nach einer Weile Stillschweigen fuhr Salligny in demütigem Tone fort: Sie sind unzufrieden mit mir, gnädige Frau? Warum schelten Sie mich nicht ordentlich aus, wie es meine Tante zu tun pflegte, um mir alsdann zu verzeihen? Soll ich Ihnen mein Wort geben, nicht mehr zu spielen?
Wer sein Wort gibt, muß auch die Kraft haben, es zu halten.
Was ich Ihnen verspreche, halte ich ein. Den Mut und die Kraft traue ich mir zu.

Gut, Max, sagte sie, indem sie ihm die Hand reichte. Ich nehme es an.
Ich habe elfhundert Frank gewonnen, fuhr er fort. Wollen Sie die Summe für Ihre Armen? Kann man schlechterworbenes Geld besser anwenden?
Sie zauderte einen Augenblick.
Warum nicht? sagte sie laut zu sich. Beherzigen Sie aber den Fall! Ich notiere mir also elfhundert Frank zu Ihren Lasten.
Meine Tante predigte mir immer: Alles bar bezahlen!
Er zog seine Brieftasche heraus, um ihr die Scheine zu entnehmen. In der halboffenen Brieftasche glaubte Frau von Piennes ein Damenbildnis liegen zu sehen. Salligny bemerkte ihren forschenden Blick, beeilte sich, die Brieftasche wieder zuzumachen, und reichte ihr die Scheine.
Darf man sich die Brieftasche einmal ansehen? fragte Frau von Piennes schelmisch-boshaft.
Salligny verlor seine Fassung; er stotterte ein paar unverständliche Worte und bemühte sich, ihre Aufmerksamkeit abzulenken. Ihr erster Gedanke war, in der Brieftasche läge das Bild irgendeiner schönen Italienerin, doch Sallignys offensichtliche Verwirrung und die Hauptfarbe der Miniatur – mehr hatte sie nicht erblicken können – hatten dann einen andern Argwohn in ihr erweckt. Ehedem einmal hatte sie Frau Aubrée ein Porträt von sich geschenkt, und sie bildete sich ein, Max habe als einziger Erbe seiner Tante sich für berechtigt gehalten, es sich anzueignen. Dies dünkte sie ungeheuer

unschicklich. Gleichwohl ließ sie sich zunächst nichts anmerken. Erst als Salligny sich verabschiedete, sagte sie zu ihm: Da fällt mir ein, Ihre Tante besaß ein Bildnis von mir, das ich gern wiederhätte. Was war das für ein Bild? fragte Salligny mit ziemlich unsicherer Stimme. Ich weiß nichts davon... Wie sah es aus?
Diesmal war Frau von Piennes entschlossen, nicht zu verraten, daß sie ihn für einen Lügner hielt. Suchen Sie es, bitte! sagte sie so natürlich sie konnte. Sie bereiten mir eine Freude. Nicht das Bild lag ihr am Herzen; sie war mit Sallignys Fügsamkeit zufrieden, und sie gelobte sich, noch ein verirrtes Schaf zu retten.
Anderntags hatte Max das Bild gefunden und brachte es mit ziemlich gleichgültiger Miene. Er hatte bemerkt, daß es nicht besonders gut getroffen war und daß ihr der Maler eine steife Haltung und einen strengen Gesichtsausdruck verliehen hatte; beides war unnatürlich. Fortan waren seine Besuche bei Frau von Piennes minder lang, und er zeigte in ihrer Gegenwart eine verdrossene Miene, die ihr neu an ihm war. Sie schrieb seine Verstimmung den Anstrengungen zu, die er sich fürs erste auferlegen mußte, um sein Gelöbnis zu halten und seine sündigen Neigungen zu überwinden.

Vierzehn Tage nach Sallignys Rückkehr suchte Frau von Piennes, was sie in regelmäßigen Abständen zu tun pflegte, ihre Schutzbefohlene Arsenia Guillot auf. Nach einigen Fragen hinsichtlich ihres

Befindens und der empfangenen Unterweisungen fiel ihr auf, daß die Kranke bedrückter war als bei den vorherigen Besuchen. Damit das Sprechen sie nicht ermüde, erbot sie sich, ihr vorzulesen.
Das arme Mädchen hätte viel lieber geplaudert, statt ernste Lektüre zu hören. Wie Sie sich denken können, hatte sie nie etwas anderes gelesen als Hintertreppenromane. In der Tat griff Frau von Piennes zu einem Erbauungsbuche, und zwar zu einem, das zur Bekehrung hartgesottener Sünderinnen von irgendeinem überspannten Jüngling geschrieben war. Bei der dritten Seite war Arsenia eingeschlafen. Als Frau von Piennes dies wahrnahm, beglückwünschte sie sich ob der friedsamen Wirkung, die sie hervorgebracht hatte. Um die Kranke durch plötzliches Aufhören nicht aufzuwecken, las sie leiser und leiser. Dann legte sie das Buch hin, stand behutsam auf und schlich sich auf den Fußspitzen hinaus.
Die Wärterin war, wie gewöhnlich wenn Frau von Piennes kam, zur Pförtnerin hinuntergegangen; sie wartete also, bis sie wiederkäme. Nichtstun war ihr gräßlich, und so suchte sie für die Minuten, die sie bei der Schläferin verweilen mußte, nach einer Beschäftigung. In der kleinen Stube neben dem Alkoven stand ein Tischchen mit Papier und Tinte. Dort nahm sie Platz, um einen Brief zu schreiben. Während sie im Tischkasten nach Siegellack kramte, war jemand ungestüm eingetreten und hatte die Kranke aufgeweckt.
Mein Gott, sehe ich recht? rief Arsenia in so auf-

geregtem Tone, daß Frau von Piennes erzitterte. Da erfahre ich ja schöne Dinge! Wie eine Verrückte sich aus dem Fenster zu stürzen, was Tolleres gibt es nicht.
Ich weiß nicht, ob ich die Worte genau berichte. Jedenfalls war dies der Sinn von dem, was die eingetretene Person sagte. An der Stimme erkannte Frau von Piennes sofort, daß es Max von Salligny war. Es folgten einige Ausrufe, unterdrückte Schreie Arsenias, sodann deutliche Küsse.
Schließlich fuhr Max fort: Arme Arsenia, in welchem Zustande finde ich dich wieder! Weißt du, daß ich dich nie entdeckt hätte, wenn mir Julie nicht deine letzte Wohnung gesagt hätte... Welch unbegreifliche Tat!
Max, Max, wie glücklich bin ich jetzt! Ach, ich bereue meine Tat. Nun wirst du mich nicht mehr hübsch finden. Du wirst nichts mehr von mir wissen wollen ...
Wie töricht du bist! sagte Salligny. Warum hast du mir nicht geschrieben, daß du Geld brauchtest? Warum hast du dich nicht an den Rittmeister gewandt? Was ist denn aus deinem Russen geworden? Ist er abgereist, dein Kosak?
Als Frau von Piennes Maxens Stimme erkannte, war sie zunächst mindestens ebenso verwundert wie Arsenia. Die Überraschung hinderte sie, sich sofort zu zeigen. Alsbald überlegte sie sich, ob sie hineingehen solle oder nicht. Wenn man lauscht und dabei nachdenkt, kommt man nicht sogleich zum Entschlusse. So geschah es, daß sie obiges

erbauliche Zwiegespräch mit anhörte. Dann aber ward ihr klar, daß sie Lauscherin bliebe, wenn sie weiter im Nebenzimmer verweilte. Sie entschied sich und betrat den andern Raum mit der ruhigen und würdevollen Haltung, die Tugendsame selten verlieren, und über die sie im Notfall gebieten.
Max, sagte sie, Sie schaden dem jungen Mädchen. Gehen Sie jetzt! Und kommen Sie in einer Stunde zu mir. Ich will mit Ihnen sprechen.
Max war beim Anblick von Frau von Piennes totenbleich geworden. Nie hätte er es für möglich gehalten, sie hier zu treffen. In seiner ersten Regung wollte er gehorchen; er tat einen Schritt zur Tür.
Du gehst? Geh nicht! schrie Arsenia, sich mit verzweifelter Anstrengung im Bett aufrichtend.
Liebes Kind, gebot Frau von Piennes, indem sie ihre Hand ergriff, seien Sie vernünftig! Hören Sie auf mich! Erinnern Sie sich an Ihr Versprechen. Sie warf Max einen ruhigen doch gebieterischen Blick zu, worauf er sich entfernte. Arsenia sank in ihr Bett zurück. Wie sie Max hinausgehen sah, war sie ohnmächtig geworden.
Frau von Piennes und die gleich darauf zurückkehrende Pflegerin standen ihr mit echt weiblicher Gewandtheit bei derlei Unfällen bei. Nach und nach kam Arsenia wieder zu sich. Zuerst schweiften ihre Blicke durch die ganze Kammer, als suchten sie den, den sie eben gesehen hatten; dann wandte sie ihre großen schwarzen Augen auf Frau von Piennes und sah sie unverwandt an.

Ist er Ihr Gatte? fragte sie.
Nein, erwiderte Frau von Piennes, leicht errötend, doch ohne Erregung in ihrer sanften Stimme. Herr von Salligny ist ein Vetter von mir. Sie glaubte sich die kleine Lüge erlauben zu dürfen, um die Macht zu erklären, die sie über ihn hatte.
So liebt er Sie, sagte Arsenia, und noch immer hingen ihre Augen, die wie zwei Fackeln glühten, an Frau von Piennes.
Über deren Stirn zuckte ein Blitz. Einen Augenblick waren ihre Wangen in Dunkelrot getaucht. Er? Aber das Wort erstarb ihr auf den Lippen, und bald gewann sie ihre Ruhe wieder.
Sie täuschen sich, mein liebes Kind, erwiderte sie in ernstem Tone.
Herr von Salligny hat begriffen, daß es nicht recht von ihm war, Erinnerungen in Ihnen wachzurufen, die Ihrem Gedächtnis zum Glück entfallen sind. Sie haben vergessen ...
Vergessen? schrie Arsenia, grell auflachend.
Gewiß, Arsenia. Sie haben auf alle törichten Gedanken verzichtet aus jener Zeit, die abgetan sein soll. Bedenken Sie, liebes Kind, daß dieses sträfliche Verhältnis die Ursache all Ihres Unglücks ist. Bedenken Sie...
Er liebt Sie nicht? unterbrach Arsenia Frau von Piennes. Er liebt Sie nicht und versteht einen einzigen Blick? Ich habe Ihre und seine Augen beobachtet. Ich täusche mich nicht. Übrigens... es ist recht so. Sie sind schön, jung, strahlend... ich verkrüppelt, entstellt... zu sterben bereit...

Sie kam nicht zu Ende. Schluchzen erstickte ihre Stimme, so starker und schmerzlicher Art, daß die Pflegerin riet, sie wolle den Arzt holen, denn er habe gesagt, nichts sei gefährlicher für die Kranke als derartige Anfälle, die ihr bei Wiederholungen den Rest geben würden.
Allmählich verlor sich die Kraft, die Arsenia im Sturm ihres Schmerzes gefunden hatte, in dumpfer Ermattung. Frau von Piennes glaubte, sie habe sich beruhigt; von neuem machte sie ihr Vorhaltungen; aber Arsenia vernahm alle die schönen und trefflichen Gründe nicht, aus denen sie der himmlischen Liebe den Vorzug vor der irdischen geben sollte. Ihre Augen waren trocken, ihre Zähne krampfhaft aufeinander gepreßt. Während ihre Gönnerin zu ihr vom Himmel und von der Zukunft sprach, grübelte sie über die Gegenwart. Maxens plötzliche Wiederkehr hatte ihr einen Augenblick närrische Traumbilder vorgezaubert; freilich der Blick der Frau von Piennes hatte sie rascher verscheucht als sie aufgetaucht waren. Nach so flüchtigem Glück hatte Arsenia nichts als die trübselige Wirklichkeit, hundertmal gräßlicher denn zuvor.
Ihr Arzt, gnädige Frau, kann Ihnen bestätigen, daß Schiffbrüchige, die in rasendem Hunger vom Schlaf überwältigt werden, sich im Traum an üppigster Tafel laben. Beim Erwachen sind sie um so hungriger und verwünschen ihren Schlummer. Arsenia erlitt ähnliche Qualen. Einstmals hatte sie Max geliebt, soweit dies Liebe war. Mit ihm ging

sie gern ins Theater; mit ihm machte ihr ein Ausflug aufs Land Spaß; von ihm plauderte sie immerfort mit ihren Freundinnen. Als Max wegging, vergoß sie manche Träne; doch bald nahm sie die Huldigungen eines jungen Russen an, den als seinen Nachfolger zu wissen Max entzückt war, weil er ihm als anständiger, das heißt freigebiger Mann erschien. Solange sie das tolle Leben der Frauen ihrer Art führen konnte, war ihr ihre Liebschaft mit Max nichts als eine nette Erinnerung, die ihr zuweilen einen Seufzer entlockte. Sie gedachte seiner, wie man an die Vergnügungen der Kindertage denkt, die sich doch niemand zurückersehnt. Aber als Arsenia keine Liebhaber mehr hatte, als sie sich verlassen sah und nur noch die Last des Elends und der Schande fühlte, da verklärte sich ihre Liebe zu Max gewissermaßen, weil das die einzige Erinnerung war, die ihr weder Bedauern noch Reue verursachte. Ja, er wuchs in ihren Augen, und je mehr sie ihre eigene Niedrigkeit empfand, um so höher stieg Max in ihrer Einbildung. Ich war seine Geliebte, frohlockte sie, wenn sie sich voll Ekel ihr Dirnendasein vergegenwärtigte.
In den Sümpfen von Minturnä schöpfte Marius neuen Mut, indem er sich seiner Siege über die Kimbern erinnerte. Das ausgehaltene Mädchen – ach, sie war keins mehr! – erwehrte sich der Schmach und Verzweiflung nur durch die Erinnerung: Max war mein Liebster! Er ist es noch immer... Einen Augenblick hatte sie dies

wirklich denken dürfen; nun aber wollte man ihr sogar die Erinnerung entreißen, das einzige, was sie in der Welt besaß.
Während sich Arsenia ihren trüben Gedanken überließ, legte ihr Frau von Piennes voller Eifer die Notwendigkeit dar, für immer auf das verzichten zu müssen, was sie ihre sträflichen Fehltritte nannte. Feste Überzeugung macht geradezu gefühllos; und wie ein Arzt Eisen und Feuer auf eine Wunde drückt, ohne die Schreie des Patienten zu hören, so beharrte Frau von Piennes erbarmungslos bei ihrem Vorhaben. Sie sagte, die vergangene Zeit des Glückes, in der die arme Arsenia ihre Zuflucht suchte, um vor sich selber zu fliehen, wäre eine Zeit der Sünde und der Schande gewesen, für die sie jetzt büße. Dieses Trugbild müsse sie verabscheuen und aus ihrem Herzen verbannen. Der Mann, zu dem sie wie zu ihrem Beschützer, ja zu ihrem Schutzgeiste aufsah, dürfe in ihren Augen nicht mehr sein als ein verderblicher Mitschuldiger, ein Verführer, den sie auf immerdar fliehen müsse.
Das Wort Verführer, dessen Lächerlichkeit Frau von Piennes nicht empfinden konnte, brachte Arsenia inmitten ihrer Tränen zu leisem Lächeln; aber ihre würdige Beschützerin merkte es nicht. Sie ließ sich in ihrer Predigt nicht stören und hörte mit einem Satze auf, der das Herzeleid des armen Mädchens verdoppelte, nämlich mit den Worten: Sie werden ihn nicht wiedersehen!
Der eintretende Arzt und der völlige Zusammen-

bruch der Kranken mahnten Frau von Piennes, daß sie genug getan habe. Sie drückte Arsenia die Hand und sagte im Fortgehen: Mut, liebes Kind! Gott wird Sie nicht verlassen!

Eine Pflicht hatte sie erfüllt; eine zweite, schwierigere blieb ihr. Es gab noch einen andern Schuldigen, dessen Seele sie der Reue erweichen mußte; und trotz dem Vertrauen, das ihrem frommen Eifer entquoll, trotz dem Bewußtsein ihrer bereits erprobten Macht über Salligny, mit einem Worte trotz der guten Meinung, die sie im Grunde ihres Herzens von dem leichtsinnigen Freund hegte, spürte sie eine seltsame Angst vor dem Kampfe, den sie aufgenommen hatte. Vor diesem ihr schrecklichen Beginnen wollte sie ihre Kräfte sammeln. Sie trat in eine Kirche und flehte zu Gott, daß er sie zur Führung seiner Sache erleuchte.

Als sie nach Hause kam, meldete man ihr, Herr von Salligny sei im Empfangszimmer und warte seit langem auf sie. Sie fand ihn blaß, erregt, voller Unruhe. Sie setzten sich. Max wagte den Mund nicht aufzutun; und Frau von Piennes, die selber bewegt war, ohne recht zu wissen warum, blieb eine Weile schweigsam und sah ihn nur verstohlen an. Endlich begann sie:

Max, ich will Ihnen keine Vorwürfe machen...

Er hob den Kopf beinahe hochmütig. Ihre Blicke begegneten sich, aber er schlug die Augen sogleich nieder.

Sie fuhr fort: Ihr gutes Herz sagt Ihnen in diesem Augenblicke mehr als ich es vermöchte. Die Vorsehung hat Ihnen eine Lehre erteilen wollen. Ich hege die Hoffnung, die Überzeugung..., es war nicht vergebens...

Gnädige Frau, unterbrach sie Max, ich weiß kaum, was geschehen ist. Dies unglückliche Mädchen hat sich aus dem Fenster gestürzt. Das hat man mir berichtet. Aber ich bin nicht so eitel... oder so sentimental... zu glauben, daß die Beziehungen, die wir einmal gehabt haben, der Anlaß zu dieser törichten Tat waren.

Max, sagen Sie lieber, daß Sie die Folgen Ihres schlechten Tuns nicht vorausgesehen haben. Als Sie dies Mädchen auf den Abweg führten, da haben Sie nicht geahnt, daß es eines Tages in den Tod gehen werde...

Gnädige Frau, rief Salligny heftig, erlauben Sie mir zu sagen, daß Arsenia Guillot durchaus nicht von mir verführt worden ist. Als ich sie kennenlernte, war sie völlig verdorben. Sie ist meine Geliebte gewesen; das leugne ich nicht. Ich gestehe sogar, ich habe sie liebgehabt... wie man ein Weib dieser Art liebhat. Ich glaube, sie hatte mich mehr in ihr Herz geschlossen als sonstwen. Doch alle unsere Beziehungen haben längst aufgehört, ohne daß sie die Trennung besonders bedauert hätte. Wie ich die letzte Nachricht von ihr erhielt, habe ich ihr Geld überwiesen. Sie wirtschaftet schlecht. Sie hat sich geschämt, mich nochmals anzugehen, stolz wie sie ist... Die Not hat sie zu jenem schrecklichen Entschluß getrieben. Ich bin untröstlich darüber. Doch ich wiederhole Ihnen, gnädige Frau,

ich habe mir hierüber nicht den geringsten Vorwurf zu machen.
Frau von Piennes zerknüllte ein Deckchen, das über dem Tische lag. Dann fuhr sie fort: Gewiß, nach der Meinung der Gesellschaft sind Sie schuldlos. Sie tragen keine Verantwortung. Aber es gibt eine höhere Sittenlehre als die der großen Welt, und nach deren Gesetzen möchte ich Ihr Leben geführt wissen ... Zur Zeit sind Sie vielleicht nicht imstande mich zu verstehen. Warten wir! Heute bitte ich Sie um etwas, was Sie mir nicht abschlagen werden, des bin ich sicher, um ein Versprechen. Die Unglückliche ist reuevoll in sich gegangen. Die Ratschläge eines ehrwürdigen Geistlichen, der sie aufgesucht hat, haben Eindruck auf sie gemacht. Wir haben allen Anlaß, unsre Hoffnung auf sie zu setzen. Sie aber, Sie dürfen sie nicht wiedersehen, denn ihr Herz schwankt noch zwischen Gut und Böse, und leider haben Sie weder den Willen noch wohl auch die Kraft, ihr nützlich zu sein. Wenn Sie sie wieder aufsuchen, können Sie ihr viel Schaden antun. Darum bitte ich Sie um Ihr Wort, sie nicht wiederzusehen.
Salligny machte eine Geste der Überraschung.
Sie werden mich nicht abweisen, Max! Wenn Ihre Tante noch lebte, würde sie diese Bitte tun. Nehmen Sie an, sie spräche zu Ihnen!
Du mein Gott, gnädige Frau, erwiderte er, was verlangen Sie von mir? Ich soll ein armes Mädchen schlecht behandeln? Wäre es im Gegenteil nicht meine Pflicht, da ich sie in ihren leichtsin-

nigen Tagen kennengelernt habe, mich um sie zu kümmern, jetzt wo sie krank und, soviel ich weiß, gefährlich krank ist?

Das ist die landläufige Ansicht, aber nicht die meine, erwiderte Frau von Piennes. Je schwerer ihre Krankheit ist, um so wichtiger ist es, daß Sie sich fernhalten.

Wollen Sie doch bedenken, gnädige Frau, daß angesichts ihres Zustandes sogar die Prüderie beruhigt sein kann. Hören Sie! Wenn ich einen todkranken Hund habe und ich weiß, daß mein Anblick ihm ein wenig Freude bereitet, es wäre gemein, wenn ich ihn einsam sterben ließe. Unmöglich können Sie anders denken, Sie, die Sie so gut und so barmherzig sind. Überlegen Sie sich das! Ich wäre grausam.

Eben habe ich Sie gebeten, mir dies Versprechen im Angedenken Ihrer guten Tante zu geben... zu Ehren der Freundschaft, die Sie zu mir hegen. Jetzt fordere ich es im Namen des unglücklichen Mädchens. Wenn Sie sie einmal liebgehabt haben...

Gnädige Frau, ich bitte Sie, mengen Sie nicht Dinge, die unvermischbar sind! Glauben Sie mir, es ist mir sehr schmerzlich, Ihnen, sei es, was es sei, abschlagen zu müssen. Hier gebietet es mir meine Ehre... Das Wort mißfällt Ihnen? Vergessen Sie es! Nur lassen Sie mich Sie meinerseits beschwören aus Mitleid mit der Unglücklichen... und auch ein wenig aus Mitleid mit mir! Wenn ich unrecht getan habe... wenn ich mitschuldig daran bin, daß sie auf Abwegen geblieben ist... so muß ich mich jetzt um sie kümmern. Es wäre abscheulich, wenn ich sie im Stiche ließe. Das würde ich mir nie verzeihen. Nein, ich kann sie nicht verlassen. Das werden Sie nicht verlangen...

Es soll ihr an Fürsorge von andrer Seite nicht fehlen. Aber sagen Sie mir, Max, lieben Sie Arsenia?

Ich liebe sie... ja... nein... ich liebe sie nicht. Dies Wort paßt nicht hierher. Lieben? Ach nein! Ich habe bei ihr Ablenkung gesucht von einer ernsteren Leidenschaft, die ich bekämpfen mußte. Das ist Ihnen wohl lächerlich, unbegreiflich? Ihre reine Seele begreift nicht, daß man solch ein Heilmittel versuchen kann. Glauben Sie mir, das ist nicht die schlechteste Tat meines Lebens. Wenn wir Männer nicht zuzeiten Mittel hätten, unsere Leidenschaften abzuleiten... jetzt zum Beispiel... wer weiß, ob ich mich nicht zum Fenster hinausstürzte... aber ich weiß nicht, was ich sage, und Sie können mich nicht verstehen... begreife ich mich doch selber nicht.

Ich habe Sie gefragt, ob Sie Arsenia lieben, erwiderte Frau von Piennes mit niedergeschlagenen Augen und mit einigem Zaudern, weil, wenn Sie... Freundschaft für sie hegten, Sie sicherlich den Mut fänden, ihr ein wenig weh zu tun, um ihr alsdann eine große Wohltat zu erweisen. Gewiß wird sie den Schmerz, Sie nicht mehr zu sehen, kaum ertragen; aber was ist er gegen das viel schwerere Leid, wenn sie sich von dem Wege wieder abgedrängt sieht, den sie geradezu durch ein Wunder betreten hat? Max, es handelt sich um ihr See-

lenheil. Sie muß jene Zeit, an die Ihre Gegenwart sie allzu lebhaft erinnert, gänzlich vergessen.
Salligny schüttelte den Kopf, erwiderte aber nichts. Er war kein Frömmling, und das Wort Seelenheil, das auf Frau von Piennes so viel Gewalt besaß, hatte seiner Seele nichts zu sagen. Es kam ihm nicht zu, über derlei mit ihr zu streiten. Er vermied es grundsätzlich, ihr seine Zweifel zu offenbaren. So schwieg er auch diesmal, wenngleich es ihm anzusehen war, daß er ganz anders dachte.
Frau von Piennes fuhr fort: Ich will die Sprache der Weltkinder mit Ihnen reden, da sie leider die einzige ist, die Sie verstehen. Es ist mathematisch klar, Ihr Anblick bringt ihr keinen Gewinn und großen Schaden. Jetzt wählen Sie!
Gnädige Frau, sagte Max mit bewegter Stimme, ich hoffe, Sie zweifeln nicht mehr, daß ich für Arsenia nichts weiter empfinde als rein menschliche Anteilnahme. Ist das irgendwie gefährlich? Nicht im geringsten. Zweifeln Sie an mir? Meinen Sie, ich wolle Ihren Bekehrungsversuch vereiteln? Glauben Sie, daß ich, der ich traurige Schauspiele verabscheue, sie mit Schaudern fliehe, den Anblick einer Sterbenden mit sträflichen Absichten suche? Ich wiederhole Ihnen, gnädige Frau, für mich ist die Idee der Pflicht eine Sühne, eine Strafe, wenn Sie wollen, die ich bei Arsenia suche...
Bei dem Worte Sühne richtete sich Frau von Piennes hoch auf und schaute ihn mit einer übersinnlichen Miene an, die ihrem ganzen Gesicht einen erhabenen Ausdruck verlieh.

Eine Sühne, eine Strafe, sagen Sie? Ja, ja. Unbewußt gehorchen Sie da vielleicht einer Eingebung von oben und Sie widersetzen sich mir mit Recht. Gut. Ich bin einverstanden. Sehen Sie Arsenia! Möge sie das Werkzeug Ihrer Rettung werden, wie Sie das Werkzeug zu ihrem Verderben sein mußten.
Vermutlich begriff Salligny nicht so gut wie Sie, gnädige Frau, was eine Eingebung von oben ist. Der plötzliche Willenswechsel verwunderte ihn; er wußte nicht, wem er ihn zuschreiben sollte; er wußte nicht, ob er Frau von Piennes für ihr schließliches Nachgeben zu danken hatte. Gern aber hätte er erraten, ob er die Frau, der er in keinem Falle mißfallen wollte, durch seine Hartnäkkigkeit ermüdet oder überzeugt hatte.
Sie fuhr fort: Um eines bitte ich Sie oder vielmehr eines fordere ich von Ihnen...
Sie hielt einen Augenblick inne, während Salligny nickte, zum Zeichen, daß er sich allem unterwerfe.
Ich verlange, daß Sie Arsenia nur in meiner Gegenwart besuchen.
Er machte eine Gebärde des Erstaunens, beeilte sich aber zu erklären, daß er sich füge. Sie streckte ihm die Hand dar, und es ward vereinbart, daß Salligny am kommenden Vormittag Arsenia besuchen, Frau von Piennes aber früher hingehen und sie darauf vorbereiten solle.
Frau von Piennes fand ihre Schutzbefohlene recht schwach und niedergeschlagen, immerhin aber ruhiger und gefaßter, als sie gedacht hatte. Aber-

mals sprach sie von Salligny, jedoch mit mehr Rücksicht als am Tage vordem. Arsenia müsse unbedingt auf ihn verzichten; sie dürfe seiner höchstens gedenken, um ihre gemeinsame Verblendung zu beklagen. Sie müsse ihre Reue (und das sei ein Bestandteil ihrer Buße) dem Mitschuldigen zeigen, ihm in ihrer Wandlung ein Vorbild sein und ihm den Seelenfrieden verheißen, dessen sie sich bereits erfreue.
Solchen christlichen Ermunterungen versäumte Frau von Piennes nicht, etliche weltliche Beweisgründe beizufügen. So sagte sie: wenn Arsenia Herrn von Salligny wirklich liebe, so müsse sie sein Wohl über alles setzen und sich durch ihre gewandelte Aufführung seine Hochschätzung erwerben, die ihr bisher nicht zuteil geworden wäre.
Als Frau von Piennes ihr zuletzt mitteilte, Max werde kommen und sie werde ihn wiedersehen, da war die ernste und trübselige Wirkung ihrer Rede mit einem Schlage verflogen. Das plötzliche lebhafte Rot auf Arsenias schmerzensbleichen Wangen und der ungewöhnliche Glanz ihrer Augen hätten Frau von Piennes beinahe bewogen, ihre Einwilligung zur erneuten Zusammenkunft zu bereuen; aber zu einem Entschlußwechsel war keine Zeit mehr. Die wenigen Minuten bis zu Sallignys Ankunft verwandte sie zu eindringlichen frommen Ermahnungen, denen Arsenia zerstreut zuhörte, nur damit beschäftigt, ihr Haar und das zerdrückte Band ihrer Haube zu ordnen.
Endlich kam Salligny. Er gab sich alle Mühe, hei-

ter und natürlich zu erscheinen. Er fragte, wie es ihr gehe, in einem Tone, der ungezwungen klingen sollte, aber nichts weniger als das war. Arsenia ihrerseits hatte alle Sicherheit verloren. Sie stammelte einzelne Worte, wobei sie die Hand der Frau von Piennes ergriff und an ihre Lippen führte, wie um ihr zu danken. Man unterhielt sich eine Viertelstunde lang, verlegen, ohne sich etwas zu sagen. Nur Frau von Piennes wahrte ihre gewöhnliche Ruhe; das heißt, sie vermochte sich mehr zu beherrschen, da sie mehr vorbereitet war. Mehrfach antwortete sie für Arsenia, allerdings sehr wenig in deren Sinne.

Das Gespräch ward immer kärglicher, und da Frau von Piennes wahrnahm, daß die Kranke viel hustete, erinnerte sie daran, daß der Arzt das Sprechen verboten habe. Zu Max gewandt, meinte sie, es wäre besser, wenn er der Kranken etwas vorläse als sie mit seinen Fragen zu ermüden. Sofort nahm Salligny ein Buch und setzte sich ans Fenster, denn die Kammer war ziemlich dunkel. Er las, ohne zu wissen was; Arsenia erging es kaum anders, doch tat sie als höre sie eifrigst zu. Frau von Piennes stichelte an einer mitgebrachten Handarbeit; die Pflegerin kämpfte mit dem Schlaf. Unaufhörlich wanderten Frau von Piennes' Blicke vom Bett zum Fenster, gestrengere Wacht haltend als der hundertäugige Argus.

Nach etlichen Minuten beugte sie sich zu Arsenias Ohr. Wie gut er liest! flüsterte sie ihr zu. Arsenia antwortete mit einem Blicke, der dem Lächeln um ihren Mund seltsam widersprach. O ja! lispelte sie. Dann schloß sie die Augen, und ohne daß man es beachtete, entquollen ihnen von Minute zu Minute dicke Tränen, die von den Wimpern langsam die Wangen hinabrollten. Nicht ein einziges Mal hob Max den Kopf.

Wie er einige Seiten gelesen hatte, sagte Frau von Piennes zu Arsenia: Jetzt werden wir Sie schlafen lassen, liebes Kind. Ich fürchte, wir haben Sie müde gemacht. Wir kommen bald wieder.

Sie erhob sich; Max tat desgleichen, als wäre er ihr Schatten. Arsenia sagte ihm Lebewohl, fast ohne ihn anzuschauen.

Max, ich bin mit Ihnen zufrieden, erklärte Frau von Piennes, wie sie die Tür durchschritten. Und mit Arsenia noch mehr. Das arme Ding ist die leibhafte Entsagung. Nehmen Sie sich an ihr ein Beispiel!

Leiden und Schweigen, gnädige Frau; man lernt auch das!

Vor allem muß man lernen, sein Herz sündhaften Gedanken zu verschließen.

Max grüßte und machte sich rasch von dannen.

Als Frau von Piennes am folgenden Vormittag Arsenia abermals besuchte, fand sie sie versunken in den Anblick eines erlesenen Blumenstraußes, der auf dem Tischchen an ihrem Bette stand.

Herr von Salligny hat mir diese Blumen geschickt. Er hat fragen lassen, wie ich mich befände. Selber ist er nicht heraufgekommen.

Schöne Blumen! meinte Frau von Piennes etwas spitzig.

Dereinst, sagte die Kranke seufzend, da hatte ich die Blumen so sehr gern, und er verwöhnte mich hierin.... Herr von Salligny verwöhnte mich hierin. Er schenkte mir die allerschönsten, die er finden konnte.... Jetzt machen sie mir keine Freude mehr.... Sie riechen mir zu stark.... Gnädige Frau, nehmen Sie den Strauß mit! Es wird ihn nicht weiter ärgern, wenn ich sie Ihnen schenke.

Nein, Beste, erwiderte Frau von Piennes in gütigerem Tone; der wehmütige Klang der Worte Arsenias hatte sie gerührt. Diese Blumen sollen Sie erfreuen. Ich will nur die starkduftenden nehmen. Die Kamelien behalten Sie.

Nein, ich mag Kamelien nicht. Die erinnern mich an den einzigen Zwist, den wir miteinander hatten.

Vergessen Sie diese Torheiten, liebes Kind!

Eines Tages, fuhr Arsenia fort, indem sie Frau von Piennes scharf ansah, eines Tages fand ich bei ihm eine schöne rote Kamelie in einem Wasserglase. Ich wollte sie mir anstecken; er erlaubte es nicht. Ich durfte sie nicht einmal anfassen. Ich ließ nicht nach. Ich sagte dummes Zeug. Da nahm er die Kamelie, schloß sie in seinen Bücherschrank und steckte den Schlüssel in die Tasche. Ich raste. Zerbrach ihm eine ihm liebe, schöne Porzellanvase. Es half alles nichts. Offenbar war die Kamelie das Geschenk einer vornehmen Dame; mehr weiß ich nicht.

Während sie dies erzählte, blieb Arsenias beinahe böser Blick fest auf Frau von Piennes gerichtet.

Unwillkürlich schlug diese die Augen nieder. Langes Schweigen folgte, nur unterbrochen vom keuchenden Atem der Kranken. Unklar erinnerte sich Frau von Piennes eines Vorfalls mit einer Kamelie. Es war bei einem Abendessen bei Frau Aubrée. Max sagte zu ihr, seine Tante habe ihm eben zu seinem Geburtstage Glück gewünscht, und bat sie, ihm eine Blume zu schenken. Lachend hatte sie eine Kamelie aus ihrem Haar gelöst und ihm gereicht. Merkwürdig, daß er der belanglosen Gabe Wert beigelegt hatte! Frau von Piennes begriff das nicht. Fast war sie darob erschrocken.
Die leichte Erregung war kaum überwunden, als Max eintrat. Sie fühlte, daß sie errötete.
Dank für Ihre Blumen! sagte Arsenia. Aber ihr Duft tut mir weh. Doch sollen sie nicht umsonst verblühen. Ich habe sie der gnädigen Frau geschenkt. Ich soll nicht sprechen. Wollen Sie wieder vorlesen?
Max setzte sich und begann. Niemand hörte darauf; beide Frauen hingen Grübeleien nach.
Als Frau von Piennes aufstand, um zu gehen, ließ sie die Blumen stehen, aber Arsenia erinnerte sie daran. Da nahm sie den Strauß, ärgerlich, daß sie sich geziert und die kleine Gabe nicht sofort angenommen hatte. Was ist dabei? fragte sie sich. Schlimm schon, daß sie sich diese Frage stellte.
Unaufgefordert begleitete Max Frau von Piennes in ihr Heim. Sie setzten sich, schwiegen aber, ohne sich anzuschauen, so lange, daß sie verlegen wurden. Endlich hob Frau von Piennes an: Das arme Mäd-

chen tut mir in der Seele leid. Ich glaube, es gibt keine Hoffnung mehr.
Haben Sie den Arzt gesprochen? fragte Salligny. Was sagt er?
Sie schüttelte den Kopf. Ihre Tage hienieden sind gezählt. Heute früh hat sie das letzte Abendmahl bekommen.
Ihr Anblick tut einem weh, sagte Max, indem er sich erhob und an eins der Fenster trat, wohl um seine innere Erregung zu verbergen.
Gewiß, es ist schrecklich, so jung sterben zu müssen, begann Frau von Piennes von neuem in ernstem Tone. Doch wenn sie länger leben bliebe, wer weiß, ob das nicht ein Unglück für sie wäre... Indem die Vorsehung sie vor dem Tode aus Verzweiflung bewahrte, wollte sie ihr Zeit zur Reue gewähren... Das war eine Gnade des Himmels. Sie weiß es wohl. Abbé Dubignon ist sehr zufrieden mit ihr. Man darf sie nicht allzusehr beklagen, Max!
Ich weiß nicht, erwiderte er mit harter Stimme, ob die Menschen zu beklagen sind, die in ihrer Jugend dahingehen. Ich möchte jung sterben. Mich betrübt nur eines: sie so leiden zu sehen.
Leibliches Leid ist oft seelischer Nutzen, warf Frau von Piennes ein.
Ohne Antwort zu geben, ließ sich Salligny in einer dunklen Ecke des Zimmers nieder, halbverdeckt durch einen schweren Vorhang. Frau von Piennes arbeitete an einer Stickerei oder tat so. Sie hatte die Empfindung, als ob Maxens Blick schwer auf

ihr ruhe. Diesen Blick, den sie mied, fühlte sie auf ihren Händen, auf ihren Schultern, auf ihrer Stirn. Es kam ihr vor, als taste er auf ihrem Fuß, und sie verbarg ihn rasch unterm Kleide... Sie wissen, gnädige Frau, daß man von unsichtbaren Strahlungen spricht; es gibt derlei.

Kennen Sie den Admiral von Rigny? fragte Salligny unvermittelt.

Flüchtig!

Ich werde Sie unter Umständen um eine Gefälligkeit bei ihm bitten, gnädige Frau. Um einen Empfehlungsbrief.

Wozu?

Seit ein paar Tagen trage ich mich mit einem Plane, erklärte er in erzwungener Gelassenheit. Ich will in mich gehn, will mich bekehren, will ein gutes Werk vollbringen, weiß aber nicht, wie ichs zustande bringe...

Frau von Piennes warf ihm einen strengen Blick zu.

Die Sache liegt so, fuhr Salligny fort. Leider bin ich kein Soldat. Es läßt sich lernen. Kurz und gut, ich habe große Lust, nach Griechenland zu gehen, am Befreiungskampfe gegen die Türken teilzunehmen...

Nach Griechenland? rief Frau von Piennes und ließ ihr Garn fallen.

Nach Griechenland, wiederholte Salligny. Hier bin ich zu nichts nütze. Ich langweile mich. Ich leiste nichts. Ich vollbringe nichts. Niemandem auf der Welt bin ich dienlich. Warum soll ich nicht Rühmliches tun? Für eine gute Sache das Leben lassen?

Einen andern Weg, etwas zu werden, habe ich nicht. Denken Sie sich, gnädige Frau, Sie lesen eines Tages in der Zeitung: Max von Salligny, ein junger Philhellene, der zu den höchsten Hoffnungen berechtigt war, ist ein Opfer seiner Begeisterung und seines Heldentums geworden... Wäre das nicht ehrenvoll?
Ist es Ihr Ernst, Max? Sie wollen nach Griechenland?
Im Ernst, gnädige Frau! beteuerte er. Nur mit meinem Nekrolog habe ich es nicht eilig.
Ich zweifle nicht, daß Sie ein tüchtiger Soldat werden...
Gebe ich nicht einen prächtigen Grenadier ab? rief er, aufspringend und sich aufreckend. Mich mit meinen fünf Fuß und sechs Zoll, mich werden die Griechen nicht abweisen... Scherz beiseite, gnädige Frau... (er sank nieder in seinen Lehnstuhl)... ich glaube, etwas Besseres kann ich nicht tun. Paris ist mir verleidet. Ich bin unglücklich. Ich habe zu nichts Kraft... Ich gehe nicht gleich; aber ich gehe bestimmt... Wir sprechen des weiteren davon... Es muß sein. Ich habe es mir geschworen... Sonst begehe ich wer weiß was für Torheiten... Ich habe bereits griechische Stunden... Zoë mou, sas agapo... Klingt das nicht wunderbar?
Frau von Piennes hat Lord Byron gelesen. Sie erinnerte sich dieses Verses, des Kehrreims eines seiner Gelegenheitsgedichte. Doch hütete sie sich, nach dem Sinn der griechischen Worte zu fragen. Salligny hatte sich an den Flügel gesetzt; er schlug

ein paar Akkorde an, die sich zu einer Elegie verbanden. Dann ergriff er plötzlich seinen Hut, fragte Frau von Piennes, ob sie abends zu Frau Darsenay zu gehen gedächte, und als sie ihm erwiderte: Ich denke, ja, drückte er ihr die Hand und eilte hinweg. In einer Erregung, die sie noch nie gespürt hatte, blieb sie zurück. Ihre verwirrten Gedanken überstürzten sich; keinen vermochte sie festzuhalten. Sie glichen der wechselnden Aussicht vor einem Eisenbahnfenster; kaum aufgetaucht, waren sie bereits wieder entschwunden. Von der Landschaft erfaßt man da nur das Wesentliche; keine Einzelheiten. Im Chaos ihrer stürmischen Gedanken empfand Frau von Piennes nur das Eine; voller Entsetzen sah sie sich vor einem furchtbaren Abhang. Kein Zweifel: Max liebte sie!
Diese Liebe (Zuneigung nannte sie es) ging weit zurück, aber Unruhe hatte sie ihr bisher nie bereitet. Zwischen ihr, der frommen Dame, und einem Freidenker wie Max von Salligny hatte eine Schranke bestanden, die ihr volle Sicherheit gewährte. Daß sie dem Weltmann ernstlich gefiel, hatte sie mit Behagen, ja nicht ohne Eitelkeit hingenommen, daß er eines Tages aber ihre Ruhe gefährden könne, hatte sie nie und nimmer gedacht. Jetzt, wo der Taugenichts in sich ging, verfiel sie der Furcht. Seine Umkehr, die sie sich zuschrieb, bedrohte sie wie ihn mit Leid und Qual. Auf Augenblicke versuchte sie sich einzureden, die Gefahren, die sie unklar vor sich sah, seien unbegründet. Die urplötzlich beschlossene Reise, der Wandel in Sal-

lignys Wesen waren vielleicht Nachwirkungen seiner Liebelei mit Arsenia. Aber seltsam, diese Deutung war ihr unerträglicher denn jede andere, und sie fühlte sich geradezu erleichtert, wenn sie sich ihre Unwahrscheinlichkeit vorhielt.

Den ganzen Abend brachte Frau von Piennes damit hin, sich Phantome zu schaffen, sie zu zerstören und wieder aufzurichten. Sie war nicht imstande, zu Frau Darsenay zu fahren; um sich selber zu schützen, erlaubte sie ihrem Kutscher auszugehen und beschloß, zeitig schlafen zu gehen. Sowie sie aber diesen großen Entschluß gefaßt hatte und ihn nicht rückgängig machen konnte, war sie sich klar, daß er eine ihr unwürdige Schwäche war, und bereute ihn. Insbesondere fürchtete sie, Salligny könne die Ursache ahnen; und da sie das wahre Motiv ihres Zuhausebleibens vor sich selber nicht verbergen konnte, begann sie sich bereits für schuldig zu halten. Ihre Befangenheit Max gegenüber dünkte sie sündhaft. Sie betete lange, fand aber keine Erleichterung. Erst spät schlief sie ein. Beim Erwachen waren ihre Gedanken genau so wirr wie am Abend zuvor. Sich irgendwie zu entschließen, war ihr unmöglich.

Während sie beim Frühstück saß – das versagt man sich nie, zumal wenn man kaum zu Abend gegessen hat – las sie in der Zeitung, daß irgendein Pascha eine griechische Stadt geplündert hatte. Weiber und Kinder waren totgeschlagen worden, und etliche Philhellenen waren auf gräßliche Weise umgekommen. Diese Nachricht war wenig geeignet, die Leserin für Sallignys griechische Reise zu begeistern. Trübsinnig saß sie da, als man ihr einen Brief von ihm brachte. Er hatte sich abends bei Frau Darsenay tüchtig gelangweilt. Daß Frau von Piennes nicht gekommen war, beunruhigte ihn. Er fragte an, um welche Zeit sie zu Fräulein Guillot gehen werde.

Frau von Piennes hatte nicht den Mut, ihm schriftlich zu antworten. Sie ließ ihm sagen, es geschähe zur gewohnten Stunde. Dann kam ihr der Gedanke, sofort hinzugehen, um ihm nicht zu begegnen. Wie sie aber nachsann, fand sie, das sei eine kindische feige Lüge, schlimmer als ihre Schwäche gestern abend. Sie wappnete sich also mit Mut, betete inbrünstig, machte sich zur rechten Zeit auf und stieg festen Schrittes hinauf zu Arsenias Stübchen.

Sie fand das arme Mädchen in erbarmungswürdigem Zustande. Auf den ersten Blick sah man: ihre letzte Stunde war nahe. Seit gestern hatte sich ihr Leiden schrecklich verschlimmert. Ihr Atem war nur noch schmerzvolles Röcheln, und Frau von Piennes erfuhr, diesen Morgen habe die Kranke verschiedene Male im Delirium gelegen; der Arzt glaube nicht, daß sie den nächsten Tag erleben werde. Gleichwohl erkannte Arsenia ihre Gönnerin und dankte ihr für ihr Kommen.

Nun werden Sie nicht mehr meine Treppe steigen müssen, sagte sie mit erlöschender Stimme.

Reden kostete ihr sichtlich entsetzliche Anstren-

gung; es nahm ihr die letzten Kräfte. Man mußte sich über ihr Bett beugen, um sie zu verstehen. Frau von Piennes hatte ihre Hand ergriffen; sie war bereits kalt und wie leblos.
Bald darauf kam Max und trat schweigsam an das Bett der Sterbenden. Sie machte ihm ein Zeichen mit dem Kopfe, und als sie sah, daß er ein eingeschlagenes Buch in der Hand hatte, flüsterte sie: Heute werden Sie nicht lesen.
Frau von Piennes warf einen Blick auf das angebliche Buch; es war eine aufgezogene Karte von Griechenland, die er unterwegs gekauft hatte.
Seit dem Morgen war Abbé Dubignon bei der Kranken. Als er bemerkte, wie rasch ihre Kräfte abnahmen, wollte er die wenigen Augenblicke, die ihr blieben, für ihr Seelenheil ausnutzen. Er bat Max und Frau von Piennes, beiseite zu treten, beugte sich über das Schmerzenslager und richtete an das junge Mädchen die ernsten und tröstlichen Worte, die die Religion für die letzte Stunde bereit hat. In einer Ecke der Kammer kniete Frau von Piennes im Gebet; neben ihr stand Max unbeweglich wie eine Säule.
Vergeben Sie all Ihren Schuldigern, meine Tochter? fragte der Priester mit bewegter Stimme.
Ja! Mögen sie glücklich sein, antwortete die Sterbende, sich mühend, vernehmbar zu sprechen.
Vertrauen Sie Gottes Barmherzigkeit, meine Tochter! Reue öffnet des Himmels Tor.
Noch einige Minuten setzte der Abbé seine Ermahnungen fort. Dann schwieg er, da er nicht

wußte, ob er schon einen Leichnam vor sich hatte. Frau von Piennes erhob sich leise. Jedweder sah eine Weile schweigend und besorgt auf Arsenias fahles Antlitz. Ihre Augen waren geschlossen. Man hielt den Atem an, um durch nichts den schrecklichen Schlaf zu stören, der vielleicht schon über sie gekommen war. Nur die Taschenuhr auf dem Nachttische tickte leise durch die Kammer.
Sie ist verschieden, das arme Fräulein! sagte schließlich die Pflegerin, nachdem sie ihre Tabaksdose an Arsenias Lippen gehalten hatte. Sehen Sie, das Glas ist nicht angelaufen. Sie ist tot.
Armes Kind! rief Max, aus seiner Betäubung erwachend. War ihr je Glück beschieden?
Wie von seiner Stimme belebt, schlug Arsenia plötzlich die Augen auf. Ich habe geliebt, flüsterte sie tonlos. Sie bewegte die Finger, als wolle sie die Hände darreichen. Max und Frau von Piennes traten an das Bett, und jeder von ihnen ergriff eine ihrer Hände.
Ich habe geliebt..., wiederholte sie mit traurigem Lächeln.
Das waren ihre letzten Worte. Lange noch hielten Max und Frau von Piennes ihre erkalteten Hände. Sie wagten nicht aufzusehen...

Sie sagen, gnädige Frau, meine Geschichte sei zu Ende. Sie mögen nichts mehr davon hören. Ich hätte geglaubt, Sie würden noch gern wissen wollen, ob Herr von Salligny seine griechische Reise unternommen hat, oder ob sie unterblieb. Ob...

Aber es ist spät geworden. Sie sind müde. Gut! Hüten Sie sich wenigstens vor voreiligem Urteil. Ich weise ausdrücklich darauf hin, daß ich nichts gesagt habe, was Sie dazu berechtigen könnte. Vor allem, meine Geschichte ist wahr. Bezweifeln Sie es nicht! Wie? Sie tun es doch? Gehen Sie auf den Père Lachaise. Zwanzig Schritte links vom Grabe des Generals Foy werden Sie einen schlichten Grabstein finden, inmitten sorgsam gepflegter Blumen. Darauf können Sie den Namen meiner Heldin in großen Buchstaben lesen: ARSENIA GUILLOT. Und wenn Sie sich über den Stein beugen, werden Sie in ganz feiner Schrift eine Bleistiftzeile entdecken, es sei denn, der Regen habe sie verwischt:

Arme Arsenia, bete für uns!

Eine tragische Liebschaft

Zagala, mas que las flores
Blanca, rubia y ojos verdes,
Si piensas seguir amores
Piérdete bien, pues te pierdes.

I

JULIE VON CHAVERNY WAR SECHS JAHRE verheiratet; seit ungefähr fünf und einem halben Jahre wußte sie, daß sie ihren Ehemann unmöglich lieben, kaum achten konnte. Er war kein übler Mensch, weder Ekel noch Trottel, und doch war in seinem Wesen von beiden etwas. Ehemals, so sagte ihr die Erinnerung, war er ihr liebenswert erschienen; jetzt war er ihr zuwider. Alles an ihm stieß sie ab. Seine Art, wie er aß, wie er den Kaffee schlürfte, wie er redete, reizte sie. Sie sahen und sprachen sich lediglich bei Tisch; aber zu Diners gingen sie mehrmals in der Woche zusammen, genug, um Juliens Abneigung bestehen zu lassen.

Chaverny war, wie man sagt, ein schöner Mann, ein wenig zu dick für sein Alter, mit einem frischen Gesicht, Sanguiniker; zu den ruhelosen Phantasiemenschen gehörte er nicht. Von seiner Frau glaubte er felsenfest, sie widme ihm zärtliche Freundschaft; er war weltweise genug, sich nicht geliebt zu wähnen. Ohne jene Überzeugung wäre er auch nicht unglücklich gewesen; sogar mit dem Gegenteil hätte er sich abgefunden.

Er hatte mehrere Jahre bei der Kavallerie gedient; aber als ihm eine ansehnliche Erbschaft zufiel, ward er des Garnisonlebens überdrüssig. Er reichte seinen Abschied ein und heiratete. Es war eine Ehe ohne innere Gemeinschaft. Wie sie erklären? Verwandte und die Art Freunde, die gern Ehen stiften, hatten rührig alles Geschäftliche in Ordnung gebracht. Auch gehörte Chaverny, der damals noch

nicht so dick war, einer vornehmen Familie an. Er war von heiterer Gemütsart, alles in allem ein lieber Kerl. Julie sah seine Besuche gern; sie lachte über seine spaßigen Kommißgeschichten, die freilich nicht immer ganz einwandfrei waren. Sie fand ihn liebenswürdig, weil er auf allen Bällen mit ihr tanzte und nie um gute Gründe verlegen war, mit denen er ihre Mutter überredete, recht lange zu bleiben, mit ins Theater zu gehen oder auszufahren. Ja, Julie sah sogar in ihm einen Helden, denn er hatte sich ein paarmal ehrenvoll duelliert. Den Ausschlag gab indes die Schilderung eines Wagens, den er nach eigenstem Plane bauen lassen und in dem er in eigener Person Julie ausfahren wollte, wenn sie ihm ihre Hand zugesagt hatte.
Ein paar Monate nach der Hochzeit hatten Chavernys Vorzüge viel von ihrem Zauber verloren. Er tanzte nicht mehr mit seiner Frau, was sich von selbst verstand. Seine lustigen Geschichten hatte er wenigstens fünfmal erzählt. Jetzt fand er, daß die Bälle viel zu lang dauerten. Im Theater gähnte er, und das Umkleiden des Abends dünkte ihm unerträglicher Zwang. Er war maßlos bequem. Wenn er hätte gefallen wollen, wäre es ihm vielleicht gelungen. Aber wie beinahe allen dicken Menschen war ihm jeder Zwang in den Tod verhaßt. Die Gesellschaft langweilte ihn, weil sie jeden danach behandelt, wieviel Mühe er sich gibt, zu gefallen. Grobe Vergnügen lagen ihm weit mehr als feinsinnige Genüsse. In den Kreisen, die nach seinem Geschmack waren, hatte die Führung, wer

die andern überschrie. Bei seiner Riesenlunge war ihm das ein leichtes. Außerdem setzte er seinen Stolz darein, mehr Sekt zu vertragen als gewöhnliche Sterbliche, und auf seinem Gaul nahm er spielend vier Fuß hohe Hindernisse. Er genoß somit ein wohlverdientes Ansehen bei den jungen Leuten, von denen es gegen fünf Uhr abends auf den Boulevards wimmelt. Auf Jagden, Landpartien, Rennen, Junggesellendiners und -soupers war er in seinem Element. Hundertmal am Tage pries er sich den glücklichsten aller Menschen, und jedesmal, wenn Julie dies hörte, schlug sie die Augen gen Himmel, und um ihren kleinen Mund zuckte ein Ausdruck tiefster Geringschätzung.
Da sie jung und schön war und obendrein ihren Mann nicht liebte, ist es zu begreifen, daß eine Schar eigennütziger Verehrer sie umflatterte. Bisher war sie aber gegen alle Verführungen standhaft geblieben; dank ihrer überaus klugen Mutter, die über sie wachte, und ihrem eigenen Stolze. Überdies hatte sie die Erfahrung ihrer mißglückten Ehe und war nicht mehr so leicht zu entflammen. Es war ihr eine Genugtuung, daß die Gesellschaft sie bemitleidete und als Vorbild der Tugend hinstellte. Im ganzen war sie beinahe glücklich: sie liebte keinen, und ihr Mann ließ sie vollkommen gewähren. Sie ließ gern durchblicken, daß er gar nicht wußte, welchen Schatz er besaß. Das war ihre Koketterie, triebmäßig wie die eines Kindes, die vortrefflich zu einer zurückhaltenden Ablehnung paßte, die aber nicht Prüderie war. Sie ver-

stand es, mit jedermann gleich liebenswürdig zu sein, und so konnten die bösen Zungen ihr nicht das geringste nachsagen.

II

Die beiden Gatten waren bei Frau von Lussan, Juliens Mutter, die nach Nizza reisen wollte, zu Tische geladen. Chaverny langweilte sich zu Tode. Viel lieber hätte er den Abend mit seinen Boulevardfreunden verbracht, anstatt ihn bei seiner Schwiegermutter zu versitzen. Nach dem Essen machte er sich's in einer Sofaecke bequem und tat zwei Stunden lang den Mund nicht auf aus dem einfachen Grunde, weil er schlief. Mit Anstand natürlich, im Sitzen, den Kopf zur Seite geneigt, als lausche er andächtig der Unterhaltung. Hin und wieder erwachte er sogar und flocht ein Wort ein.
Dann mußte er mit an den Whisttisch. Er haßte dieses Spiel, weil es eine gewisse geistige Anstrengung erfordert. Über alledem war es halb zwölf geworden. Chaverny hatte keine Verabredung und wußte nicht, was er mit dem weitern Abend anfangen sollte. Er überlegte noch hin und her, als der Wagen seiner Frau gemeldet wurde. Fuhr er mit ihr nach Hause, so hatte er die Aussicht auf eine halbe Stunde des Alleinseins mit ihr; das verursachte ihm gelindes Gruseln. Weil er aber nichts zu rauchen bei sich hatte und darauf brannte, eine Kiste Zigarren anzureißen, die, als er das Haus verließ, eben aus Havre angekommen war, ergab er sich ins Unvermeidliche.

Als er seiner Frau den Abendmantel um die Schultern legte und sich dabei im hohen Spiegel sah, mußte er unwillkürlich lächeln. Wie in den Flitterwochen! Er betrachtete seine Frau, die er heute noch kaum angesehen hatte. Sie erschien ihm viel hübscher als sonst; er beeilte sich nicht in seinem Ritterdienst.

Julie war ebenso ärgerlich wie er über das bevorstehende Alleinsein mit ihm. Ihr Mund schmollte, und ihre gewölbten Brauen zogen sich unwillkürlich zusammen. Ihr Gesicht wurde dadurch so unwiderstehlich, daß selbst ein Ehemann nicht unempfindlich bleiben konnte. Ihre Augen begegneten einander im Spiegel, und beide wurden verwirrt. Er küßte, rasch gefaßt, ihr galant die Hand, die am Mantelkragen nestelte.

In der Enge des Wagens saßen die beiden anfangs stumm nebeneinander. Chaverny hatte wohl das Gefühl, daß er etwas sagen müsse. Aber es fiel ihm nichts ein, und Julie schwieg beharrlich. Er gähnte ein paarmal, so daß er sich schließlich ein wenig schämte und meinte, er müsse sich bei seiner Frau entschuldigen.

Der Abend war lang, fügte er als Milderungsgrund hinzu. Julie sah darin nur eine Kritik an den Gesellschaftsabenden ihrer Mutter und die Absicht, ihr etwas Unangenehmes zu sagen. Sie pflegte längst jedwede Auseinandersetzung mit ihm zu vermeiden; darum verharrte sie in ihrem Schweigen.

Chaverny fühlte sich ausnahmsweise zum Plaudern

aufgelegt und fuhr nach einer Weile fort: Das Essen war gut, aber ich muß doch sagen, deine Mutter hat zu süßen Sekt.
Bitte? fragte Julie, als hätte sie nicht verstanden, und wandte gleichgültig den Kopf nach ihm hin.
Deine Mutter hat zu süßen Sekt. Ich vergaß es ihr zu sagen. Erstaunlich, man stellt sich vor, es sei die einfachste Sache, den richtigen Sekt zu wählen. Dabei gibt es unter zwanzig Sorten vielleicht eine wirklich gute.
So? Julie gestand der Höflichkeit dieses knappe Wort zu und schaute dann wieder auf ihrer Seite zum Fenster hinaus. Chaverny legte sich zurück und streckte die Füße auf den gegenüberliegenden Sitz. Es kränkte ihn, daß seine Frau sich allen Versuchen, eine Unterhaltung in Gang zu bringen, so unzugänglich zeigte.
Er gähnte wieder ein paarmal. Dann rückte er ein wenig dichter an sie heran und fing von neuem an: Das Kleid steht dir ganz entzückend! Wo hast du es gekauft?
Aha! dachte Julie, er will seiner Geliebten auch eins schenken, und mit einem leichten Lächeln sagte sie: Bei Burty.
Warum lachst du? fragte Chaverny, nahm dabei die Füße vom Sitz herunter und rückte noch näher. Zugleich faßte er ihren Ärmel und betastete ihn.
Ich muß lachen, weil du plötzlich siehst, was ich anhabe. Gib acht, du verknüllst mir den Ärmel! Und sie zog den Ärmel aus Chavernys Hand.
Ich sehe stets genau, was du anhast, wirklich, und

ich bewundere deinen Geschmack. Ehrenwort, ich habe erst kürzlich mit... einer Dame davon gesprochen, die immer scheußlich angezogen ist, obwohl sie ein Heidengeld für ihre Toiletten ausgibt. Sie ruiniert... Ich sagte ihr... ich redete von dir...
Julie weidete sich an seiner Verwirrung. Sie machte keinen Versuch, ihm beizustehen.
Deine Pferde sind miserabel. Das reinste Schneckentempo. Ich muß sehen, daß ich ein paar andere bekomme, schwatzte Chaverny, der aus der Fassung gebracht war, weiter.
Nichts als die knappste Erwiderung von der anderen Seite. So schlich die Unterhaltung mühsam hin, bis die beiden, endlich zu Hause angelangt, einander gute Nacht wünschten.
Als Julie sich auskleidete und die Zofe eben hinausgegangen war, etwas zu holen, tat sich plötzlich die Tür ihres Schlafzimmers auf und Chaverny trat ein. Julie warf rasch einen Schal über ihre nackte Schulter.
Verzeih, sagte er, ich hätte zum Einschlafen gern den Band Scott von kürzlich..., es war wohl der Quentin Durward?
Hier sind keine Bücher. Er muß in deinem Zimmer sein.
Chaverny fand seine Frau in dieser Halbangezogenheit, die der Schönheit so vorteilhaft ist, *pikant,* um einen seiner Ausdrücke zu gebrauchen, die sie abscheulich fand. Sie ist wirklich ein schönes Weib, dachte er und blieb unbeweglich und schweigend vor ihr stehen, mit seinem Leuchter in der Hand.

Julie, die ihm gegenüberstand, zupfte nervös an ihrem Häubchen herum und wartete ungeduldig darauf, daß er ginge.
Du bist verdammt hübsch heute abend, rief Chaverny schließlich, stellte seinen Leuchter hin und kam näher. Frauen mit gelöstem Haar sind meine Wonne. Dabei faßte er eine der langen Flechten, die über Juliens Schulter fielen, und legte ihr beinahe zärtlich den Arm um die Hüften.
Ach Gott, rief sie, du riechst abscheulich nach Tabak, und wandte sich ab. Laß mein Haar! Sonst riecht es ebenso, und ich werde den Geruch nicht wieder los.
Geh! Das sagst du bloß so, weil ich mitunter rauche. Sei doch nicht so spröd, Kindchen! Und ehe sie es hindern konnte, hatte er sie auf die Schulter geküßt.
Nichts ist widerwärtiger für eine Frau als solche Zärtlichkeiten, bei denen ihr Widerstreben oder Geschehenlassen gleich albern erscheint. Zum Glück kam die Zofe.
Marie, sagte Frau von Chaverny, an meinem blauen Kleide ist die Taille viel zu lang. Ich habe heute Frau von Begy gesehen, die vollendeten Geschmack hat. Ihre Taille war bestimmt zwei Finger breit kürzer. Stecken Sie eine Falte ab, damit wir gleich die Wirkung sehen.
Nun entspann sich zwischen Herrin und Dienerin eine hochinteressante Verhandlung über die genauen Maße einer tadellosen Taille. Julie wußte recht gut, daß ihr Mann nichts mehr haßte als

eine Unterhaltung über Modedinge, und daß sie ihn auf diese Weise in die Flucht jagte. Wirklich verschwand er nach kaum fünf Minuten, fürchterlich gähnend, mit seinem Leuchter auf Nimmerwiedersehen für diese Nacht.

III

Major Perrin saß an einem Tischchen, in ein Buch vertieft. Seine kerzengerade Haltung verriet den Soldaten. Sein Zimmer war blitzsauber und spartanisch einfach. Eine Schachtel Briefpapier, wovon mindestens seit einem Jahr kein Bogen verbraucht worden war, stand neben einem Tintenfaß und zwei frisch geschnittenen Federkielen vor ihm. Wenn der Herr Major kein großer Schreiber war, so las er dafür um so mehr. Augenblicklich las er Montesquieus *Persische Briefe* und rauchte dazu seine Meerschaumpfeife, und diese beiden Tätigkeiten nahmen ihn so in Anspruch, daß er zunächst das Eintreten des Majors von Châteaufort überhörte. Der Besucher gehörte zu seinem Regiment; er hatte ein hübsches Gesicht, liebenswürdiges Wesen, war ein wenig Dandy, aber gut angeschrieben beim Kriegsminister, in allem und jedem ungefähr das Gegenteil von Perrin. Trotzdem waren sie, Gott weiß warum, Freunde und sahen sich täglich.
Châteaufort klopfte Perrin auf die Schulter. Ruhig weiter qualmend drehte dieser sich um. Zuerst, als er den Freund erkannte, malte sich Freude auf seinem Gesicht, dann Bedauern (der Ehrliche!), weil es nun mit dem Lesen aus war; rasch hatte er

sich in sein Schicksal gefunden und war bereit, den liebenswürdigen Wirt zu spielen. Er kramte in seiner Tasche nach dem Schlüssel zu dem Schrank, in dem er eine kostbare Kiste Zigarren verwahrte, die er selber nie rauchte, und von denen er eine dem Freunde darbot. Châteaufort winkte ab: Danke schön! Behalte deine Havanna. Ich habe selber welche bei mir. Einem aparten Etui aus mexikanischem Bast entnahm er eine zimtfarbene, an beiden Enden spitze Zigarre, steckte sie an, streckte sich aufs Sofa, das Perrin nie benutzte, schloß die Augen und qualmte drauf los, bis dichte Wolken ihn umhüllten. Er schien tief nachzudenken über das, was er sagen wollte. Er sah glückstrahlend aus und hielt offenbar nur mit Mühe ein Geheimnis zurück, das er überaus gern losgeworden wäre. Perrin hatte seinen Stuhl ans Sofa herangerückt und rauchte schweigend weiter. Da sich Châteaufort mit dem Reden nicht beeilte, fragte er nach einer Weile: Was macht die Ulrike? Die Ulrike war eine schwarze Stute, die Châteaufort so überanstrengt hatte, daß sie halbniedergebrochen war. Ausgezeichnet! erwiderte Châteaufort, der gar nicht auf die Frage gehört hatte. Dann streckte er ein Bein, das bisher auf der Armlehne des Sofas gelegen hatte, gegen den Freund und rief: Perrin! Weißt du, was für ein Glückspilz du bist, mich zum Freunde zu haben?

Der Ältere sann nach, welche Vorteile ihm diese Freundschaft bisher eingetragen hatte, aber er fand nichts als ein paar Pfund Tabak und etliche Tage

Stubenarrest dafür, daß er in eine Duellsache verwickelt worden war, die Châteaufort angestellt hatte. Und wo immer es ging, ließ sich der Freund im Dienst von ihm vertreten.
Jetzt ließ er ihm nicht lange Zeit zum Nachdenken, sondern reichte ihm ein Briefchen hin: Krakelfüßchen auf feinem englischen Papier. Perrin grinste, was bei ihm für ein Lächeln stand; er kannte diese Art Briefe bei seinem Freunde.
Bitte lies! befahl Châteaufort. Mir verdankst du das.
Perrin las:
Machen Sie mir das Vergnügen, lieber Herr von Châteaufort, zu Tisch zu uns zu kommen. Mein Mann wollte Sie persönlich einladen, wurde aber durch eine Jagdpartie verhindert. Da ich Herrn Major Perrins Adresse nicht weiß, kann ich ihn leider nicht selbst bitten, Sie zu begleiten. Sie haben mich neugierig gemacht, ihn kennen zu lernen, und ich wäre Ihnen zwiefach verbunden, wenn Sie ihn mitbrächten. Julie v. Chaverny.
P. S. Ich muß Ihnen herzlich Dank sagen für die Noten, die Sie für mich abgeschrieben haben. Die Musik ist bezaubernd. Ich bewundere Ihren Geschmack. Sie erscheinen gar nicht mehr an unsern Donnerstagen. Sie wissen doch, wie gern wir Sie bei uns sehen.
Hübsche Schrift, nur sehr winzig, sagte Perrin, als er gelesen hatte. Offengestanden, so ein Diner ist mir durchaus kein Vergnügen. Man muß sich in Gala werfen, und hinterher gibt es keine Pfeife.
Ist das ein Unglück um der hübschesten Frau von

ganz Paris willen mal aufs Qualmen verzichten zu müssen? Du bist verflucht undankbar!
Wenn überhaupt von Dank die Rede sein kann, denn dir verdanke ich die Einladung nicht.
Wem sonst?
Chaverny. Er war Schwadronschef bei mir. Wahrscheinlich hat er zu seiner Frau gesagt: Lade den Perrin ein, das ist ein guter Kerl! Wie käme sonst eine schöne junge Frau, die ich ein einziges Mal gesehen habe, dazu, mich alten Kommißknopf einzuladen?
Châteaufort lächelte seinem Bildnis in dem sehr schmalen Spiegel zu, der des Majors Zimmer zierte.
Du hast heute keine feine Nase, alter Freund. Lies noch mal; vielleicht entdeckst du doch etwas, das du übersehen hast.
Perrin drehte das Briefchen um und um; er fand nichts.
Was, du alter Krippensetzer! Du willst nicht sehen, daß sie dich nur einlädt, um mir eine Freude zu machen, um mir zu zeigen, daß meine Freunde ihre Freunde sind, um mir zu beweisen, daß...
Na, was denn?
Daß... du weißt doch was...
Daß sie dich liebt? fragte Perrin skeptisch.
Der andere pfiff als Antwort.
Sie ist also in dich verliebt?
Fortgesetztes Pfeifen.
Hat sie es dir gestanden?
Na... ich meine, das sieht man doch.
Wo...? In dem Brief da etwa?
Zweifellos.

Jetzt war es Perrin, der pfiff, bedeutungsvoll pfiff. Was? schrie Châteaufort und riß ihm den Brief aus der Hand. Du spürst also gar nicht, wieviel Zärtlichkeit, jawohl Zärtlichkeit da drin steckt. Was sagst du denn zu: *Lieber Herr von Châteaufort?* Bisher hieß es immer nur: *Sehr geehrter Herr!* Dann: *Ich wäre Ihnen zwiefach verbunden*. Wenn das nicht klar ist! Und hier ist ein Wort ausgestrichen. *Herzliche Grüße* wollte sie schreiben, hat es aber nicht gewagt. *Beste Grüße*–das war nicht genug. So hat sie gar keinen Schlußsatz geschrieben. Verstanden, alter Junge? Eine Dame wirft sich einem nicht an den Hals wie ein kleines Mädchen. Ich kann dir nur sagen: der Brief ist entzückend, und wer die Liebe darin nicht sieht, ist stockblind. Am Schluß noch die Vorwürfe, weil ich einen einzigen Donnerstag versäumt habe!
Arme kleine Frau, rief Perrin aus. Verliebe dich nicht in diesen da, du bereust es nur zu bald.
Châteaufort beachtete den gefühlvollen Anruf seines Freundes nicht, sondern begann mit leiser, einschmeichelnder Stimme: Höre, du könntest mir einen großen Gefallen tun.
Nämlich?
Mir helfen. Ihr Mann paßt nicht zu ihr. Er ist ein Tier und macht sie unglücklich. Du kennst ihn von früher her. Du mußt ihr sagen, daß er ein ganz brutaler Kerl ist, überall verrufen.
Oha!
Ein Wüstling, der in seiner Dienstzeit immer Weibergeschichten hatte. Und mit was für Weibern. Das mußt du seiner Frau alles erzählen.

Das soll ich ihr sagen? Wie denn? So geradezu? Mein Gott! Wie? Alles läßt sich sagen!... Vor allem mußt du mich bei ihr herausstreichen!
Das geht schon eher. Immerhin...
Nicht so einfach, wie du denkst. Loben sollst du nicht, das würde mir nur schaden. Du sollst ihr erzählen, es falle dir seit einiger Zeit auf, daß ich so niedergeschlagen sei, mit niemandem reden wolle, kaum mehr esse...
Donnerwetter! lachte Perrin schallend auf, wobei seine Pfeife lustig hin und her hüpfte. Das soll ich Frau von Chaverny sagen? Unmöglich! Denke an das Liebesmahl gestern – wie ich dich hinterher nach Hause geschleppt habe!
Na ja, das braucht sie nicht zu erfahren. Sie muß wissen, daß ich in sie verliebt bin, und die Romanschreiber haben die Frauen glauben gemacht, ein Mann, der sich's schmecken lasse, sei niemals verliebt.
Ich wüßte nicht, was mich um den Appetit bringen könnte.
Abgemacht also! schloß Châteaufort, indem er sich die Mütze aufsetzte. Nächsten Donnerstag hole ich dich ab. Gesellschaftsanzug! Und nicht vergessen: lauter Schlechtes vom Herrn Gemahl, lauter Gutes von mir!
Sein Stöckchen elegant schwingend, schlenderte er hinaus und ließ den Major Perrin tief nachdenklich ob der Einladung zurück und etwas aus der Fassung gebracht durch den Gedanken an den Gesellschaftsanzug.

IV

Verschiedene Gäste hatten abgesagt; so verlief das Diner etwas einsilbig. Châteaufort, an der Seite der Hausfrau, war eifrigst um sie bemüht, zuvorkommend und liebenswürdig wie immer.

Chaverny hatte von seinem langen Spazierritt einen Bärenhunger mitgebracht; er aß und trank für drei. Major Perrin leistete ihm Gesellschaft. In einem fort schenkte er ein und lachte, daß die Gläser klirrten, bei jedem derben Witz, den der Hausherr riß. Im Kreise der Offiziere hatte Chaverny schnell seine gute Laune und den Kommißton wiedergefunden. Seine Frau machte ihre unnahbare Miene. Sie wandte sich zu ihrem Nachbar und begann ein Sondergespräch mit ihm, wobei sie sich den Anschein gab als höre sie ihres Mannes Reden, die ihr sehr mißfielen, nicht.

Die Unterhaltung kam auf die Oper; man sprach von den Ballettdamen und lobte besonders Fräulein N***. Châteaufort tat es allen zuvor. Er fand nicht Worte genug für ihren Liebreiz, ihre Figur, ihr gutes Benehmen. Perrin, der mit Châteaufort vor ein paar Tagen zum ersten Male in der Oper gewesen war, entsann sich der Kleinen recht gut und fragte jetzt: Ist das nicht die rosa Fee, die wie ein Füllen hopste? Du hast oft genug von ihren Beinen gesprochen, Châteaufort.

Redet lieber nicht zuviel von ihren Beinen! rief Chaverny dazwischen, sonst könnte es Verdrießlichkeiten geben mit euerm Divisionär, dem Herzog von I***. Nehmt euch in acht!

So eifersüchtig wird er nicht sein, daß er uns andern verwehrt, sie durchs Glas zu begucken.
Im Gegenteil, er ist so stolz darauf. Was sagen Sie dazu, Major Perrin?
Ach ich, ich kenne mich nur in Pferdebeinen aus, erwiderte der alte Soldat bescheiden.
Besagte Beine sind in der Tat blendend, fing Chaverny wieder an. In ganz Paris gibt es keine schöneren, ausgenommen die... Er hielt inne, strich seinen Schnurrbart und schielte verschmitzt nach seiner Frau, die bis in den Nacken erglühte.
Der kleinen D***? fragte Châteaufort und nannte eine andere Tänzerin.
Nein, antwortete Chaverny pathetisch wie Hamlet, aber sehen Sie meine Frau an!
Julie wurde dunkelrot vor Empörung und warf ihrem Manne einen Wut und Verachtung sprühenden Blick zu. Dann wandte sie sich, mit Gewalt sich beherrschend, rasch zu Châteaufort. Wir müssen das Duett aus *Maometto* dann einmal üben. Es muß Ihrer Stimme ausgezeichnet liegen. Ihr Ton klang noch unsicher.
Chaverny ließ sich nicht so leicht aus dem Sattel werfen. Unbeirrt fuhr er fort: Wissen Sie, Châteaufort, ich wollte die Beine, von denen ich sprach, modellieren lassen; aber es wurde nicht gestattet.
Châteaufort war selig ob dieser frechen Enthüllung, tat aber, als hätte er kein Sterbenswörtchen gehört, und sprach mit Frau von Chaverny weiter über *Maometto*.
Chaverny ließ nicht locker: Die Besitzerin jener

Beine tut jedesmal Gott weiß wie empört, wenn ich ihr Elogen mache, aber im Grunde ist sie gar nicht so böse!

Er mochte reden soviel er wollte, Julie war fest entschlossen nichts zu hören. Mit erkünstelter Munterkeit plauderte sie mit Châteaufort; ihr gewinnendes Lächeln sollte ihn überzeugen, daß sie nur ihn höre. Auch Châteaufort schien ganz bei *Maometto* zu verweilen, verlor jedoch nicht eine Silbe von Chavernys Taktlosigkeiten.

Nach Tisch wurde musiziert. Julie sang mit Châteaufort. Chaverny verschwand, sobald das Klavier geöffnet wurde. Andere Besucher kamen, aber Châteaufort ließ sich nicht abhalten, dann und wann Julie etwas zuzuflüstern.

Auf dem Heimwege erklärte er Perrin, seine Sache stehe gut; er habe den Abend ausgenützt. Perrin fand nichts dabei, daß ein Mann von den Beinen seiner Frau redete. Mit voller Überzeugung tadelte er den Kameraden: Woher nimmst du den Mut, eine so gute Ehe stören zu wollen? Er hat sie doch rührend lieb.

V

Seit einem Monat beschäftigte sich Chaverny eingehend mit dem Gedanken, Kammerherr werden zu wollen.

Es ist vielleicht verwunderlich, daß ein Mensch, der zur Fülle neigt, das Nichtstun und seine Bequemlichkeit über alles liebt, ehrgeiziger Regungen fähig sein soll. Chaverny wußte seine Ehrsucht vor seinen Freunden gut zu begründen. Erstens kosten mich die Theaterlogen für meine Freundinnen viel Geld. Bin ich bei Hofe, so habe ich Logen, so viel ich mag, und brauche keinen Pfennig dafür auszugeben. Und was kann man mit Logen nicht alles machen? Zum andern bin ich leidenschaftlicher Jäger, und die königlichen Jagden wären mir dann erschlossen; schließlich weiß ich, seitdem ich den bunten Rock an den Nagel gehängt habe, nie recht, was ich zu den Hofbällen anziehen soll. Ich kann den Marquisfrack nicht ausstehen; ein Kammerherrenfrack ist hundertmal gefälliger.

So bemühte er sich, und Julie sollte es auch tun; aber sie weigerte sich entschieden, trotz ihrer einflußreichen Freunde. Er setzte große Hoffnungen auf den Herzog von H***, der bei Hofe etwas galt, und dem er allerlei kleine Dienste erwiesen hatte. Auch Châteaufort mit seinen guten Verbindungen stand ihm zur Seite mit so viel Feuereifer und Hingabe, wie sie nur dem Gatten einer hübschen Frau zuteil werden.

Ein Umstand, der verhängnisvoll für ihn ausgehen sollte, brachte ihn bedeutend vorwärts. Seine Frau hatte sich, nicht ohne Mühe, zu einer Erstaufführung in der Großen Oper eine Loge mit sechs Plätzen verschafft. Sie wollte Châteaufort einladen. Weil sie es aber nicht für schicklich hielt, mit ihm allein zu gehen, sollte ihr Mann mitkommen. Nach langem Hin und Her erklärte er sich ausnahmsweise bereit, sie zu begleiten.

Gleich nach dem ersten Aufzug verschwand er und ließ seine Frau mit dem Freunde allein. Anfangs bewahrten beide eine etwas erkünstelte Schweigsamkeit. Julie, weil sie sich in letzter Zeit stets, sobald sie mit Châteaufort allein war, befangen fühlte, und er, weil sein Eroberungsplan ihm Ergriffenheit zu heucheln vorschrieb. Er blickte verstohlen über das volle Haus und gewahrte mit Genugtuung eine Anzahl Operngläser von Bekannten auf seine Loge gerichtet. Der Gedanke, daß seine Freunde ihm sein Glück neideten und ihn viel weiter wähnten als er war, gewährte ihm höchste Befriedigung.

Julie sog abwechselnd den Duft ihres Riechfläschchens und ihres Blumenstraußes ein; dann begann sie von der Hitze, der Vorstellung, den Toiletten zu plaudern. Châteaufort hörte zerstreut hin, seufzte, rutschte auf seinem Sessel hin und her, sah Julie an und seufzte von neuem. Julie wurde unruhig. Unvermittelt rief er: Wie schön doch die Ritterzeit war!

Die Ritterzeit? Wieso? Wohl weil Ihnen die mittelalterliche Tracht gut stände?

Sie halten mich für recht fad, erwiderte er in traurigem und bitterm Ton. Ich beneide jene Zeit... weil damals ein herzhafter Mann ... allerlei erreichen konnte! Er brauchte beispielsweise nur einem Riesen den Schädel zu spalten, um seiner Dame zu gefallen... Da! Sehen Sie das Ungetüm in der Balkonloge dort? Befehlen Sie mir, Ihnen seinen Bart zu bringen, und erlauben Sie mir hernach, Ihnen nur drei Worte zuzuflüstern, ohne daß Sie mir zürnen!

Torheit! rief Julie, bis zu den Haarspitzen errötend, weil sie sich die drei Worte denken konnte. Sehen Sie nur Frau von Sainte-Hermine! Ausgeschnitten in ihrem Alter. Und im Ballkleid.
Ich sehe nur eins: nämlich, daß Sie mich nicht verstehen wollen. Ich merke es schon lange. Ich soll schweigen. Ich gehorche. Aber, fügte er leise mit einem kleinen Seufzer bei, Sie haben mich verstanden.
Keineswegs, sagte sie trocken und kühl. Aber wo bleibt eigentlich mein Mann?
Ein Besucher kam ihr sehr gelegen und zog sie aus der Verlegenheit. Châteaufort tat den Mund nicht auf. Er sah blaß und sehr erregt aus. Als der Besucher hinaus war, machte er ein paar nichtssagende Bemerkungen über die Aufführung. Es entstanden lange Pausen zwischen ihnen.
Eben als der zweite Aufzug beginnen sollte, tat sich die Tür auf, und Chaverny erschien in Begleitung einer sehr hübschen und sehr auffällig gekleideten Dame mit pompösen roten Federn im Haar. Ihnen folgte der Herzog von H***
Liebes Kind, ich fand den Herrn Herzog und die gnädige Frau in einer fürchterlichen Seitenloge, wo man nichts sieht. Sie waren so liebenswürdig, einen Platz in unsrer Loge anzunehmen.
Julie verneigte sich kühl; der Herzog mißfiel ihr. Er und die Dame mit den Federn ergossen sich in Entschuldigungen, als ob sie fürchteten, ihr lästig zu fallen. Ein großmütiger Wettstreit entspann sich um die Plätze. Während des Durcheinanders flüsterte

Châteaufort Julie hastig ins Ohr: Um Gottes willen setzen Sie sich nicht vorne hin. In höchstem Maße verwundert blieb Julie auf ihrem Platze. Als alle saßen, drehte sie sich nach Châteaufort um und heischte mit einem etwas strengen Blick die Lösung des Rätsels. Er saß steif da mit zusammengekniffenen Lippen. Seine ganze Haltung verriet grimmigstes Unbehagen. Da deutete Julie seine Warnung falsch: zweifellos hatte er während der Aufführung weiter leise zu ihr sprechen, seltsame Reden führen wollen, was ihm unmöglich war, wenn sie in der vordersten Reihe saß. Sie blickte in den Saal und merkte, daß mehrere Damen durchs Glas nach ihrer Loge sahen. Aber das ist immer so, sobald ein neues Gesicht auftaucht. Es wurde getuschelt und gelächelt. Aber das war nichts Außergewöhnliches. Die reine Kleinstadt so ein Opernhaus!

Die Unbekannte beugte sich über Juliens Blumen und sagte mit schmeichlerischem Lächeln: Ihr Strauß ist wundervoll, gnädige Frau. Der muß ein schönes Geld gekostet haben in dieser Jahreszeit. Mindestens zehn Francs. Sie haben ihn natürlich geschenkt bekommen? Damen kaufen sich keine Blumen.

Julie machte große Augen: was für eine Kleinstädterin mochte das sein?

Herzog, fragte die Dame schmachtend, warum haben Sie mir keine Blumen verehrt?

Chaverny war bereits an der Tür. Der Herzog und die Fremde suchten ihn zurückzuhalten; sie hatte kein Verlangen mehr nach Blumen. Julie wechselte

einen Blick mit Châteaufort; er schien sagen zu wollen: Ich danke Ihnen; es ist leider zu spät. Trotzdem hatte sie die Sachlage noch nicht durchschaut.
Während der ganzen Vorstellung schlug die merkwürdige Dame mit den Fingern den Takt auf die Brüstung und redete ins Blaue hinein über Musik. Dazwischen fragte sie Julie, was ihr Kleid, ihre Brillanten, ihre Pferde gekostet hätten. Julie war niemals ähnlichen Manieren begegnet. Sie hielt die Fremde für eine erst unlängst aus der Bretagne zugereiste Verwandte des Herzogs. Da erschien Chaverny wieder mit einem Riesenstrauß, viel schöner als der seiner Frau; es gab ein Bewundern, ein Danken, ein Entschuldigen ohne Ende.
Ich bin nicht undankbar, Herr von Chaverny, endete die mutmaßliche Provinzlerin einen ungeheuren Wortschwall. Ich werde es beweisen. Erinnern Sie mich, daß ich Ihnen etwas versprechen will. Jawohl; Sie sollen eine gestickte Börse von mir haben, wenn ich die für den Herzog fertig habe.
Endlich war, zu Juliens großer Erleichterung, die Oper aus. Sie fühlte sich höchst unbehaglich neben ihrer sonderbaren Nachbarin. Der Herzog bot ihr seinen Arm. Ihr Mann führte die Fremde. Châteaufort folgte finster und verstimmt. Unwirsch grüßte er seine Bekannten, die er auf der Treppe traf.
Ein paar Damen, die Julie von Gesicht kannte, kamen vorbei. Ein junger Mann raunte ihnen spöttisch etwas zu; sofort sahen sie sich sehr neugierig nach Chaverny und seiner Frau um, und die eine rief: Nicht möglich!

Der herzogliche Wagen fuhr vor. Der Herzog verneigte sich vor Julie, indem er ihr nochmals in den wärmsten Worten für ihre Gastfreundschaft dankte. Chaverny geleitete die Fremde an den Wagen. Julie blieb einen Augenblick mit Châteaufort allein.
Sie fragte: Wer war die Dame?
Das kann ich Ihnen nicht sagen. Es ist ungeheuerlich.
Wieso?
Übrigens wissen ja alle, die Sie kennen, was davon zu halten ist. Aber Chaverny... nein, das hätte ich ihm nicht zugetraut.
Was denn nur? Reden Sie doch endlich! Wer ist jene Person?
Chaverny erschien. Châteaufort sagte leise:
Melanie R***, die Geliebte des Herzogs.
Lieber Gott! Das ist doch unmöglich. Julie stand wie versteinert.
Châteaufort zuckte mit den Schultern. Das sagten die Damen, die wir auf der Treppe trafen, auch... Übrigens ist sie in ihrer Art *comme il faut:* sie verlangt Höflichkeit, Ritterlichkeit... Verheiratet ist sie auch.
Chaverny sah sehr vergnügt aus. Gute Nacht, liebes Kind! Du brauchst mich wohl nicht zur Heimfahrt? Ich esse beim Herzog.
Julie würdigte ihn keiner Antwort.
Châteaufort, kommen Sie mit zum Herzog? Sie sind ebenfalls eingeladen. Man hat Sie bemerkt. Sie haben Eindruck gemacht, mein Lieber.
Châteaufort lehnte frostig ab. Er verneigte sich vor

Julie, die wütend an ihrem Taschentuch kaute, während sie wegfuhr.
Verehrtester, sagte Chaverny, nehmen Sie mich in Ihrem Kabriolett mit bis an der Schönsten Haus?
Gern, erwiderte Châteaufort, sind Sie sich übrigens klar, daß Ihre Frau schließlich begriffen hat, wer ihr Besuch war?
Unmöglich!
Schön war das nicht von Ihnen.
Ach was! Wer kennt sie denn? Sie versteht sich zu benehmen, und der Herzog nimmt sie überallhin mit.

VI

Julie verbrachte eine erregte Nacht. Der Skandal in der Oper setzte allem Unrecht, das ihr Mann ihr bisher angetan hatte, die Krone auf. Sofortige Trennung war der einzige Ausweg. Sie wollte am Morgen eine Aussprache mit ihm herbeiführen und ihm ihre Absicht kundtun, keinen Tag länger unter einem Dache mit ihm zu verweilen, der sie so ungeheuerlich kompromittiert hatte. Es bangte ihr vor dieser Auseinandersetzung, denn sie hatte noch nie ein ernstes Gespräch mit ihrem Gatten geführt. Bisher hatte sie immer nur geschmollt, wenn sie ihm gram war. Er hatte dem gar keine Beachtung geschenkt; er ließ ihr volle Freiheit und kam gar nicht auf den Gedanken, sie könne ihm gegenüber weniger großzügig sein. Vor allem war ihr Angst, sie könnte bei der Aussprache anfangen zu weinen, und er möchte ihre Tränen verwundeter Liebe zuschreiben. Sie sehnte sich nach ihrer Mutter, die ihr hätte raten können oder es übernommen hätte, die Trennungsfrage mit ihm zu erledigen. Je mehr sie grübelte, um so unsicherer wurde sie. Zuletzt faßte sie den Entschluß, eine befreundete Dame, die sie schon als Kind kannte, um Rat zu bitten. Ihrer Erfahrung wollte sie sich dann in ihrem Verhalten gegen ihren Mann fügen.

In ihrer Empörung mußte sie unwillkürlich ihren Mann mit Châteaufort vergleichen, dessen Zartgefühl des andern Taktlosigkeit noch viel deutlicher machte. Mit geheimer Freude, die sie sich indes vorwarf, erkannte sie, daß der Freund mehr auf ihren guten Ruf bedacht war als der Gatte. Dieser Vergleich im Moralischen verführte sie dazu, Châteauforts tadellose Eleganz gegen ihres Mannes Durchschnittsfigur zu stellen. Sie sah ihren Mann mit seinem Embonpoint schwerfällig bei der Geliebten des Herzogs den Liebenswürdigen spielen, während Châteaufort, ehrerbietiger als sonst, Hochachtung vor der Dame betonte, die ihr Mann in Gefahr brachte. Wie Gedanken manchmal gegen unsern Willen sich weiterspinnen, so dachte sie daran, daß sie eines Tages Witwe werden könne. Was hinderte sie, die jung und reich war, alsdann des Freundes treue Liebe legitim zu lohnen? Ein mißglückter Versuch verfemt noch nicht die Ehe überhaupt! War Châteauforts Neigung echt? Sie errötete ob solcher Gedanken, verscheuchte sie und nahm sich vor, in Zukunft zurückhaltender gegen Châteaufort zu sein.

Am Morgen erwachte sie mit starkem Kopfweh und dem Wunsche, die entscheidende Aussprache so weit wie möglich hinauszuschieben. Sie ließ sich den Tee auf ihr Zimmer bringen, um nicht mit ihrem Mann am Frühstückstisch zusammenzutreffen. Dann ließ sie anspannen, um zu Frau Lambert, der Freundin, mit der sie sich beraten wollte, auf deren Landsitz zu fahren.

Beim Frühstück faltete sie die Zeitung auseinander, und ihr erster Blick fiel auf folgende Nachricht: Vorgestern abend ist Herr Darcy, erster Sekretär der französischen Botschaft in Konstantinopel, mit Depeschen in Paris angekommen. Unmittelbar nach seiner Ankunft hatte der junge Diplomat eine lange Unterredung mit dem Herrn Minister des Äußern.

Darcy ist hier! Ich würde ihn gern wiedersehen! Ob er recht steif geworden ist, *der junge Diplomat?* Sie mußte in sich hineinlachen über den *jungen Diplomaten*.

Darcy war einst ein häufiger Gast im Hause ihrer Mutter gewesen. Er war damals Attaché im Ministerium des Äußern. Kurz vor Juliens Hochzeit hatte er Paris verlassen, und sie hatte ihn seitdem nicht wieder gesehen. Sie wußte nur, daß er viel gereist war und schnell Karriere gemacht hatte.

Sie hielt die Zeitung noch in der Hand, als ihr Mann eintrat. Er war offenbar in vorzüglicher Stimmung. Sie erhob sich, um das Zimmer zu verlassen; aber sie mußte, um in ihr Ankleidezimmer zu gehen, dicht an ihm vorbei. So blieb

sie stehen, aber ihre Hand, die sich auf den Teetisch stützte, zitterte so stark, daß das Geschirr vernehmbar klirrte.
Ich möchte mich von dir verabschieden, liebes Kind. Ich gehe ein paar Tage zum Herzog v. H*** auf die Jagd. Er ist entzückt von deiner gestrigen Gastlichkeit. Meine Sache steht vortrefflich. Er hat mir versprochen, mich bei Majestät eindringlich zu empfehlen.
Julie wurde abwechselnd blaß und rot.
So viel ist der Herzog dir wohl schuldig! Es ist das Geringste, was er für einen Mann tun kann, der seine eigene Frau auf so schamlose Weise mit der Geliebten seines Gönners kompromittiert.
Alle Kraft zusammennehmend verließ sie hoheitsvollen Schrittes das Zimmer und schloß sich nebenan ein. Chaverny stand einen Augenblick betroffen. Woher zum Teufel wußte sie das? Ach was, geschehen ist geschehen! Es war nicht seine Art, lange bei Unangenehmem zu verweilen. Er drehte sich einmal auf dem Absatz herum, nahm ein Stück Zucker aus der Schale und rief der eintretenden Zofe mit vollem Munde zu: Bestellen Sie meiner Frau, ich bliebe vier bis fünf Tage bei dem Herzog v. H***. Damit ging er und dachte nur noch an Fasanen und Rotwild.

VII

Julie fuhr nach P***, erneuten Groll gegen ihren Mann im Herzen, diesmal freilich aus geringfügigerem Anlaß. Er war im neuen Wagen auf die herzogliche Besitzung gefahren und hatte ihr den

alten gelassen, der, wie der Kutscher sagte, ausbesserungsbedürftig war.
Während der Fahrt legte sie sich ihre Erzählung zurecht. Trotz ihres Kummers war sie wie jeder Erzähler auf die Wirkung ihrer Darstellung bedacht; insbesondere suchte sie nach einer guten Einleitung. Das Ergebnis war, daß ihres Mannes Vergehen ihr immer ungeheuerlicher schien und ihr Groll gegen ihn sich steigerte.
Von Paris nach P*** sind es vier Wegstunden. Juliens Anklagematerial war umfangreich. Aber dem unversöhnlichsten Haß dürfte es schwer fallen, so lange immer nur denselben Gedanken zu verfolgen. Der Menschengeist hat die Fähigkeit, lichte und dunkle Bilder nebeneinander erstehen zu lassen. So tauchten in Julie süßtraurige Erinnerungen auf, neben den heftigen Empfindungen, die ihres Mannes Unrecht heraufbeschworen hatte. Die klare, frische Luft, die wundervolle Sonne und die fröhlichen Gesichter unterwegs taten ein übriges, sie aus ihrer haßerfüllten Stimmung zu reißen. Sie dachte an ihre Kindheit zurück, an die Tage, da sie mit gleichaltrigen Gespielinnen aufs Land fuhr. Ihrer Klosterfreundinnen gedachte sie, ihrer gemeinsamen Spiele, ihrer Mahlzeiten. Sie entsann sich mancher Geheimnisse, die sie bei den *Großen* belauscht hatte, und sie mußte lächeln beim Denken an die tausend kleinen Züge, die so früh die angeborene weibliche Eitelkeit verraten.
Dann erlebte sie im Geiste noch einmal ihren Ein-

tritt in die Gesellschaft. Sie tanzte wieder auf all den herrlichen Bällen, die in dem Jahre nach ihrer Rückkehr aus dem Kloster stattfanden. Alle späteren Bälle hatte sie vergessen; man stumpft so schnell ab. Auf jenen ersten Bällen glänzte Chaverny. Ich Törin! Warum ahnte ich nicht auf den ersten Blick, daß er mein Unglück war? Alle Überschwenglichkeiten und Plattheiten, die er als Verlobter ihr mit so großartigem Eifer vorgesetzt hatte, waren sorgsam in ihrem Gedächtnis aufbewahrt. Unwillkürlich kamen ihr auch die vielen Bewerber in den Sinn, die ihre Heirat in Verzweiflung gestürzt hatte und die trotzdem ein paar Monate später ebenfalls verheiratet waren oder sich auf andre Weise getröstet hatten. Ob ich mit einem Andern glücklicher geworden wäre? A*** ist ausgesprochen dumm, aber gutmütig, und Amalie wickelt ihn um den Finger. Mit einem Manne, der nachgibt, ist immer auszukommen. B*** hat Verhältnisse nebenher, und seine Frau kränkt sich darüber. Übrigens behandelt er sie stets ritterlich. Ich wäre damit zufrieden. Der junge Graf C***, der dauernd Pamphlete liest und durchaus Abgeordneter werden will, wäre vielleicht ein guter Ehemann? Möglich. Aber langweilig, häßlich, dumm sind sie alle miteinander.

Und zum zweiten Male heute trat Darcy vor ihr geistiges Auge.

Er spielte damals in ihrem Kreise keine Rolle, weil die Mütter wußten, daß er nicht genug Vermögen hatte, um für ihre Töchter in Betracht zu kommen. Die jungen Mädchen fanden ihn nicht zum Verlieben. Er war ein wenig Menschenfeind und Spötter, und es machte ihm Spaß, als einziger Mann in einem Kreise junger Damen über die Schwächen und die Anmaßung der jungen Herren sich lustig zu machen. Keine Mutter beunruhigte sich, wenn Darcy mit ihrer Tochter leise plauderte. Julie und Darcy hatten in vielen Dingen den gleichen Geschmack und beide eine scharfe Zunge. Das verband sie. Nach ein paar kleinen Wortgefechten schlossen sie ein Schutz- und Trutzbündnis; sie schonten einander und waren stets einig, sich auf Kosten ihrer Umgebung zu ergötzen.

Eines Abends war Julie gebeten worden zu singen. Sie hatte eine schöne Stimme, und sie wußte es. Während sie zum Klavier schritt, sah sie hochmütig, fast herausfordernd auf die anwesenden Damen. Nun machte sie gerade an diesem Abend eine leichte Erkältung oder irgendein unseliger Zufall unfähig. Gleich der erste Ton war verfehlt. Sie geriet in Verwirrung und erfuhr eine gründliche Niederlage. Verstört, dem Weinen nahe, verließ sie das Klavier. Als sie wieder auf ihren Platz ging, bemerkte sie auf den Damengesichtern schlecht verhehlte Schadenfreude über ihre Demütigung. Selbst die Männer vermochten kaum ein spöttisches Lächeln zu verbergen. Vor Scham und Zorn schlug sie die Augen nieder und wagte lange nicht, wieder aufzublicken. Dann fiel ihr erster Blick auf Darcys Gesicht; er sah bleich aus, und seine Augen schimmerten feucht. Er schien tiefer getroffen von ihrem Mißgeschick als sie selbst. Er liebt mich, dachte sie; er liebt mich wahrhaft. In der Nacht schlief sie kaum; immer hatte sie Darcys schmerzliches Gesicht vor sich. Zwei Tage lang dachte sie an nichts andres als an ihn und seine heimliche Liebe zu ihr. Sie träumte schon einen ganzen Roman, als Frau von Lussan Darcys Karte mit den drei Buchstaben p. p. c. bekam. Julie fragte einen Bekannten, wohin Darcy gehe. Das wissen Sie nicht? Nach Konstantinopel. Heute nacht reist er von Paris ab... Er liebt mich also nicht, dachte sie, und nach einer Woche war Darcy vergessen. Darcy dachte noch fast ein Jahr lang an sie. Er lebte einsam unter einem fremden Volke, während Julie in Paris von einem Fest ins andre tanzte und überall gefeiert war.

Nun sah Julie sechs oder sieben Jahre nach der Trennung in ihrem Wagen auf dem Wege nach P*** das traurige Gesicht Darcys vor sich, als sie falsch sang, und sie dachte an seine vermutete Liebe von damals. Vielleicht liebte er sie heute noch? Das beschäftigte sie lebhaft eine Stunde lang; dann war Darcy zum drittenmal vergessen.

VIII

Julie war nicht wenig verstimmt, als sie bei ihrer Ankunft in Frau Lamberts Hof einen Wagen sah, der ausgespannt wurde. Das deutete auf Besuch, der länger blieb. Somit war es ihr nicht möglich, ihre Klagen gegen ihren Mann vorzutragen.

Sie fand Frau Lambert im Salon mit einer ihr nur

oberflächlich bekannten Dame im Gespräch. Es kostete sie Mühe, ihren Unwillen über die Nutzlosigkeit ihrer Fahrt nach P*** zu verbergen.
Frau Lambert begrüßte sie herzlich. Ich freue mich, daß Sie mich nicht ganz vergessen haben. Sie kommen wie gerufen. Ich erwarte eine Menge Gäste, die alle von Ihnen entzückt sind. Julie erwiderte etwas zurückhaltend, sie hätte gewünscht, Frau Lambert allein anzutreffen.
Ach, die andern werden sich sehr freuen, daß Sie hier sind. Es ist recht still bei mir seit meiner Tochter Heirat, und ich bin immer dankbar, wenn meine Freunde sich bei mir treffen. Aber, wo sind denn Ihre schönen Farben, Kindchen? Sie sehen recht blaß aus heute. Julie bog aus: die lange Fahrt, der Staub, die Hitze.
Gerade heute habe ich einen Ihrer Verehrer zu Tische: Herrn von Châteaufort. Dem werde ich eine angenehme Überraschung bereiten. Wahrscheinlich bringt er seinen getreuen Pylades mit, den Major Perrin.
Ich hatte neulich das Vergnügen, Major Perrin bei mir zu sehen. Julie errötete dabei, denn sie meinte Châteaufort.
Auch Herr von Saint-Léger kommt. Er muß unbedingt nächsten Monat Scharadenaufführungen hier arrangieren, und Sie müssen mitwirken! Vor zwei Jahren waren Sie unsre Hauptdarstellerin bei den Scharaden.
Lieber Gott, das ist so lange her, daß ich keine Übung mehr habe.

Ah, liebste Julie, raten Sie schnell, wen wir heute noch erwarten? Dazu müssen Sie aber Ihr Gedächtnis anstrengen.
Darcy, dachte Julie augenblicklich. Ich werde ihn wahrhaftig nicht wieder los. Mein Gedächtnis ist zuverlässig, gnädige Frau, sagte sie.
Ja, aber Sie müssen etwa sieben Jahre zurück. Sie waren noch ein Backfisch, mit den Zöpfen um den Kopf, da machte Ihnen der Betreffende den Hof.
Das errate ich nie und nimmer.
Aber, aber! Einen reizenden Menschen so zu vergessen, der Ihnen übrigens damals, wenn ich mich nicht sehr täusche, dermaßen gefiel, daß Ihrer lieben Mutter angst und bange wurde. Nun, meine schöne Dame, da Sie Ihre Anbeter so vergessen, muß man Sie an ihre Namen erinnern: Herrn Darcy werden Sie heute wiedersehen.
Herrn Darcy?
Ja. Er ist erst seit ein paar Tagen aus Konstantinopel zurück. Vorgestern hat er mich besucht, und da habe ich ihn eingeladen! Sie undankbares Menschenkind, wissen Sie, daß er sich sofort sehr eingehend nach Ihnen erkundigt hat?
Darcy? sagte Julie zweifelnd mit gemachter Interesselosigkeit, war er nicht ein hochgewachsener blonder Mensch? Botschaftssekretär?
Ja, Liebste, aber Sie werden ihn kaum wiedererkennen, so verändert ist er. Bleich, eigentlich olivenfarben mit tiefliegenden Augen. Das Haar ist ihm ausgegangen, durch die Hitze, wie er sagt. Wenn das so weitergeht, ist er in drei Jahren ein

radikaler Kahlkopf. Dabei ist er noch keine dreißig. Die andre Dame, die dem Bericht über Darcys Mißgeschick zugehört hatte, empfahl nun eifrig den Gebrauch von Kalydor, das ihr gute Dienste geleistet habe, als sich durch eine Krankheit ihr Haar stark gelichtet hatte. Sie strich, während sie sprach, mit der Hand durch ihre dichten kastanienbraunen Locken.

Ist Herr Darcy die ganze Zeit in Konstantinopel geblieben? fragte Frau von Chaverny.

Nein, er ist viel gereist: durch Rußland, durch ganz Griechenland. Sie wissen nichts von dem Glücksfall, der ihn betroffen hat. Sein Onkel ist gestorben und hat ihm ein schönes Vermögen hinterlassen. In Kleinasien ist er auch gewesen, in ... wie heißt es gleich? ... in Karamanien. Er ist bezaubernd, Liebste. Und die entzückenden Geschichten, die er erzählt. Bei den hübschesten habe ich ihn immer wieder gebeten, er solle sie für meine Damen heute aufsparen, anstatt sie an eine Großmutter wie mich zu vergeuden.

Hat er Ihnen die Geschichte von der Türkin erzählt, der er das Leben gerettet hat? fragte Frau Dumanoir, die Protektorin des Kalydor.

Der Türkin, die er gerettet hat? Er hat eine Türkin gerettet? Kein Wort hat er mir davon gesagt.

Wie? Das war doch eine Heldentat. Der reine Roman.

Erzählen Sie. Bitte, bitte!

Nein, nein, das soll er Ihnen selbst erzählen. Ich weiß die Sache nur von meiner Schwester, deren

Mann, wie Sie wissen, in Smyrna Konsul war. Sie hat die Geschichte von einem Engländer, der mit bei dem Abenteuer war. Großartig, sage ich Ihnen. Bitte, gnädige Frau, erzählen Sie doch. Wie sollen wir noch Geduld haben bis zum Diner? Es gibt nichts Schlimmeres als von einer Geschichte sprechen hören, die man nicht kennt.

Schön! Aber ich werde sie sicherlich verderben. Also das hat man mir erzählt: Herr Darcy war in der Türkei irgendwo am Meer, um, ich weiß nicht welche, Ruinen zu besichtigen. Da sah er einen unheimlichen Zug herankommen: Stumme, die einen Sack trugen; und in diesem Sacke bewegte sich etwas.

Großer Gott! schrie Frau Lambert auf, die Lord Byrons *Giaour* gelesen hatte; das war eine Frau, die ertränkt werden sollte.

Stimmt! Die Erzählerin war etwas gereizt, weil sie sich hierdurch um die packendste Stelle ihrer Geschichte gebracht sah. Herr Darcy betrachtet den Sack, vernimmt ein dumpfes Stöhnen und errät sofort die furchtbare Wahrheit. Er fragt die stummen Träger, was sie vorhätten. Statt aller Antwort reißen sie ihre Dolche aus dem Gürtel. Glücklicherweise war Herr Darcy gut bewaffnet. Er jagt die Sklaven in die Flucht und zieht aus dem greulichen Sack eine wunderbar schöne, halbtote Frau, die er mit in die Stadt nimmt und in ein Haus bringt, wo sie in Sicherheit ist.

Die Ärmste! sagte Julie, der die Geschichte interessant wurde.

Sie denken, sie ist gerettet? Keineswegs. Der eifersüchtige Ehemann – es war einer da – wiegelte die Bevölkerung auf, die mit Fackeln vor Herrn Darcys Hause erschien, um ihn bei lebendigem Leibe zu verbrennen. Wie die Sache ausging, weiß ich nicht genau; nur, daß Herr Darcy eine Belagerung aushielt und die Frau schließlich in Sicherheit brachte. Es scheint sogar, fügte Frau Dumanoir in völlig anderem, salbungsvollem Ton durch die Nase hinzu, daß er sie bekehren ließ und daß sie getauft wurde.

Und hat Herr Darcy sie geheiratet? fragte Julie lächelnd.

Darüber bin ich nicht unterrichtet. Die Türkin jedenfalls ... sie hatte einen so komischen Namen, Emineh hieß sie ... liebte Herrn Darcy leidenschaftlich. Meine Schwester sagt, sie hätte ihn immer *Sotir* genannt; so heißt türkisch und griechisch: *mein Erlöser.* Sie gehört zu den schönsten Frauen, die meine Schwester je gesehen hat.

Wir ziehen ihn mit seiner Türkin auf, meine Damen. Nicht wahr, rief Frau Lambert, wir necken ihn ein bißchen. — Übrigens wundert mich das von Darcy durchaus nicht; er ist einer der edelmütigsten Menschen, die ich kenne. Ich weiß um manche Tat von ihm, die mir noch heute die Tränen in die Augen treibt. Sein Onkel hinterließ eine natürliche Tochter, die er jedoch nie anerkannt hatte. Er starb ohne Testament, und so hatte sie keinerlei Anrecht auf die Hinterlassenschaft. Darcy war Universalerbe. Er hat ihr einen Teil des

Vermögens abgetreten, vermutlich viel mehr, als der Onkel ihr gegeben hätte.

War das Mädchen hübsch? fragte Frau von Chaverny etwas boshaft. Sie empfand das Bedürfnis, Häßliches von Darcy zu sagen, den sie nicht aus ihrem Sinn zu bannen vermochte.

Aber, Liebste, wie können Sie derlei argwöhnen? Darcy war noch in Konstantinopel, als sein Onkel starb. Er hat höchstwahrscheinlich die Person nie gesehen.

Die Ankunft Châteauforts, des Majors Perrin und anderer Gäste machte dem Gespräch ein Ende. Châteaufort nahm neben Julie Platz und benützte den Augenblick, als alles durcheinanderredete, zu ihr zu sagen: Sie sehen bekümmert aus, gnädige Frau. Es wäre mir schmerzlich, wenn daran Schuld trüge, was ich Ihnen gestern abend geoffenbart habe.

Frau von Chaverny hatte nicht gehört oder vielmehr nicht hören wollen. Châteaufort fühlte die Demütigung, seine Frage wiederholen zu müssen, und die weitere Demütigung einer kühlen Antwort. Dann mischte sich Julie in die allgemeine Unterhaltung und verließ bald ihren Platz neben ihrem unglücklichen Bewunderer. Er verlor den Mut nicht. Vergeblich vergeudete er eine Menge Geist; sie, der er einzig zu gefallen wünschte, hörte nur halb hin. Ihre Gedanken schwebten um Darcy, der bald erscheinen mußte. Rätselhaft, sie kam nicht los. Dabei sollte sie ihn vergessen haben, wie er gewiß sie längst vergessen hatte!

Endlich hörte man einen Wagen vorfahren. Die Tür zum Salon flog auf.
Da ist er! rief Frau Lambert. Julie wagte nicht, den Kopf zu wenden, aber sie wurde sehr bleich. Ein Kälteschauer überrieselte sie, und sie mußte sich mit aller Gewalt zusammennehmen, damit Châteaufort die Veränderung in ihrem Gesicht nicht gewahr wurde.
Darcy küßte der Hausfrau die Hand, sprach eine Weile stehend mit ihr und nahm dann neben ihr Platz. Eine große Stille trat ein. Frau Lambert wartete; sie wollte das Wiedererkennen vorbereiten.
Châteaufort und die andern Herren, der harmlose Perrin ausgenommen, beobachteten Darcy mit eifersüchtiger Neugier. Er, der aus dem Orient kam, hatte große Vorteile vor ihnen voraus. Das genügte, damit sie sich in steife Förmlichkeit hüllten, wie sie einem Fremden meist zuteil wird. Darcy gab auf niemanden weiter acht. Er brach als erster das Schweigen, sagte irgend etwas vom Wetter oder vom Weg mit weicher klangvoller Stimme. Frau von Chaverny wagte es, ihn anzuschauen; sie sah ihn von der Seite. Er erschien ihr noch schlanker und im Ausdruck verändert. Im ganzen war sie befriedigt.
Schauen Sie sich mal im Kreise um, lieber Darcy, forderte ihn Frau Lambert auf, ob Sie nicht eine alte Bekannte entdecken.
Darcy wandte den Kopf und sah Julie, die sich bis dahin unter ihrem Hut verborgen hatte. Er sprang

schnell auf, mit einem Ausruf der Überraschung, und eilte mit ausgestreckten Händen auf sie zu. Plötzlich blieb er stehen wie in Reue, daß er sich hatte hinreißen lassen, verneigte sich tief vor Julie und sagte ihr in artigen Worten, daß er sich freue, sie wiederzusehen. Julie stotterte ein paar Höflichkeitsphrasen und errötete heiß unter den prüfenden Blicken des vor ihr Stehenden. Doch bald gewann sie ihre Geistesgegenwart zurück und betrachtete nun ihn ihrerseits mit jenem gleichzeitig abwesenden und abwägenden Blick, über den die Weltmenschen jederzeit verfügen. Er war schlank, bleich und hatte ruhige Züge. Diese Ruhe schien indes weniger der Abglanz seines gewöhnlichen Seelenzustandes als vielmehr seiner Herrschaft über den Gesichtsausdruck. Seine Stirn war gefurcht. Die Augen lagen tief, die Mundwinkel waren heruntergezogen und an den Schläfen war das Haar dünn. Doch war er kaum dreißig Jahre alt. Seine Kleidung war schlicht, aber von jener Vornehmheit, die die gute Gesellschaft verrät und eine gewisse Geringschätzung des Übertriebenen, das die Gedanken so vieler junger Leute ausschließlich beschäftigt. Julie nahm das alles mit Vergnügen wahr. Sie sah auch auf seiner Stirn eine lange Narbe, die eine Locke nur mangelhaft verdeckte und die von einem Säbelhieb herzurühren schien.

Julie saß neben Frau Lambert. Zwischen ihr und Châteaufort war ein Stuhl frei; aber im Augenblick, als Darcy aufgesprungen war, hatte Châteaufort seine Hand auf die Lehne gelegt, den Stuhl gekippt und ließ ihn nun auf einem Beine schaukeln. Es war klar, daß er ihn nicht freigeben wollte. Frau Lambert hatte Mitleid mit Darcy, der noch immer vor Julie stand. Sie räumte ihm einen Platz neben sich auf dem Sofa ein, so daß er an Juliens Seite kam. Er nützte diesen Umstand sofort aus und knüpfte eine lebhafte Unterhaltung mit ihr an. Indessen mußte er vor Frau Lambert und den andern Damen ein regelrechtes Verhör über seine Reisen durchmachen. Er zog sich aber so lakonisch wie möglich aus der Sache und erfaßte jede Gelegenheit, seine Einzelunterhaltung mit Frau von Chaverny fortzusetzen. Die Tischglocke läutete. Frau Lambert forderte Darcy auf, Julie zu führen. Châteaufort biß sich auf die Lippen, bewerkstelligte es aber, daß er in Juliens Nähe saß und sie im Auge behalten konnte.

IX

Nach der Tafel saß man, da der Abend schön und warm war, zum Kaffee im Garten um einen ländlichen Tisch. Mit wachsendem Groll beobachtete Châteaufort Darcys Artigkeiten für Frau von Chaverny. Je mehr er der Anteilnahme inneward, die sie Darcys Worten schenkte, um so unliebenswürdiger wurde er. Seine Eifersucht bewirkte nichts, als daß sie ihn unfähig machte zu gefallen. Er konnte nicht sitzen bleiben. Ruhelos wanderte er hin und her, bald die dunkle, gewitterdrohende Wolkenwand betrachtend, die am Horizont aufwuchs, bald seinen Nebenbuhler, der leise mit seiner Dame plauderte. Jetzt sah er sie lächeln, jetzt ernst dreinschauen und jetzt scheu die Augen niederschlagen. Kein Wort, das Darcy sagte, verfehlte seine Wirkung. Juliens Antlitz war wie der Spiegel, wie der Widerschein des beweglichen Gesichtes Darcys. Das gab Châteaufort vollends den Rest. Um seiner Qual ein Ende zu machen, kam er heran, beugte sich über Juliens Stuhllehne, als Darcy gerade jemandem Aufschluß über den Bart des Sultans Mahomed erteilte, und sagte gepreßt: Herr Darcy ist wohl sehr liebenswürdig?

O ja, erwiderte Frau von Chaverny mit unverhohlener Bewunderung.

Es scheint so; denn er läßt Sie Ihre alten Freunde vergessen.

Meine alten Freunde? Ich weiß nicht, was Sie meinen, sagte sie streng, wandte ihm den Rücken und faßte Frau Lamberts Taschentuch: Welch wundervolle Stickerei! Wie schön gearbeitet!

Finden Sie, Liebste? Es ist ein Geschenk von Darcy. Er hat mir eine ganze Anzahl solcher Tücher aus Konstantinopel mitgebracht. — Sagen Sie, Darcy, hat Ihre Türkin sie gestickt?

Meine Türkin? Welche Türkin?

Nun, die wunderschöne Sultanin, der Sie das Leben gerettet haben, und die Sie dafür — oh, wir wissen alles! — ihren... Erlöser nannte! Das türkische Wort wissen Sie besser als ich.

Ist's möglich? Erzählt man sich bereits in Paris mein Mißgeschick?

Mißgeschick? Wieso? Doch höchstens für den alten Pascha, der seine Lieblingsfrau dabei eingebüßt hat.

Ich sehe, Sie kennen nur die halbe Geschichte. Denn das Abenteuer war für mich so betrüblich wie die Geschichte mit den Windmühlenflügeln für Don Quichotte. Soll ich für die einzige Tat, die ich als fahrender Ritter verbrochen habe, auch noch in Paris an den Pranger, nachdem sie mich dort unten schon genug ausgelacht haben?

Das wissen wir ja gar nicht! Erzählen Sie. Bitte, bitte! erzählen Sie, riefen alle Damen gleichzeitig.

Ich sollte Sie bei dem lassen, was Sie schon wissen, und mir die Fortsetzung ersparen. Jene Erinnerungen sind wenig angenehm für mich. Aber ein Freund von mir, Sir John Tyrrel, der in der Tragikomödie mitwirkte ..., ich darf ihn Ihnen doch bringen, gnädige Frau? fügte er zu Frau Lambert gewendet, hinzu; er kommt demnächst nach Paris, und es wäre möglich, daß er sich das boshafte Vergnügen machte, mir in seiner Darstellung eine noch lächerlichere Rolle zuzuteilen, als ich in Wirklichkeit gespielt habe.

Die Sache war so. Als jene Unglückliche im französischen Konsulat untergebracht war ....

Ach, fangen Sie nur hübsch von vorn an! rief Frau Lambert.

Den Anfang kennen Sie doch.

Gar nichts kennen wir. Wir wollen die Geschichte von Anfang bis zum Ende von Ihnen hören.

Schön. Also, im Jahre 18** weilte ich in Larnaka.

Eines Tages wollte ich vor der Stadt draußen zeichnen. Ein netter junger Engländer, Sir John Tyrrel, ging mit, ein guter Junge, der zu leben versteht, ein famoser Reisebegleiter, weil er stets rechtzeitig an die Mahlzeiten dachte, niemals den Proviant vergaß und immer guter Laune war. Er reiste viel und planlos umher und hatte gottlob keine Ahnung von Botanik und Geologie, die einen Reisegefährten so sehr langweilig machen können.
Etwa zweihundert Meter vom Meere entfernt, das an dieser Stelle von steilen Felsen überragt war, saß ich und zeichnete ganz vertieft ein altes Grabmal, während der Engländer köstlichen Tabak rauchend im Grase lag und über meine unselige Leidenschaft zur Kunst spöttelte. Neben uns kochte unser türkischer Dragoman Kaffee. Er war der trefflichste Kaffeekoch und der größte Feigling, der mir unter den Türken begegnet ist. Auf einmal rief Sir John vergnügt: Da kommen Leute mit Eis den Berg herunter!
Ich schaute auf und sah einen Esel, über dessen Rücken ein großes Paket querüber lag, das auf jeder Seite von einem Sklaven gehalten wurde. Voran ging der Eseltreiber; hinterher ritt ein ehrwürdiger alter Türke mit schlohweißem Bart. Langsam und feierlich nahte der Zug.
Unser Diener blies ins Feuer, warf einen Seitenblick auf den Esel und seine Last und sagte mit geheimnisvollem Lächeln: Das ist kein Eis. Dann wandte er sich mit gewohntem Gleichmut wieder seinem Kaffee zu.

Was denn sonst? fragte Tyrrel. Nichts zu essen? Doch. Für die Fische.
Im selben Augenblick sprengte der Reiter im Galopp an uns vorbei dem Meere zu, nicht ohne uns einen verächtlichen Blick zuzuwerfen, wie ihn die Muselmänner so gern den Christen gönnen. Er trieb sein Pferd bis an die Felsklippen hinauf und hielt auf der steilsten an. Dort spähte er in die Tiefe und schien den geeignetsten Punkt zum Hinunterspringen zu suchen. Wir betrachteten inzwischen den Sack, den der Esel trug, genauer; seine absonderliche Form fiel uns auf. Alle Geschichten von Frauen, die von ihren eifersüchtigen Männern ertränkt worden waren, kamen uns in den Sinn. Wir teilten einander unsre Gedanken mit, und Sir John gebot unserm Türken, die Sklaven zu fragen, ob sie eine Frau brächten. Der Dragoman riß die Augen tellergroß auf, behielt aber den Mund zu. Die Frage erschien ihm allzu ungehörig.
Eben war der Sack dicht vor uns, und wir sahen deutlich, wie er sich bewegte, hörten sogar etwas wie Stöhnen oder Brummen.
Tyrrel ist, obwohl Genießer, doch überaus ritterlich. Wütend schoß er in die Höhe, auf den Eseltreiber zu und rief ihn in seiner Erregung auf englisch an, was im Sacke sei und was er damit vorhabe? Der Führer hütete sich zu antworten. Aber der Sack bewegte sich heftig und ließ Frauenschreie hören; die Sklaven schlugen mit ihren Eselstecken auf ihn ein. Tyrrel kannte sich nicht mehr. Mit einem wuchtigen geübten Faustschlag streckte er

den Führer zu Boden und packte den einen Sklaven an der Gurgel. In der Hitze des Gefechts fiel der Sack schwer zur Erde.
Ich eilte hinzu, der zweite Sklave raffte Steine zusammen, und der Führer stand wieder auf. Trotz meiner Abneigung, mich in fremde Händel zu mischen, mußte ich meinem Gefährten zu Hilfe kommen. Ich riß den Pfahl, auf den ich beim Zeichnen meinen Sonnenschirm steckte, aus der Erde und schwang ihn so drohend und kriegerisch wie möglich gegen den Führer und die Sklaven. Soweit war alles gut gegangen. Da drehte sich dieser abscheuliche Türkenreiter auf den Klippen, der das Meer lange genug betrachtet hatte, um und war wie der Blitz unter uns, ehe wir uns dessen versahen. Er hielt ein scheußliches Messer in der Hand.
Ein Ataghan? fragte Châteaufort, der für Lokalfarbe war.
Ein Ataghan! Darcy lächelte beifällig. Und er fuchtelte mir damit um den Kopf, daß mir Hören und Sehen verging. Wild geworden, zehnmal wilder als mein Engländer, schlug ich den Alten mit meinem Pfahle kräftig auf die Rippen und schwang meine Waffe eifrigst im Kreise über Führer, Sklaven, Herrn und Tier. Trotzdem wäre die Sache wohl schief für uns ausgegangen. Denn unmöglich konnten wir zwei — unser Diener verhielt sich neutral — uns lange mit einem bloßen Stock gegen drei Mann Infanterie, einen Kavalleristen und einen Krummsäbel halten! Glücklicherweise entsann sich Sir John der beiden Revolver, die er mitgenommen hatte. Er

warf mir einen zu, packte den andern und hob ihn gegen den Alten, der uns so bedrängte. Der Anblick der Feuerwaffen, das leise Knacken der Hähne wirkte geradezu magisch auf unsre Feinde; wie der Wind stoben sie davon und ließen uns als Herren des Schlachtfeldes, des Sackes und sogar des Esels zurück. Trotz unsrer Wut hatten wir nicht geschossen, und das war unser Glück. Denn ungestraft tötet keiner einen Muselmann; schon einen zu verprügeln, kommt teuer zu stehen.

Ich wischte mir oberflächlich das Blut ab, und dann galt unsere erste Sorge dem Sack. Wir banden ihn auf und fanden darin eine ganz hübsche, etwas dickliche Frau mit schönem schwarzem Haar. Sie trug nichts als ein blaues Hemd, das beinahe so durchsichtig war wie Frau von Chavernys Schal. Sie kroch geschmeidig aus dem Sack, durchaus nicht eingeschüchtert, und hielt uns eine zweifellos sehr rührende Rede, von der wir leider kein Wort verstanden. Zum Schluß küßte sie mir die Hand. Das einzige Mal in meinem Leben, meine Damen, daß eine Frau mir solche Ehre erwiesen hat. Inzwischen waren wir wieder vernünftig geworden. Unser Diener raufte verzweifelt seinen Bart. Ich umwickelte mir so gut es ging den Kopf mit meinem Taschentuch.

Tyrrel fragte: Was zum Teufel sollen wir mit dem Weib anfangen? Wenn wir hier bleiben, kommt der Ehemann mit Verstärkung zurück und schlägt uns tot. Und wenn wir in diesem Aufzuge mit ihr nach Larnaka zurückkehren, steinigt uns der Pöbel unfehlbar. Er hatte sein britisches Phlegma wiedergewonnen und grollte: Warum zum Henker mußten Sie auch heute zeichnen gehen?

Ich mußte lachen, und die Frau lachte mit, obgleich sie nichts verstanden hatte.

Wir mußten nun zu einem Entschluß kommen, und es schien mir das beste, daß wir uns unter den Schutz des französischen Konsuls stellten. Das Schwierigste dabei war die Rückkehr nach Larnaka. Zum Glück neigte sich der Tag. Unser Diener führte uns auf Umwegen, und wir erreichten dank seiner Vorsicht und der hereingebrochenen Nacht ohne Zwischenfall des Konsuls Haus, das außerhalb der Stadt lag. Ich vergaß zu berichten, daß wir der Frau aus dem Sack und dem Turban unsers Dragomans ein leidlich anständiges Gewand hergestellt hatten.

Der Konsul empfing uns höchst ungnädig. Er sagte, wir seien verrückt; wenn man in fremden Landen reise, habe man dessen Sitten und Gebräuche zu achten und nicht den Finger zwischen Tür und Angel zu stecken. Kurzum, er sagte uns gründlich die Meinung; und er hatte recht. Unsere Tat war danach, einen blutigen Aufstand hervorzurufen, bei dem sämtliche Franzosen auf Cypern ihr Leben eingebüßt hätten. Seine Frau urteilte menschlicher. Sie las viel Romane und fand unsere Tat sehr edelmütig. Wir hatten uns allerdings wie Romanhelden benommen.

Diese vortreffliche Dame war fromm. Sie bildete sich ein, daß sie die Heidin mit Leichtigkeit bekeh-

ren werde. Die Bekehrung käme ins Regierungsblatt, und ihr Mann würde daraufhin Generalkonsul werden. Dieser Plan entstand augenblicklich in ihrem Hirn. Sie umarmte die Türkin, gab ihr ein Kleid, kanzelte den Herrn Konsul ob seiner Grausamkeit ab und schickte ihn zum Pascha, damit er die Sache in Ordnung brächte.
Der Pascha war wütend, denn der eifersüchtige Ehemann war ein großes Tier und spie Feuer und Flamme. Es sei eine Schmach, daß gemeine Christenhunde einem Manne wie ihm verwehren wollten, seine Sklaven ins Meer zu werfen.
Der Konsul war in einer schlimmen Lage; er sprach viel von seinem Könige, noch mehr von einer Fregatte zu sechzig Geschützen, die eben vor Larnaka erschienen war. Den tiefsten Eindruck erzielte indes der Vorschlag, den er in unserem Namen machte, die Haremsdame auf Heller und Pfennig zu bezahlen. Und wissen Sie, was eine Türkin auf Heller und Pfennig kostet? In unserm Falle: Abfindung für den Ehemann, Abfindung für den Pascha, Abfindung für den Eseltreiber, dem Tyrrel zwei Zähne eingeschlagen hatte, Buße für den Skandal, Buße für alles und jedes. Wie oft hat Sir John schmerzlich gestöhnt: Wozu in drei Teufels Namen muß man am Meeresstrande zeichnen!
Das war wirklich ein Abenteuer, mein armer Darcy! rief Frau Lambert. Daher haben Sie also die fürchterliche Schmarre. Bitte heben Sie Ihr Haar etwas hoch. Das ist ja ein Wunder, daß er Ihnen nicht den Schädel gespalten hat!

Julie hatte während der ganzen Erzählung kein Auge von der Narbe verwandt. Jetzt fragte sie schüchtern: Was wurde aus der Frau?
Das ist nun der wunde Punkt, den ich nicht gern erzähle! Das Ende ist so beschämend für mich, daß ich jetzt noch wegen meiner Ritterfahrt verhöhnt werde.
War die Türkin hübsch? fragte Frau von Chaverny mit leichtem Erröten.
Wie hieß sie? wollte Frau Lambert wissen.
Sie hieß Emineh.
Hübsch?
Ziemlich. Nur zu dick und wahnsinnig geschminkt, wie das dort Sitte ist. Es braucht lange Gewöhnung, bis ein Abendländer die Reize der türkischen Frauen schätzen lernt. Emineh blieb im Hause des Konsuls. Sie war eine Mingrelierin und, wie sie der Konsulin anvertraute, eines Fürsten Tochter. Da unten ist jeder Spitzbube, der über zehn andre Spitzbuben gebietet, ein Fürst. Emineh wurde demnach als Prinzessin behandelt; sie aß mit bei Tisch, und zwar für vier. Bei den religiösen Unterweisungen schlief sie regelmäßig ein. Das ging so eine Weile. Schließlich wurde der Tauftag festgesetzt. Die Konsulin wollte Pate stehen und mich als Gevatter haben. Bonbonnieren, Geschenke und was alles dazu gehört, hatte ich zu besorgen. Offenbar stand in den Sternen geschrieben, daß die unselige Türkin mich zugrunde richten sollte! Die Konsulin behauptete, Emineh liebe mich; denn sie verschütte jedesmal, wenn sie mir den Kaffee an-

biete, die Hälfte über mich! Ich bereitete mich mit vorbildlicher Frömmigkeit auf die Tauffeier vor. Am Abend vor dem Feste verschwand das schöne Taufkind. Muß ich auch das noch erzählen? Der Konsul hatte einen mingrelischen Koch, einen Erzhalunken, der aber einen tadellosen Pilaf (Reis mit Hammelfleisch) bereitete. Emineh verliebte sich in ihn; offenbar aus Heimweh. Er entführte sie und obendrein aus des Konsuls Geldschrank eine stattliche Summe, die nie wiederkehrte. So war der Konsul um sein Geld geprellt, seine Frau um die Aussteuer für den Täufling und ich um die übrigen Unkosten und Auslagen, ganz abgesehen von dem Hieb, den ich dabei abbekommen habe. Ich wurde zum Überfluß für die ganze Geschichte gewissermaßen verantwortlich gemacht als der, der die widerwärtige Person, die ich auf den tiefsten Meeresgrund verwünschte, befreit hatte. Tyrrel wußte sich aus der Schlinge zu ziehen; er galt überall als Opferlamm, während er doch das ganze Unheil heraufbeschworen hatte. Mir hingegen bleibt allezeit der Ruhm des Ritters von der traurigen Gestalt und die Schmarre, die meine Erfolge stark beeinträchtigt.

Als die Geschichte zu Ende war, ging man in den Salon zurück. Darcy plauderte noch eine Weile mit Frau von Chaverny, bis ihm ein junger Mann vorgestellt zu werden wünschte, der ungemein viel von Volkswirtschaft verstand, sich zum Abgeordneten ausbildete und just statistisches Material über das osmanische Reich sammelte.

X

Julie sah wiederholt auf die Uhr. Zerstreut hörte sie Châteaufort zu; ihre Blicke wanderten immer wieder zu Darcy, der am andern Ende des Salons plauderte. Zuweilen ruhten im Gespräch mit dem Statistiker seine Augen auf ihr, und sie vermochte seinem durchdringenden Blick nicht standzuhalten. Sie fühlte, daß er bereits außergewöhnliche Macht über sie gewonnen hatte, und sie machte keinen Versuch mehr, sich ihm zu entziehen.
Sie befahl ihren Wagen. Dabei sah sie, absichtlich oder aus Zerstreutheit, Darcy mit einem Blick an, der offenbar sagte: Sie haben eine Stunde vergeudet, die wir einander schenken konnten!
Ihr Wagen fuhr vor. Darcy redete noch immer, sah aber müde und gelangweilt aus; der andere ließ ihn nicht los. Langsam stand Julie auf. Sie drückte der Hausfrau die Hand und schritt nach der Tür, erstaunt, fast gekränkt, weil Darcy blieb, wo er war. Châteaufort folgte ihr und bot ihr seinen Arm. Sie nahm ihn mechanisch, ohne seine Worte zu hören, beinahe ohne sich seiner Nähe bewußt zu sein.
Frau Lambert und ein paar Gäste gaben ihr das Geleit durch die Halle bis an ihren Wagen. Darcy hatte den Salon nicht verlassen. Châteaufort fragte sie lächelnd, als sie im Wagen saß, ob sie sich nicht fürchte, so mutterseelenallein auf der Landstraße mitten in der Nacht? Er werde ihr in seinem Dogcart folgen, sobald der Major Perrin seine Billardpartie zu Ende gespielt habe.
Julie erwachte aus ihrer Versonnenheit durch den

Klang seiner Stimme, hatte aber keine Silbe verstanden. Sie tat, was jede Frau in solchem Falle tut: sie lächelte ihn an. Dann winkte sie den Übrigen auf der Freitreppe zu; ihre Pferde zogen an und entführten sie.

Eben in dem Augenblick, als sich der Wagen in Bewegung setzte, sah sie Darcy aus dem Salon eilen, blaß, traurig, die Augen auf sie gerichtet, gleichsam einen Abschiedsgruß von ihr heischend. Sie fuhr davon, Bedauern im Herzen, daß sie ihm nicht noch hatte besonders zunicken können. Ob er ihr böse war? Schon hatte sie vergessen, daß er es einem andern überlassen hatte, sie an den Wagen zu geleiten. Alles Unrecht war nun bei ihr, und sie machte sich Vorwürfe wie über ein Verbrechen. Das Gefühl, das Darcy vor Jahren in ihr geweckt hatte, war bei weitem nicht so stark wie das, das sie heute mit sich nahm. Nicht nur hatten die Jahre den Eindruck vertieft. Der Zorn, der sich gegen ihren Mann in ihr angehäuft hatte, vielleicht auch die leise Sympathie für Châteaufort, der in diesem Augenblick völlig vergessen war, hatten einem stärkeren Gefühl für Darcy den Boden in ihr bereitet.

Darcys Gedanken waren weit ruhigerer Art. Es war ihm ein Vergnügen gewesen, einer hübschen Frau wieder zu begegnen, die liebe Erinnerungen in ihm wachrief, und deren Bekanntschaft für seinen Pariser Winter wahrscheinlich eine angenehme Zugabe war. Aber kaum war sie seinen Blicken entschwunden, so blieb ihm nur die Erinnerung an ein paar nett verplauderte Stunden, zudem getrübt durch die Aussicht, vier Wegstunden zurücklegen zu müssen, ehe er, spät genug, in sein Bett kam. Er wickelte sich sorgfältig in seinen Mantel, streckte sich behaglich in seinem Mietswagen aus und ließ im Fahren seine Gedanken von Frau Lamberts Salon nach Konstantinopel, von Konstantinopel nach Korfu, und von Korfu in einen Halbschlummer gleiten.

XI

Als Frau von Chaverny das Lambertsche Schloß verließ, war es stockfinstere Nacht, die Luft schwer und schwül. Hin und wieder erhellten Blitze die Landschaft und zeichneten schwarze Baumlinien auf schwefelgelben Grund. Nach jedem Blitz erschien die Finsternis undurchdringlicher. Der Kutscher vermochte die Pferdeköpfe kaum zu unterscheiden. Bald brach ein heftiges Gewitter los. Zuerst fiel der Regen nur in einzelnen großen Tropfen. Dann wurde er zur wahrhaften Sintflut. Ringsum war der Himmel ein Flammenmeer, und der Donner rollte ohrenbetäubend. Erschreckt keuchten die Tiere und wollten nicht weiter. Der Kutscher hatte vortrefflich gegessen. Sein dicker Mantel und noch mehr der viele Wein, den er getrunken hatte, machten ihn unempfindlich gegen Regen und schlechte Straßen. Kräftig peitschte er auf die armen Tiere ein, unerschrocken wie weiland Cäsar im Sturm, als er den Fährmann beschwichtigte: Du trägst Cäsar und sein Glück!

Frau von Chaverny fürchtete sich nicht bei Gewitter; sie gab kaum auf das Unwetter acht. Sie rief sich jedes einzelne Wort zurück, das Darcy zu ihr gesprochen hatte, und dachte sich zu spät hundert Dinge aus, die sie ihm hätte sagen können. Ein heftiger Stoß riß sie jählings aus ihren Träumen. Die Scheiben zersplitterten und ein unheimliches Krachen verkündete Unheil. Der Wagen hing im Straßengraben, mit zerbrochenem Rade. Julie kam mit dem Schrecken davon. Die Laternen waren erloschen. Der Regen strömte. Nirgends war ein Haus zu erblicken, wo sie Unterkunft gefunden hätte. Der Kutscher fluchte. Der Diener verwünschte den Kutscher und sein Ungeschick.

Julie blieb im Wagen sitzen und fragte, wie sie nach P** zurück könne oder was zu tun sei. Auf jede Frage bekam sie dieselbe vernichtende Auskunft: Unmöglich!

Da hörte man in der Ferne Wagenrollen, und zu seiner Befriedigung erkannte der Kutscher auf dem herangekommenen Gefährt einen Kollegen, mit dem er in Frau Lamberts Bedientenstube Brüderschaft getrunken hatte. Er rief ihn an. Der Wagen hielt. Kaum war der Name der Frau von Chaverny erklungen, als ein Herr aus dem Kabriolett sprang und alsbald neben der verunglückten Kutsche stand.

Julie erkannte Darcy; sie hatte ihn erwartet. Beider Hände begegneten sich im Dunkeln, und Darcy meinte zu spüren, daß Julie die seine drückte. Offenbar eine Wirkung der ausgestandenen Angst.

Nach den ersten Fragen bot ihr Darcy einen Sitz in seinem Wagen an. Julie zögerte. Sie wußte nicht, was sie tun sollte. Fuhr sie in Darcys Wagen weiter nach Paris, so war sie ziemlich zwei Stunden lang ganz allein mit ihm. Kehrte sie nach P** zurück und bat Frau Lambert um Gastfreundschaft, so mußte sie das ganze Abenteuer von dem verunglückten Wagen und Darcys Hilfe haarklein erzählen. Mitten in die Whistpartie hinein wieder im Salon zu erscheinen, von Darcy gerettet wie jene Türkin, nein, das war undenkbar.

In ihrer Unentschlossenheit stotterte sie ziemlich unbeholfen ein paar nichtssagende Redensarten über die Ungelegenheit, die sie verursache. Darcy, der so tat, als nehme er ihre Worte für echt, erklärte kühl: Sie nehmen meinen Wagen, gnädige Frau, und ich bleibe in dem Ihren sitzen, bis jemand kommt, der mich mitnehmen kann.

Um nicht überempfindsam zu erscheinen, nahm Julie schnell das erste Anerbieten an, nicht aber das zweite. Ihr rascher Entschluß ließ ihr keine Zeit, sich über die wesentliche Frage, ob sie nach Paris oder nach P** wolle, klar zu werden. Sie saß in Darcys Wagen, in seinen Mantel eingehüllt, und munter trabten die Gäule gen Paris, noch ehe sie daran denken konnte, ihr Ziel zu nennen. Ihr Diener hatte für sie entschieden, indem er dem Kutscher ihre Wohnung nannte.

Auf beiden Seiten begann die Unterhaltung etwas befangen. Darcys Ton war kurz, fast etwas verärgert. Julie fürchtete, ihre Unschlüssigkeit habe ihn verstimmt; er halte sie für lächerliche Zimperlichkeit. So sehr war sie bereits in seinem Bann, daß sie sich die Schuld an seiner Verstimmung vorwarf und sie um jeden Preis zu verscheuchen wünschte. Sie gewahrte, daß sein Anzug regennaß war. Sofort nahm sie seinen Mantel von ihrer Schulter und verlangte, daß er sich hineinhülle. Ein edelmütiger Kampf entspann sich, der damit endete, daß jeder eine Hälfte bekam. Eine große Unklugheit, die Julie ohne jenes Zaudern, das sie in Vergessenheit bringen wollte, nicht begangen hätte. Sie saßen so nah nebeneinander, daß sie auf ihrer Wange seinen Atem verspürte. Das Rütteln des Wagens näherte sie einander gelegentlich noch mehr.

Dieser Mantel, der uns beide umschmiegt, erinnert mich an unsre Scharaden von ehemals, sagte Darcy. Erinnern Sie sich, wie Sie damals meine Virginie waren? Wir steckten beide unter dem Mantel Ihrer Großmutter.

O ja. Und wie sie mir nachher die Leviten las!

Ach, war das eine selige Zeit! Wie oft habe ich schmerzlich-glücklich unsrer himmlischen Abende in der *Rue Belle-chasse* gedacht. Erinnern Sie sich noch an die prächtigen Geierflügel, die Ihnen mit rosa Bändern an die Schultern gebunden wurden. Und den Schnabel aus Goldpapier, den ich Ihnen so kunstvoll geklebt hatte?

Ach ja, Sie waren Prometheus und ich der Geier. Was für ein gutes Gedächtnis Sie haben! Wie konnten Sie alle jene Torheiten behalten? Es ist ja so lange her, daß wir uns nicht gesehen haben.

Sie wollen eine Schmeichelei? fragte Darcy lächelnd, und beugte sich vor, um ihr ins Gesicht zu

sehen. Ernster fügte er hinzu: Es ist wahrhaftig ganz natürlich, daß ich das Gedenken an meine schönsten Stunden bewahrt habe!
Sie waren wirklich begabt für die Scharaden, lenkte Julie ab; sie fürchtete, die Unterhaltung könnte allzusehr ins Gefühlvolle geraten.
Wollen Sie noch einen Beweis für mein Gedächtnis? fragte Darcy. Erinnern Sie sich unsers Vertrages bei Frau Lambert? Wir hatten einander versprochen, die ganze Welt schlecht zu machen, aber uns gegenseitig bei jedermann in Schutz zu nehmen. Unser Vertrag hat leider das Schicksal der meisten Verträge geteilt: er ist nie in Kraft getreten.
Was wissen Sie davon?
Nun, Sie werden nicht allzu oft Gelegenheit gehabt haben, mich zu verteidigen. Denn wer hat wohl noch nach mir gefragt, sobald ich einmal Paris fern war?
Sie zu verteidigen? Nein. Aber von Ihnen mit Ihren Freunden zu plaudern.
Ach, meine Freunde! Er lächelte trüb. Hatte ich damals überhaupt welche? Zum mindesten keine, die Sie gekannt haben. Die jungen Männer, die bei Ihrer Frau Mutter verkehrten, haßten mich. Warum, weiß ich nicht. Und die jungen Damen dachten kaum an den Attaché im Ministerium des Äußern.
Weil Sie sich nicht um sie bemüht haben.
Stimmt. Das habe ich nie gekonnt, den Liebenswürdigen da zu spielen, wo ich keine Liebe empfand.
Ohne die Dunkelheit hätte er das tiefe Rot sehen

können, das über ihre Wangen flog bei diesen Worten, denen sie einen Sinn verlieh, den er wohl kaum hineingelegt hatte. Sie wollte dem Auffrischen dieser allzu gut bewahrten Vergangenheit ein Ende machen und ihn auf seine Reisen bringen, weil sie hoffte, dann selbst nichts sagen zu müssen. Dies Mittel wirkt beinahe immer bei Leuten, die gereist sind, zumal bei solchen, die in fernen Ländern waren.

Sie haben eine herrliche Zeit hinter sich! So möchte ich auch einmal reisen können.

Aber Darcy war nicht zum Erzählen aufgelegt. Unvermittelt fragte er: Wer war der Herr mit dem Schnurrbart, der bei Frau Lambert mit Ihnen sprach? Nun errötete Julie noch tiefer: Ein Freund meines Mannes. Ein Offizier aus seinem Regiment. Und nicht gesonnen, sich das Thema Orient nehmen zu lassen, fuhr sie fort: Es heißt, daß alle, die den stets blauen Himmel des Südens gesehen haben, nirgendwo anders mehr leben mögen.

Mir hat er gründlich mißfallen, ich weiß nicht warum... Ich meine den Freund Ihres Mannes, nicht den blauen Himmel. Übrigens bewahre Sie der Herrgott vor jenem blauen Himmel, gnädige Frau! Er wird einem zu guter Letzt so zum Überdruß, weil er sich immer und ewig gleich bleibt, daß man das schmutzigste Pariser Nebelwetter als den wundervollsten Anblick genießen würde. Glauben Sie mir, nichts greift die Nerven mehr an als dieser blaue Himmel, der gestern blau war und morgen wieder blau sein wird. Wenn Sie ahnten, mit welcher Un-

geduld und welcher immer neuen Enttäuschung man eine Wolke erwartet, ersehnt.
Sie haben trotz alledem ziemlich lange unter jenem blauen Himmel ausgehalten!
Wie hätte ich es ändern können? Hätte ich meinen Wünschen folgen dürfen, so wäre ich rasch genug in die Nähe der *Rue Belle-chasse* zurückgekehrt, nachdem ich das bißchen Neugier, das die Wunder des Ostens nun einmal erregen, befriedigt hatte.
Mancher Reisende würde vielleicht dasselbe sagen, wenn er es wagte so offen zu sein wie Sie... Wie verbringt man eigentlich seine Tage in Konstantinopel und den anderen Städten dort unten?
Es gibt dort, wie anderswo auch, verschiedene Arten, die Zeit totzuschlagen. Der Engländer trinkt, der Franzose spielt, der Deutsche raucht, und besonders muntere Leute bringen etwas Abwechslung in ihre Vergnügungen, indem sie auf die Dächer steigen, um sich die Schönen des Landes näher anzuschauen und dafür gelegentlich eine Flintenkugel in die Rippen zu bekommen.
Dieser Beschäftigung haben wohl auch Sie Ihre meiste Zeit gewidmet?
Keineswegs. Ich habe Griechisch und Türkisch gelernt und mich dadurch lächerlich gemacht. Wenn ich meine Depeschen auf der Gesandtschaft erledigt hatte, habe ich gezeichnet, oder ich bin an die Süßen Wasser geritten, oder an den Strand gewandert und habe ausgeschaut, ob nicht ein angenehmes Menschenangesicht aus Frankreich oder sonstwoher auftauchen wollte.

Ich denke mir das eine große Freude, so fern der Heimat Landsleuten zu begegnen.
Gewiß. Aber wie viele Krämerseelen kommen auf einen einzigen brauchbaren Menschen, oder was noch schlimmer ist: junge Dichter erscheinen und rufen, sobald sie einen von der Gesandtschaft ererspähen: Zeigen Sie uns die Ruinen! Führen Sie mich in die Sophienmoschee, auf die Berge, an das azurne Meer; ich muß die Stelle schauen, wo Hero wehklagte. Wenn sie dann ihren Sonnenstich weg haben, riegeln sie sich in ihr Zimmer ein und wollen nichts andres mehr sehen als die neuste Nummer des *Constitutionnel*.
Sie sehen überall nur das Schlimmste. Nicht ein bißchen gebessert haben Sie sich! Sie sind immer noch der alte Spötter!
Nun sagen Sie selbst, Gnädigste: soll es einem armen Teufel, der im Höllenfeuer schmort, auch nicht einmal vergönnt sein, sich über seine Leidensgenossen ein bißchen lustig zu machen? Im Ernst: Sie haben keine Ahnung, was für ein gottverlassenes Dasein wir dahinten in der Türkei führen. Wir Gesandtschaftssekretäre gleichen den Schwalben, die nirgends Ruh' noch Rast finden. Für uns gibt es keine traute Freundschaft, die doch das Schönste im Leben ist... (Seine Stimme hatte seltsamen Klang; er rückte näher an Julie heran.) Alle die Jahre habe ich keine Menschenseele gefunden, der ich meine Gedanken hätte sagen können.
Hatten Sie denn gar keine Freunde dort?
Ich sagte Ihnen, daß es das im Auslande nicht gibt.

Zwei hatte ich in Frankreich zurückgelassen; der eine ist tot, der andre in Amerika, von wo er erst in Jahren zurückkommt, wenn ihn das gelbe Fieber nicht festhält.
So sind Sie einsam?
Ganz einsam.
Hat Ihnen die Gesellschaft von Frauen im Osten nicht einigen Ersatz geboten?
Die ist das Schlimmste von allen. An die Türkinnen ist gar nicht zu denken. Von den Griechinnen und Armenierinnen kann man als einziges Lob sagen, daß sie bildhübsch sind. Von den Damen der Gesandtschaft und der Konsulate erlauben Sie mir zu schweigen. Das ist Staatsgeheimnis. Wollte ich meine Meinung sagen, so würde ich mir schön schaden beim Auswärtigen Amt.
Mich dünkt, Ihr Beruf ist Ihnen nicht allzusehr ans Herz gewachsen. Und ehedem ersehnten Sie sich doch nichts glühender als die Diplomatenlaufbahn!
Damals kannte ich das Handwerk noch nicht. Heute möchte ich viel lieber Pariser Straßenkehrer sein.
Mein Gott, wie können Sie so etwas sagen! Paris ist das ödeste Nest auf Gottes Erdboden!
Nicht lästern! Ich möchte Ihr Klagelied hören, wenn Sie zwei Jahre in Neapel gelebt hätten.
Ach Neapel, brennend gern möchte ich das sehen. Natürlich gemeinsam mit meinen Freunden!
Ja, unter dieser Bedingung machte ich die Reise um die Welt! Das wäre gerade, als bliebe man in seinem Salon, und die Welt zöge an den Fenstern vorbei wie in einem Panorama.

Und wenn das zuviel verlangt ist, würde ich mich auch mit einem ... mit zwei Freunden begnügen.

Und was mich anbelangt, ich wäre noch bescheidener. Ich möchte nur einen einzigen — oder eine einzige, fügte er lächelnd hinzu. Aber ein solches Glück ist mir nie widerfahren und wird mir auch nie begegnen. Er seufzte dabei, fuhr aber heiterer fort: Ich habe wahrhaftig immer Pech gehabt. Zweierlei habe ich mir in meinem Leben von Herzen gewünscht und bis heute nicht erreicht.

Nämlich?

Nichts so Besonderes. Ich war leidenschaftlich darauf erpicht, mit jemandem Walzer zu tanzen. Ich habe diesen Tanz gründlichst studiert und monatelang geübt, allein, mit einem Stuhl, um das Schwindelgefühl zu überwinden, das mich jedesmal ergriff. Und als es mir gelungen war...

Mit wem wollten Sie denn so gern tanzen?

Wenn ich Ihnen nun verriete, daß Sie es waren? Und als ich endlich mit viel Mühe ein untadeliger Walzertänzer geworden war, da verbot Ihre Großmutter, deren neuer Beichtvater ein Jansenist war, den Tanz in einem Tagesbefehl, der mir noch heute im Magen liegt!

Und Ihr andrer Wunsch? fragte Julie in tiefer Verwirrung.

Der zweite? Ich gebe ihn preis. Ich wünschte mir, das war zuviel verlangt vom Schicksal, ich wünschte mir, geliebt zu werden, geliebt... Das war vor dem Walzertraum. Sie sehen, ich bin nicht chronologisch... Ich wünschte mir, von einer Frau geliebt zu werden, die mich einem Balle vorgezogen hätte. Sie wissen, das ist der gefährlichste Nebenbuhler! Also von einer Frau, vor der ich in schmutzigen Stiefeln hätte erscheinen dürfen, im Augenblick, als sie in ihren Wagen steigen will, um auf den Ball zu fahren. Und sie, in ihrem Ballstaate, hätte ganz schlicht gesagt: *Wir bleiben zu Haus!* So etwas ist natürlich verrückt! Man muß nicht Unmögliches fordern.

Sie Böser. Immer Ihre spöttischen Glossen. Nichts findet Gnade vor Ihren Augen. Sie unerbittlicher Frauenverächter.

Ich? Gott soll mich bewahren! Über mich selber ziehe ich doch her. Heißt das die Frauen verunglimpfen, wenn ich feststelle, daß sie einen angenehmen Ballabend einem Alleinsein mit mir vorziehen?

Bälle und Ballstaat? Lieber Gott, wer macht sich heutzutage etwas daraus?

Sie hatte kaum im Sinne, ihr Geschlecht insgesamt zu rechtfertigen. Sie wähnte, Darcys Gedanken verstanden zu haben, und sie vernahm doch nur ihr eignes armes Herz.

Jammerschade, daß der Karneval vorüber ist! Ich habe ein allerliebstes griechisches Kostüm mitgebracht, das Ihnen entzückend stehen müßte.

Sie zeichnen es mir in mein Album!

Von Herzen gern. Sie werden staunen, was für Fortschritte ich gemacht habe, seit ich auf Ihrer Frau Mutter Teetisch Männchen malte... Ich gratuliere Ihnen übrigens, gnädige Frau. Heute morgen habe

ich im Ministerium erfahren, daß Ihr Herr Gemahl demnächst zum Kammerherrn ernannt wird. Es hat mich sehr gefreut.
Unwillkürlich erbebte Julie. Darcy bemerkte es nicht und fuhr fort: Erlauben Sie mir, daß ich mir sofort Ihre Protektion erbitte. Im Grunde beglückt mich indes Ihre neue Würde nicht allzusehr. Sie werden den ganzen Sommer in Saint-Cloud verweilen müssen, und so werde ich nicht allzu oft die Ehre haben, Sie zu sehen.
Ich gehe nicht nach Saint-Cloud, nie und nimmer! rief Julie in tiefster Erregung.
Um so besser! Denn Paris ist das Eden, das man niemals verlassen sollte, außer um eines Diners bei Frau Lambert willen, hin und wieder, aber immer unter der Bedingung, daß man abends zurückkehrt. Sie Glückliche, daß Sie in Paris leben dürfen! Ich bin vielleicht nur kurze Zeit hier, aber Sie stellen sich nicht vor, wie glücklich ich mich in der kleinen Wohnung fühle, die meine Tante mir überlassen hat. Und Sie, Sie wohnen, wie ich höre, im Faubourg Saint-Honoré. Man hat mir Ihr Haus bezeichnet. Ihr Park muß köstlich sein, vorausgesetzt, daß die Bauwut seine Alleen nicht schon in Mietskasernen umgewandelt hat.
Nein, der Park ist gottlob noch unberührt.
An welchem Tage empfangen Sie, gnädige Frau?
Ich bin beinahe jeden Abend zu Haus, und ich werde mich herzlich freuen, wenn Sie dann und wann kommen wollen.
Wie Sie sehen, tue ich, als ob unser altes Bündnis

noch bestände; ohne jedwede gesellschaftliche Form lade ich mich selbst zu Gaste. Sie verzeihen mir, gnädige Frau? Außer Ihnen und Frau Lambert kenne ich keine Seele mehr in Paris. Alle haben mich vergessen. Ihre beiden Häuser sind die einzigen, nach denen ich mich in meiner Verbannung gesehnt habe. Bei Ihnen muß es reizend sein, Sie verstanden es vortrefflich, Ihre Freunde zu wählen. Entsinnen Sie sich der Pläne, die Sie für die Zeit machten, wo Sie selbst Hausherrin sein würden? Ihr Salon sollte allen Langweiligen verschlossen sein. Zuweilen sollte musiziert werden, immer aber geplaudert, bis spät in die Nacht. Eingebildete Leute sollten verpönt sein. Nur ein paar Menschen wollten Sie um sich sammeln, die einander vollkommen kannten und infolgedessen nicht danach trachteten, voreinander zu lügen und etwas zu scheinen. Dazu ein paar geistvolle Frauen — wie könnten Ihre Freundinnen anders sein? — und so sollte Ihr Haus das alleranziehendste von ganz Paris werden. Sie Glücklichste der Frauen! Sie machen jeden glücklich, der in Ihre Nähe kommt.
Julie dachte, daß das Glück, das er so farbenfroh ausmalte, ihr eigen hätte sein können, wenn sie einen Andern geheiratet hätte, Darcy beispielsweise. Nur langweilige Menschen hatte ihr Mann ihr zugeführt. Anstatt anregender Plauderstunden gab es Reibereien zwischen den Ehegatten, wie jener Auftritt, der sie zu Frau Lambert getrieben hatte. Sie fühlte sich schließlich todunglücklich auf ewige Zeiten, bis an ihr Lebensende an das Schicksal ei-

nes Mannes gekettet, den sie haßte, den sie verachtete. Und er, der ihr als der liebenswürdigste erschien, in dessen Hände sie ihr Glück hätte legen mögen, er mußte immerdar ein Fremder für sie bleiben. Es war ihre Pflicht, ihn zu meiden, ihn zu fliehen... und er saß so dicht neben ihr, daß er sie berührte.

Darcy malte noch eine geraume Weile die Freuden des Pariser Lebens aus mit dem ganzen Feuer eines Menschen, der sie lange hatte entbehren müssen. Julie liefen die Tränen über die Wangen. In ihrer Angst, Darcy möchte sie gewahren, suchte sie sich gewaltsam zu bezwingen und verschlimmerte dadurch nur ihre Aufregung. Sie wagte nicht sich zu rühren und war dem Ersticken nahe. Da entrang sich ihr ein Schluchzen, und nun war alles verloren. Sie schlug die Hände vor das Gesicht und weinte, halbtot vor Scham.

Darcy, der auf so etwas nicht im mindesten vorbereitet war, verstummte erschrocken. Aber als das Weinen stärker wurde, fühlte er sich verpflichtet, etwas zu sagen, nach der Ursache ihres Kummers zu fragen.

Was ist Ihnen, gnädige Frau? Um Himmels willen, liebe gnädige Frau, sagen Sie mir, was Ihnen fehlt!

Da die Ärmste statt aller Antwort ihr Taschentuch nur fester an ihre Augen preßte, faßte er ihre Hand und entwand ihr sanft das Tuch.

Ich bitte Sie, meine liebe gnädige Frau, ich flehe Sie an: was haben Sie? Bin ich schuld an Ihrem Kummer? Ihr Schweigen bringt mich in Verzweiflung.

Seine Stimme klang verändert. Der Ton drang Julie tief ins Herz. Sie vermochte sich nicht mehr zu halten. Ach, ich bin so furchtbar unglücklich, schluchzte sie fassungslos.
Unglücklich? Warum? Wer kann Sie unglücklich machen? Antworten Sie mir!
Dabei drückte er ihre Hände und neigte sich zu ihr nieder, so daß sein Gesicht beinahe das ihre berührte. Sie weinte fort, ohne zu antworten. Darcy wußte nicht, was er denken sollte, aber ihre Tränen rührten ihn. Er fühlte sich sechs Jahre jünger, und vor ihm schwebte ein Zukunftsbild, das er sich bis dahin nicht ausgemalt hatte: vom Vertrauten konnte er vielleicht eines Tages zu Höherem aufsteigen. Weil Julie so gar nicht antwortete, fürchtete er zuletzt, sie fühle sich nicht wohl. Er ließ ein Wagenfenster herunter, löste ihre Hutbänder und wickelte sie aus Mantel und Schal. Männer sind linkisch in solchen Dingen. Er rief dem Kutscher zu, im nahen Dorfe zu halten. Da faßte Julie seinen Arm und bat, weiterfahren zu lassen. Ihr sei bedeutend wohler. Der Kutscher hatte gottlob nichts gehört und lenkte seine Pferde weiter auf Paris zu.
Aber ich bitte Sie inständig, meine liebste gnädige Frau, sagte Darcy, indem er ihre Hand wieder faßte, die er einen Augenblick freigegeben, ich beschwöre Sie: vertrauen Sie mir an, was Ihnen fehlt. Ich fürchte... Ich kann nicht begreifen, wie ich so ungeschickt habe sein können, Ihnen weh zu tun!
Ach, Sie doch nicht! Julie drückte leise seine Hand.
Dann sagen Sie mir, wer Sie so zum Weinen bringt.

Haben Sie Vertrauen zu mir. Bin ich nicht Ihr alter Freund? Dies letzte sagte er mit einem Lächeln und einem Händedruck.
Sie sprachen von dem Glück, in dem Sie mich wähnen. Und dieses Glück ist so fern von mir.
Wie? Haben Sie nicht alles, was zum Glück gehört? Sie sind jung, reich, schön. Ihr Gemahl nimmt in der Gesellschaft einen hervorragenden Rang ein.
Er ist mir zuwider! rief Julie wie von Sinnen. Ich verachte ihn! Und sie barg ihr Gesicht in ihrem Taschentuch und schluchzte rückhaltlos.
Aha, dachte Darcy, die Geschichte wird ernst. Geschickt benützte er jeden Stoß des Wagens, um der Weinenden näher zu rücken. In zartem, zärtlichem Tone tröstete er: Warum sich so betrüben? Darf jemand, den Sie verachten, soviel Macht über Ihr Leben haben? Warum lassen Sie es zu, daß er Sie um Ihr Glück betrügt? Warum suchen Sie es nur bei ihm?
Und er küßte ihr die Fingerspitzen. Entsetzt entzog sie ihm die Hand. War er zu weit gegangen? Gleichviel, er wollte wissen, woran er war, und mit einem Seufzer sagte er heuchlerisch: Wie habe ich mich geirrt. Als ich von Ihrer Heirat hörte, dachte ich, Herr von Chaverny habe Ihnen ernstlich gefallen.
Ach, Herr Darcy, Sie haben mich nie gekannt.
Ihr Ton sagte deutlich: ich habe Sie immer geliebt. Sie haben es nur nicht merken wollen! Die Ärmste war im Augenblick des festen Glaubens, sie habe Darcy in den entschwundenen sechs Jahren immer geliebt wie in diesem Augenblick.

Und Sie, meine teure Freundin, haben Sie jemals mich gekannt? Haben Sie je geahnt, wie es in meinem Innern aussah? Wenn Sie mehr von mir gewußt hätten, wären wir heute beide glücklich.
Wie bin ich unglücklich! wiederholte Julie unter heißen Tränen und preßte seine Hand.
Auch wenn Sie mich verstanden hätten, gnädige Frau, fuhr Darcy mit seiner gewohnten schmerzlichen Ironie fort, was hätte es geholfen? Ich war arm, Sie waren vermögend. Ihre Frau Mutter hätte mich entrüstet abgewiesen. Ich war von vorneherein verdammt. Und Sie selbst, Julie? Eine trübe Erfahrung hat Ihnen jetzt gezeigt, wo das echte Glück liegt. Aber damals hätten Sie mich ganz sicher für meine Anmaßung ausgelacht. Damals ließen Sie sich von einem vornehmen lackierten Coupé mit der Grafenkrone blenden.
Ach Himmel, auch Sie? Keiner hat Mitleid mit mir.
Vergebung, liebste Julie, rief er nun selber sehr bewegt, Vergebung! Ich bitte Sie, vergessen Sie meine häßlichen Worte! Ich habe gewiß kein Recht, Ihnen Vorwürfe zu machen. Ich nicht. Ich bin schuldiger als Sie; ich habe Sie nicht richtig eingeschätzt. Ich hielt Sie für ebenso feige wie die Frauen Ihrer Welt. Ich bin grausam dafür gestraft, Sie Liebe!
Feurig küßte er ihre Hände. Sie ließ sie ihm. Er zog sie an sich, aber sie stieß ihn heftig erschrocken zurück und rückte so weit wie möglich von ihm ab. Mit so schwermütiger Stimme, daß der Sinn seiner Worte noch bitterer wurde, sagte er: Verzeihung, meine Gnädigste; ich vergaß, daß wir in Paris sind. Ich

erkenne meinen Irrtum: hier wird geheiratet, aber nicht geliebt.
O doch! flüsterte sie schluchzend. Ich habe Sie lieb. Und sie ließ ihren Kopf auf des Mannes Schulter sinken.
Entzückt nahm Darcy sie in die Arme. Zärtlich küßte er ihr die Tränen weg. Sie machte noch einen Versuch, sich aus seiner Umklammerung zu befreien. Es war und blieb der letzte.

XII

Darcy hatte sich über das Wesen seiner Erregung betrogen; er war eigentlich nicht verliebt. Er hatte eine Gelegenheit genützt, die sich ihm anbot, und die es verdiente, daß man sie nicht ausließ. Übrigens war er wie alle Männer bedeutend beredter, wenn es galt zu bitten, als zu danken. Er war überaus höflich; und Höflichkeit täuscht oft tiefere Empfindungen vor. Als der Rausch verflogen war, überschüttete er Julie mit zärtlichen Redensarten, wie sie ihm geläufig waren. Und dazu küßte er ihr immer wieder die Hände, was ihm Worte ersparte. Er sah ohne Bedauern, daß der Wagen in Paris einfuhr und daß er sich in kurzem von der eroberten Frau zu verabschieden hatte. Julie verharrte bei all seinen Beteuerungen in tiefstem Schweigen. Sie erschien gänzlich teilnahmlos. Er fand seine Lage schwierig, unangenehm. Julie lehnte reglos in ihrer Ecke und zog mechanisch ihren Schal fest um sich. Sie weinte nicht mehr. Sie starrte geradeaus. Und wenn Darcy ihre Hand hob und küßte, fiel sie, sobald er sie frei gab, wie leblos in ihren Schoß zurück. Sie redete kein Wort, hörte kaum mehr. Nur eine Flut schmerzlichster Gedanken drängte in ihr. Wollte sie einen aussprechen, so schloß ihr der nächste bereits den Mund. Wie die Schläge ihres Herzens, so jagten sich die Bilder in ihr; ein unentwirrbares Chaos. Worte ohne Zusammenhang surrten in ihren Ohren, aber alle schienen sie den gleichen gräßlichen Sinn zu haben. Am Morgen hatte sie ihren Mann beschuldigt; er war gemein in ihren Augen. Jetzt war sie tausendmal niedriger. Ihr war, als müsse ihre Schmach überall bekannt sein. Die ausgehaltene Freundin des Herzogs von H*** würde sie belächeln. Frau Lambert, alle ihre Freunde würden sich von ihr lossagen. Und Darcy? Hatte er sie lieb? Er kannte sie ja kaum. Er hatte in der Ferne nie an sie gedacht, sie gar nicht sofort wiedererkannt. Sie war ihm vielleicht sehr verändert vorgekommen. Er war kühl; das war der Gnadenstoß für sie. Wie konnte sie sich so hinreißen lassen vor einem Manne, der sie kaum kannte, ihr keine Liebe, nur Höflichkeit gezeigt hatte. Unmöglich konnte er sie lieben! Liebte sie denn ihn? Nein. Sonst hätte sie sich nicht gleich nach seiner Abreise verheiraten können.

Die Turmuhren schlugen ein Uhr, als der Wagen in Paris einfuhr. Um vier Uhr hatte sie Darcy zum erstenmal gesehen. Jawohl: *gesehen,* nicht *wiedergesehen,* denn sie hatte ihn vergessen gehabt. Er war ihr ein Fremder gewesen. Neun Stunden später war sie seine Geliebte. Neun Stunden hatten

genügt zu dieser rätselhaften Bezauberung, hatten genügt, sie zu entehren vor sich selber, vor Darcy. Denn was konnte er denken von einer Frau, die so wenig widerstand? Er mußte sie ja verachten.
Zuweilen überließ sie sich etwas der weichen Stimme und den zärtlichen Worten ihres Gefährten. Dann mühte sie sich zu glauben, daß er wirklich die Liebe empfand, die er beteuerte. Und sie redete sich ein, daß sie ihm seinen Sieg nicht leicht gemacht hätte; daß ihre Liebe schon seit ehedem bestand; daß Darcy wisse, sie habe den Andern nur aus Trotz über sein Fortgehen geheiratet. Alles Unrecht war bei ihm. Allerdings hatte er sie während seiner langen Abwesenheit immer geliebt. Und war bei seiner Rückkehr glücklich, sie so treu zu finden. Ihr offnes Geständnis, ja ihre Schwachheit mußten ihn, der Verstellung haßte, über alles erfreuen.
Die Unhaltbarkeit solcher Überlegungen blieb ihr indes nicht lange verborgen. Alle tröstlichen Vorstellungen schwanden. Scham und Verzweiflung überfielen sie wieder.
Einmal faßte sie den Mut, ihm ihr Herz zu öffnen; sie sah sich von der Gesellschaft verfemt, von ihrer Familie verstoßen. Ihr Stolz ließ es nicht zu, daß sie ihren Mann, dem sie so schweres Unrecht angetan hatte, wiedersah. Darcy liebte sie, so redete sie sich ein. Sie konnte nur ihn allein lieben, ohne ihn nicht glücklich sein, mit ihm überall. Sie wollte ihm vorschlagen, er solle mit ihr an einen Ort gehen, wo keine Gefahr bestand, daß sie vor

Bekannten zu erröten brauchte. Er solle sie mit nach Konstantinopel nehmen.
Darcy war meilenweit entfernt zu ahnen, was in ihrem Herzen vor sich ging. Er bemerkte, daß der Wagen in die Straße einbog, wo Julie wohnte. Gelassen streifte er seine Lederhandschuhe über.
Ich muß natürlich deinem Manne offiziell vorgestellt werden, sagte er. Ich denke, wir werden bald gute Freunde sein. Darf ich dich inzwischen, während er noch auf der Jagd ist, besuchen?
Julien erstarb das Wort auf den Lippen. Jede Silbe war ein Dolchstoß für sie. Wie sollte sie von Entführung und Flucht reden zu diesem Menschen, der so kühl und klar nur daran dachte, sein Verhältnis für die Sommermonate auf die beste Art in Ordnung zu bringen? In ihrer Empörung zerriß sie ihr goldnes Halskettchen und knetete die Glieder in ihren Fingern.
Da hielt der Wagen vor ihrem Portal. Darcy war eifrig bemüht, ihren Schal um ihre Schultern zu ordnen, ihren Hut zurechtzurücken. Er stand am Wagenschlag und bot ihr ehrerbietig die Hand beim Aussteigen. Aber Julie sprang zur Erde, ohne seine Hilfe in Anspruch zu nehmen.
Gnädige Frau, ich erbitte mir die Erlaubnis, mich morgen nach Ihrem Befinden erkundigen zu dürfen, sagte er mit tiefer Verbeugung.
Leben Sie wohl! erwiderte Julie tonlos.
Darcy stieg wieder in seinen Wagen und fuhr nach Hause. Er pfiff dabei vor sich hin wie einer, der mit sich und dem Tage zufrieden ist.

XIII

In seiner Junggesellenwohnung angelangt, zog Darcy seinen türkischen Schlafrock und seine Hausschuhe an und stopfte sich mit feinstem türkischen Tabak eine lange Pfeife, deren Rohr aus bosnischem Kirschholz bestand und ein Bernsteinmundstück hatte. Man mag sich über diese alltägliche Beschäftigung wundern in einem Augenblick, wo er sich poetischeren Träumen hätte hingeben sollen. Aber eine gute Pfeife ist nützlich, sogar notwendig zum Träumen, und ein Glück wird erst richtig genossen, wenn man ihm ein andres Glück gesellt. Ein sehr gefühlvoller Freund Darcys öffnete keinen Brief seiner Geliebten, ohne vorher seine Krawatte abgelegt, ein Feuer im Kamin angefacht und sich selber auf einem bequemen Diwan ausgestreckt zu haben.

Ich wäre ein schöner Narr gewesen, sagte sich Darcy, wenn ich, wie Tyrrel mir riet, eine griechische Sklavin gekauft und mit nach Paris gebracht hätte. Das wäre, weiß Gott, nichts andres gewesen als Eulen nach Athen tragen. Zum Glück hat die Zivilisation in meiner Abwesenheit Fortschritte gemacht. Unnahbarkeit ist altmodisch geworden. Der arme Chaverny! Aber, wäre ich vor Jahren reich gewesen, so hätte ich Julie geheiratet, und heute abend wäre es vielleicht Chaverny gewesen, der sie nach Hause brachte. Wenn ich jemals heirate, so lasse ich den Wagen meiner Frau des öfteren nachsehen, damit sie nicht auf fahrende Ritter angewiesen ist, die sie aus dem Straßengraben ziehen.

Also gut! Alles in allem ist Julie ein schönes Weib und hat auch Geist. Wenn ich nicht schon betagt wäre, könnte ich denken, daß sie mich um meiner selbst willen... Unsinn! In etwa vier Wochen sind meine Vorzüge in ihren Augen kaum mehr wert als die von wer weiß wem... Du lieber Gott, warum konnte die kleine Nastasia, die ich so geliebt habe, nicht lesen und schreiben und eine Unterhaltung mit anständigen Leuten führen. Ich glaube, sie ist das einzige Weib, das mich geliebt hat. Armes Ding!

Seine Pfeife war ausgebrannt, und alsbald schlief er ein.

XIV

Als Julie in ihrem Zimmer war, mußte sie ihre ganze Kraft aufbieten, um mit natürlicher Stimme der Zofe sagen zu können, sie bedürfe ihrer nicht, sie wünsche allein gelassen zu werden. Sobald das Mädchen hinaus war, warf sich Julie auf ihr Bett und weinte noch viel schmerzlicher, jetzt da sie allein war, da Darcys Gegenwart sie nicht mehr zu einiger Beherrschung zwang.

Unleugbar übt die Nacht einen starken Einfluß auf seelisches wie körperliches Leiden aus. Sie taucht alles in dunklere Farben, und die Dinge, die am Tage nicht so schlimm, vielleicht sogar freundlich scheinen, beunruhigen und quälen den Menschen des Nachts wie böse Geister, die nur im Dunkeln Macht haben. Die Gedanken arbeiten mit gesteigerter Lebhaftigkeit, während die vernünftige Überlegung zurücktritt. Ein Gaukelspiel im Gehirn verwirrt und schreckt einen, aber man bringt nicht die Kraft auf, die Ursache dieser Schrecknisse zu beseitigen oder kaltblütig zu erforschen.

Julie lag halb entkleidet auf ihrem Bett und warf sich ruhelos hin und her. Bald glühte sie im Fieber, bald ward sie von eisigen Frostschauern geschüttelt; beim leisesten Knacken im Holzwerk erbebte sie, und deutlich vernahm sie jeden Schlag ihres Herzens. In ihr war nichts als dumpfe Angst, über deren Ursache sie vergeblich nachsann, bis urplötzlich die einzelnen Szenen dieses verhängnisvollen Abends, eine nach der andern, vor ihrem inneren Auge wieder auftauchten. Zugleich erwachte bohrend, glühend, wie heißes Eisen in einer vernarbenden Wunde, der Schmerz von neuem in ihr. Sie sah die Lampe an und starrte blicklos in die flackernde Flamme, bis Tränen ihr das Licht verschleierten, die, sie wußte nicht warum, in ihren Augen aufquollen.

Weshalb weine ich eigentlich? fragte sie sich. Ach, meine Frauenehre ist dahin!

Dann wieder zählte sie mechanisch die Fransen an ihren Bettvorhängen; aber immer vergaß sie die Zahl.

Bin ich von Sinnen? Ja, wahnsinnig bin ich, dachte sie. Hätte ich mich sonst vor einer Stunde einem wildfremden Manne hingegeben wie eine Straßendirne? Nun schaute sie stumpfen Blicks dem Zeiger der Standuhr zu, voller Bange wie ein Verbrecher, der die Todesstunde erwartet. Da schlug die Uhr. Julie schrak zusammen.

Vor drei Stunden war ich die Seine, ich Ehrlose!
Sie brachte die ganze Nacht in dieser fieberhaften Erregung zu. Als der Morgen graute, öffnete sie das Fenster, und die frische, prickelnde Morgenluft brachte ihr etwas Erleichterung. Das Fenster ging nach dem Garten. Sie bog sich hinaus und sog wollüstig die kalte Luft ein. Allmählich kam etwas Ordnung in ihre Gedanken. Den Qualen des Fieberrausches folgte tiefe Niedergeschlagenheit, die fast ein Ausruhen war.
Sie mußte zu einem Entschlusse kommen, und sie überlegte, was sie tun solle. Nicht einen Augenblick dachte sie daran, Darcy wiedersehen zu wollen. Das kam ihr unmöglich vor; sie wäre vor Scham vergangen. Weg von Paris, wo man übermorgen schon mit Fingern auf sie weisen würde! Ihre Mutter war in Nizza; zu ihr mußte sie, ihr alles gestehen. Dann, wenn sie ihr Herz ausgeschüttet hatte, blieb ihr nur noch eines: irgendwo in Italien einen gottverlassenen Winkel suchen, wo kein Fremder hinkam, wo sie einsam leben und bald sterben würde.
Dieser Entschluß machte sie ruhiger. Sie setzte sich an ein Tischchen ans Fenster, legte den Kopf in die Hände und weinte, doch diesmal ohne Bitternis. Schließlich überwältigten sie Müdigkeit und Erschöpfung; sie schlummerte ein, oder vielmehr sie hörte eine Stunde lang auf zu denken.
Fiebernd erwachte sie. Das Wetter war umgeschlagen; eisiger Sprühregen kündigte Nässe und Kälte für den ganzen Tag an. Julie schellte der Zofe.

Meine Mutter ist krank, sagte sie zu ihr. Ich muß sofort nach Nizza. Packen Sie meinen Koffer! In einer Stunde reise ich.
Aber gnädige Frau, was ist Ihnen? Sind Sie nicht selber krank? Gnädige Frau haben sich ja gar nicht niedergelegt, rief die Zofe verwundert und erschrocken über die Veränderung in den Zügen ihrer Herrin.
Ich will reisen; ich muß reisen; unbedingt. Packen Sie den Koffer! herrschte Julie sie ungeduldig an.
In ihrer Unrast wollte Julie alle nötigen Vorbereitungen möglichst beschleunigen. Sie lief von Zimmer zu Zimmer, half beim Einpacken und stopfte Kleider und Hüte, die eine sorglichere Hand gewohnt waren, wahllos aufeinander. Ihre Hast hemmte ihre Dienerschaft mehr, als daß sie nützte.
Die gnädige Frau hat den gnädigen Herrn benachrichtigt? fragte die Zofe schüchtern. Ohne zu antworten schrieb Julie auf ein Blatt Papier: *Mutter ist krank. Ich gehe zu ihr nach Nizza.* Dann faltete sie das Papier zusammen, konnte sich aber nicht entschließen, die Adresse darauf zu setzen.
Mitten in die Reisevorbereitungen kam ein Diener mit der Meldung, Herr von Châteaufort lasse fragen, ob die gnädige Frau zu sprechen sei. Ein anderer Herr, den er nicht kenne, sei gleichzeitig gekommen und habe seine Karte abgegeben.
Julie las:

E. DARCY
Gesandtschaftssekretär

Kaum vermochte sie einen Aufschrei zu unterdrücken.

Ich bin für niemanden zu sprechen, rief sie. Sagen Sie, ich sei krank! Sagen Sie nichts von meiner Reise!
Sie begriff nicht, daß Châteaufort und Darcy gleichzeitig vorsprachen. In ihrer Verwirrung argwöhnte sie, Darcy habe Châteaufort zu seinem Vertrauten gemacht.
Dabei war dies gleichzeitige Erscheinen die einfachste Sache von der Welt. Der gleiche Beweggrund hatte Châteaufort und Darcy hergeführt. Sie waren an der Haustüre zusammengetroffen, hatten einander kühl gegrüßt, und innerlich hatte einer den andern zu allen Teufeln gewünscht. Auf des Dieners Bescheid hin stiegen sie zusammen die Treppe hinab, grüßten einander noch kühler und entfernten sich jeder in andrer Richtung.
Châteaufort war die unverhohlene Aufmerksamkeit, die Julie Darcy gewidmet hatte, nicht entgangen, und von Stund an hatte er ihn gehaßt. Darcy seinerseits, der sich einbildete, ein Menschenkenner zu sein, schloß aus Châteauforts verlegener, ärgerlicher Miene, daß er Julie liebe; und weil er als Diplomat geneigt war, das Böse *a priori* vorauszusetzen, folgerte er leichtsinnig weiter, Julie sei nicht spröd gegen jenen.
Wunderliche Heilige! dachte Darcy im Hinausgehen. Sie hat uns nicht zusammen empfangen aus Angst vor einer Auseinandersetzung wie in Molières *Menschenfeind*. Dumm von mir, daß ich nicht schnell einen Vorwand zum Bleiben erfand und den faden Kerl nicht allein gehen ließ. Hätte ich ei-

nen Augenblick gewartet, bis er fort war, so wäre ich natürlich vorgelassen worden, denn unbedingt habe ich vor ihm den Reiz der Neuheit voraus.
Während er so überlegte, war er stehengeblieben, umgekehrt und wieder vor Juliens Haus erschienen. Châteaufort, der sich ein paarmal umgedreht hatte, um ihn im Auge zu behalten, kam gleichfalls zurück und kreuzte in der Nähe, um ihn zu beobachten.

Darcy sagte dem verwunderten Diener, er habe vergessen, ihm eine Botschaft an seine Herrin aufzutragen. Es handle sich um eine eilige Sache, den Auftrag einer Dame für Frau von Chaverny. Und auf Englisch, das Julie, wie er wußte, verstand, schrieb er auf eine Besuchskarte: bittet anfragen zu dürfen, wann er Frau von Chaverny sein türkisches Album zeigen kann. Er gab dem Diener die Karte und sagte, er werde auf Antwort warten.
Er mußte lange warten. Als der Diener nach einer Viertelstunde zurückkam, war er sichtlich bestürzt: Die gnädige Frau ist ohnmächtig geworden. Sie ist noch viel zu leidend, um Ihnen eine Antwort zu geben.

Darcy glaubte nicht an die Ohnmacht. Aber es war klar, daß man ihn nicht zu sehen wünschte. Als Philosoph fand er sich in sein Geschick. Es fiel ihm ein, daß er noch andre Besuche in der Gegend zu erledigen hatte. So ging er, ohne sich über den Fehlschlag weiter aufzuregen.

Châteaufort hatte in Angst und Wut gewartet. Als er Darcy vorbeigehen sah, zweifelte er nicht, seinen glücklichen Nebenbuhler zu erblicken, und er schwor, sich bei erster Gelegenheit an der Ungetreuen und ihrem Mitschuldigen zu rächen. Er vertraute sich Perrin an, der ihm zufällig in den Weg lief; der tröstete ihn, so gut er konnte, und stellte ihm die Unwahrscheinlichkeit seines Argwohns vor.

XV

Julie war tatsächlich ohnmächtig geworden, als sie Darcys zweite Karte erhielt. Der Ohnmacht folgte ein Blutsturz, der sie außerordentlich schwächte. Die Zofe hatte nach dem Arzt geschickt, aber Julie weigerte sich hartnäckig, ihn vorzulassen.

Gegen vier Uhr standen die Postpferde bereit; die Koffer wurden aufgeschnallt; alles war zur Abreise fertig. Julie stieg in den Wagen, obgleich sie heftig hustete und in erbarmungswürdigem Zustande war. Den Abend und die ganze Nacht hindurch richtete sie nur hin und wieder ein paar Worte an den Diener, der auf dem Kutschbock saß, und immer nur, er solle den Postillon zur Eile antreiben. Sie hustete unaufhörlich und hatte sichtlich heftige Schmerzen in der Brust, war aber so schwach, daß sie ohnmächtig ward, als die Wagentüre geöffnet ward. Man brachte sie in einem elenden Gasthaus zu Bett und rief den Dorfarzt. Er stellte hohes Fieber fest und verbot die Weiterreise. Trotzdem verlangte sie immerzu weiterzufahren. Gegen Abend fing sie an zu phantasieren; ihr Zustand verschlimmerte sich zusehends. Sie redete in einemfort ohne Zusammenhang vor sich hin, mit einer solchen Schnelligkeit, daß sie kaum zu verstehen war. Die Namen Darcy, Châteaufort und Frau Lambert kamen immer wieder vor. Die Zofe schrieb an Herrn von Chaverny über die Erkrankung seiner Frau; aber Julie lag dreißig Meilen von Paris entfernt; Chaverny war zur Jagd bei dem Herzog von H***, und die Krankheit nahm ständig zu; so war es fraglich, ob er noch zu rechter Zeit eintreffen konnte.

Der Kammerdiener ritt nach der nächsten Stadt und holte einen zweiten Arzt. Dieser tadelte die Verordnungen seines Kollegen und erklärte, der Fall sei ernst; man hätte ihn früher rufen sollen.

Mit dem Morgengrauen schwanden die Fieberphantasien, und Julie schlummerte ein. Als sie drei Tage später erwachte, konnte sie sich nur mühsam darauf besinnen, durch welche Kette von Unfällen sie in dieses unsaubere Gasthauszimmer gekommen war. Indes kehrte die Erinnerung bald zurück, und sie erklärte, sie fühle sich wohler und sie wolle am nächsten Morgen ihre Reise fortsetzen. Dann lag sie lange nachdenklich, die Hand auf die Stirn gepreßt; schließlich bat sie um Feder, Tinte und Papier und wollte schreiben. Die Zofe sah, wie sie einen Brief mehrfach begann und ihn nach den ersten Worten immer wieder zerriß. Julie befahl ihr, die Fetzen sofort zu verbrennen. Dabei bemerkte die Zofe auf mehreren Blättern die Worte: *Sehr geehrter Herr,* was ihr sonderbar vorkam, wie sie nachher sagte, denn sie hatte gemeint, die gnädige Frau schreibe an ihre Mutter oder an ihren Mann.

Auf einem andern Fetzen hatte sie gelesen: *Sie werden mich verachten...*
Eine halbe Stunde lang quälte sich die Kranke, diesen Brief zu schreiben, der ihr sehr am Herzen zu liegen schien. Dann mußte sie ermattet den Versuch aufgeben. Sie stieß das Schreibpult zurück, das man ihr aufs Bett gesetzt hatte, und befahl halb irr der Zofe: Schreiben Sie an Herrn Darcy! – Was soll ich schreiben, gnädige Frau? fragte das Mädchen, überzeugt, die Kranke rede wieder im Fieber. Schreiben Sie ihm, daß er mich nicht kennt.... daß ich ihn nicht kenne...
Erschöpft sank sie in die Kissen zurück. Es waren ihre letzten klaren Worte. Das Fieber kam wieder und blieb. Am nächsten Morgen starb sie, offenbar ohne mehr viel zu leiden.

XVI

Chaverny kam drei Tage nach der Beerdigung. Sein Schmerz war wohl echt. Die Dorfleute wischten sich die Augen, als sie ihn vor dem frischen Grabhügel stehen sahen. Sein erster Gedanke war, die Tote ausgraben und nach Paris überführen zu lassen. Aber der Bürgermeister war dagegen, und der Notar stellte ihm die endlosen Formalitäten vor, die dazu nötig wären. Da begnügte er sich damit, ein schlichtes, aber würdiges Grabmal aus Marmor zu bestellen.
Châteaufort traf Juliens plötzlicher Tod tief. Er schlug mehrere Balleinladungen aus, und lange Zeit sah man ihn ganz in Schwarz.

XVII

In der Gesellschaft wurde Frau von Chavernys Tod in verschiedener Form erzählt. Nach der einen Lesart hatte sie einen Traum gehabt oder vielleicht mehr eine Vorahnung, die ihr eine schwere Erkrankung ihrer Mutter ankündigte. Das hatte sie so betroffen, daß sie trotz der starken Erkältung, die sie sich auf der Heimfahrt vom Schlosse Lambert zugezogen hatte, auf der Stelle nach Nizza abgereist war. Die Erkältung hatte sich zur Lungenentzündung entwickelt.

Andre meinten hellsichtiger, Frau von Chaverny habe sich ihre Neigung zu Herrn von Châteaufort nicht mehr verhehlen können und zu ihrer Mutter eilen wollen, um bei ihr Kraft zum Widerstande zu finden. Erkältung und Lungenentzündung seien eine Folge der überstürzten Reise gewesen. In diesem Punkte war man sich einig.

Darcy sprach niemals von Julie. Ein Vierteljahr nach ihrem Tode schloß er eine vorteilhafte Heirat. Als er Frau Lambert seine Vermählung anzeigte, beglückwünschte sie ihn mit den Worten: Ihre Frau ist wirklich reizend. Nur meine arme Julie hätte ebensogut zu Ihnen gepaßt. Schade, daß Sie damals nicht reich genug waren, als sie heiratete.

Darcy lächelte sein gewöhnliches ironisches Lächeln. Aber er sagte kein Wort.

Vielleicht waren die beiden Herzen, die einander nicht erkannt haben, doch für einander geschaffen.

Nachwort

„Er weckte bei denjenigen, die ihn am meisten bewunderten, auch einen gewissen Widerstand, wie Menschen seiner Art eine gewisse instinktive Abneigung jener Naturen zu Hilfe kommt, die sie gern beherrschen möchten."
Diese Worte schrieb Arthur Symons im Vorwort zu einer Sammlung von Prosper Mérimées Erzählungen; man könnte es so ausdrücken, daß zwischen Mérimée und seinem Leser die Momente eines gewissen Widerwillens wie die Namen von Sekundanten in einem Duell ausgetauscht werden. Wir schlagen „Matteo Falcone" mit dem Gefühl auf, daß es die Zeit des Sonnenaufgangs ist und daß unser überaus versierter Gegner plötzlich kalt entschlossen durch die Wälder auf uns zuschreitet und uns in wenigen Minuten eine Kugel durch den Kopf jagt. Wir sterben für etwas, das nur Gott kennt, doch Mérimée erweckt in uns das Empfinden, daß unser Schicksal nicht mehr bedeutet als das kalte Aufblitzen eines Diamanten am dunklen Finger des Todes. Für Mérimée ist das Leben ein Feldzug.
Wir, die wir zwei Kriege mitgemacht haben, empfinden ein merkwürdiges Interesse für einen Autor wie ihn. Er stößt uns ab und zieht uns gleichzeitig an. Als Verfasser von Novellen muß man ihn zweifellos als Meister bezeichnen, und in der Konstruktion von Handlungen – oder man sollte besser sagen: bei der Darstellung bewußt handelnder Menschen – ent-

wickelt er übermenschliche Exaktheit. „Ich habe in der letzten Zeit meine Nächte damit verbracht, für die Nachwelt zu schreiben", schrieb er in den „Briefen an eine Unbekannte" *(Lettres à une Inconnue)*. Das ist sicherlich wahr. So wie sich Leichen unendlich lange im Eise halten, oder wie ein Fliege für immer in Bernstein eingebettet bleibt, so wirken seine Erzählungen für jede Generation wieder absolut neu. Es bedeutet manchmal eine Anstrengung, sich mit den großen Gestalten der Literatur zu beschäftigen. Aber Mérimée bleibt immer kristallklar, exakt, durchscheinend, und man findet sofort Kontakt mit ihm. Interessant ist, daß er es ablehnt, als groß zu gelten; ich will sagen: im theatralischen Sinne des 19. Jahrhunderts ablehnt, ein großer Mann zu sein. Wenn seine Zeitgenossen in Frankreich oder England zum Perückenmacher gehen, um sich als Prophet, als Denker oder als Schwärmer zurechtmachen zu lassen, um dann im Augenblick, da sie den Höhepunkt ihrer Laufbahn erreichen, das entsprechend würdige Äußere aufzuweisen, so schreckt Mérimée davor zurück. Wo die anderen positiv und aggressiv sind, ist er negativ und kritisch. Ihrem Jahrhundert entsprechend werden die anderen zu großen Männern. Die Rolle, die sie spielen, ihr Anghängerkreis bedeuten alles für sie. Doch wenn wir Mérimée betrachten, so scheint es uns, daß er bei Anblick von so viel fieberndem Egoismus, daß er beim dem Anlaufen der menschlichen Motore und allem damit verbundenen Lärm für sich ohne besondere Bescheidenheit den Beschluß faßt, auf *der* Stelle stehenzubleiben, von der die anderen fortbrausen. Und wir wissen, daß es sein Ziel war – ein einzigartiges Ziel für einen Schriftsteller –, kein großer Mann zu sein, sondern als Gelehrter sowohl wie als Gentleman geachtet zu werden; ein englischer Gentleman, so wie ihn sich romantische Franzosen vorstellen. Hierin war Mérimée ebenso Schauspieler, ebenso Nachfahr der Romantiker und ebensosehr Prophet wie seine übrigen Zeitgenossen. Er war einfach die andere Seite der Medaille. Genau wie Stendhal enthüllt er die andere Seite der Romantik: das Streben nach persönlicher Macht und einer primitiven Rechtfertigung dieses Machtbedürfnisses. Er ist kein Aristokrat, der durch seincn Stand eine gewisse Macht erbt; er ist der Intellektuelle, er ist der Sekretär oder Diener der Aristokraten, der trotz seines Machtwillens zum Freidenker wird, dessen ungeachtet jedoch Macht sucht, ausprobiert und – übertreibt. Bei seinen Personen spielt der rüchsichtslose private Streit die große Rolle, und seine Menschen werden von Stolz oder Eitelkeit zum Machtstreben angestachelt. Und wenn die eine oder andere Seite gewonnen hat, oder wenn sie sich beide gegenseitig umgebracht haben – was bleibt dann üb-

rig? Mérimée ist ein viel zu ehrlicher Künstler und ein viel zu klarer Kopf, um uns glauben machen zu wollen, daß solchen Leuten etwas anderes bleibt als die Leere des Sieges. Der Krieg wirkt auf Köpfe und Herzen ebenso unweigerlich zerstörend wie der Krieg auf dem Kontinent. Er ist unbedingt vom Übel. Ein Lachen mag aufklingen, das uns schaudern läßt, wie Colombas Hohn, als sie sich, zufrieden über die ausgeübte Rache, zurücklehnt; aber im allgemeinen läßt uns Mérimée abrupt auf der leeren Bühne stehen, wo kein Mitleid sich entwickeln kann. Denn Mitleid ist überhaupt nicht geweckt worden.
In dieser Geisteshaltung wirkte Mérimée prophetisch. Er war der Vorreiter für eine Art von Schriftstellern, die Nachfolger der Propheten sein könnten. Seine kritische Intelligenz und der harte Klang seines Rapiers, der einen Intellekt ohne Herz verrät, wecken ein Echo in uns. Er ist der Lehrer, der Künstler, der Dichter der Gefühllosigkeit. Er ist – man mag es kaum aussprechen – hart. Wir haben oft geglaubt, daß die Visionen, die Gefühlsseligkeit und die Kontemplationen des 19. Jahrhunderts uns enttäuscht haben. Wir wenden uns darum Mérimée zu, der sein Herz verhärtet, sich darauf vorbereitet, nach Entwicklung äußerster Strategie und genauer Einstellung auf das Ziel zurückzustoßen, und der erklärt, daß das Ziel des Menschen eine so festbegründete Selbst-

kontrolle sein muß, ein so verkapptes Mißtrauen, daß er niemals betrogen werden kann. Sein Beschluß, „niemals betrogen zu werden", ist berühmt geworden. Das Wort ruft uns ein anderes gebräuchliches Wort seiner Zeit ins Gedächtnis zurück: mißbraucht.
Und doch, wie erfrischend ist Mérimée. Wie wunderbar benutzt er eine Pause in der Handlung. Der Schock tritt erst am Ende seiner Geschichten ein. Und dieser wird aus dem Gedächtnis ausgelöscht durch den Schock, den wir bei Beginn einer neuen Geschichte erfahren: einen Schock der Freude und der angenehmen Erwartung, mit etwas Neuem, Unbekanntem in Berührung zu kommen. Mérimée ist niemals langweilig. Er schreibt wie ein begabter Erzähler, nonchalant, ausgeglichen, aber immer wachsam. Langweilig ist der Mann, der alles erzählt, aber Mérimée gerät nicht in diese Falle. Scine weise Beschränkung im Erzählen liegt in seiner zurückhaltenden, geistig geschulten Art begründet. Man könnte seine Kürze bedauern, die eine Frucht des Mißtrauens war, und hinzusetzen, daß ein Mann, der nie betrogen wird, das Leben nie voll auslebt – „Das Leben ist der Narr der Zeit" –, aber wenn Mérimée abrupt ist, so verfügt er auch über die seltene Gabe des Ordnens, die für einen guten Erzähler so wesentlich ist. Mérimées Ordnungssinn ermöglicht es ihm, seine Szenen genau wie Turgenjew und Puschkin in

in kurzen Zügen und sicher vor unseren Augen erstehen zu lassen. Er weiß zum Beispiel, wieweit er auf örtliche Sitten eingehen muß, wieviel in seinen Anekdoten über die Vendetta enthalten sein muß, damit die Vendetta unserer Geschichte über allem Geschehen wie eine dunkle, nicht zu vertreibende, gefahrenbergende Wolke hängt. Daß wir uns seiner Art der Konstruktion durchaus bewußt sind, erhöht nur den Reiz seiner Geschichten. In jeder Phase der Handlung wissen wir, daß uns Nebensächlichkeiten, mit denen uns andere Schriftsteller belästigen, erspart bleiben, und daß wir von einem Geiste geleitet werden, der es versteht, Unwichtiges auszulassen. Eine der vielen Schwierigkeiten, die ein Romanschreiber zu überwinden hat, ist die genaue Schilderung der Situation, und viele Schriftsteller, die größer sind als Mérimée, scheiterten daran. Was Mérimée verliert, weil er gewisse Seiten des Charakters seiner Personen vernachlässigt, gewinnt er durch prägnantere Klarheit.

In ihrer Isolierung der Macht, der Energie und des Stolzes von allem übrigen im Leben haben Stendhal und Mérimée prophetisch den Faschismus vorausgesehen. Bei Mérimée kommt eine Vorliebe für primitive Charaktere hinzu. Seine wissenschaftliche Art und seine geistige Freiheit schützen ihn vor dem Wunsch nach Rückkehr in einen primitiven Zustand oder in eine gnadenlose Welt. Er lehnte es ab, eine organische Geschichtsauffassung zu haben. Er war Anthropologe und nicht Mystiker. Seine Ähnlichkeit mit Byron ging nur so weit, daß er wie ein Gentleman mit einem Spleen wirkte. Er hat etwas Gemeinsames mit Puschkin, den er übersetzte. Doch war er ein härterer, erstarrter Puschkin, der immer auf der Hut war. Seine Art des Denkens wurde durch Skepsis bestimmt.

V.S. Pritchett

Choderlos de Laclos
Gefährliche Liebschaften

Aus dem Französischen von Franz Blei
Mit einem Nachwort von Renate Briesemeister

Die Marquise de Merteuil, Angehörige der höchsten Pariser Gesellschaftskreise, spielt ein gefährliches Spiel der Liebe. Sie, die den Schein der Tugendhaftigkeit zu wahren weiß, knüpft Beziehungen, um sie und damit die Beteiligten zerstören zu können.

»Unter den erotischen und gesellschaftskritischen Romanen des französischen 18. Jahrhunderts vielleicht der klügste, kühlste, unsentimentalste. Literarisch und psychologisch glänzend.« *Hermann Hesse*

»Hätte ich zehn Romane auszuwählen, ohne Rücksicht auf ihre Herkunft, ich nähme als erste zwei französische: *Die Kartause von Parma* und *Gefährliche Liebschaften*.« *André Gide*

Zwei Filme – zwei Welterfolge:
Stephen Frears *Gefährliche Liebschaften* mit Glenn Close, John Malkovich und Michelle Pfeiffer, ausgezeichnet mit drei Oscars, und Miloš Formans *Valmont* mit Colin Firth und Annette Bening.

● **Carson McCullers**
Ausgewählt von Anton Friedrich. Aus dem Amerikanischen von Elisabeth Schnack

● **Meistererzählungen aus Irland**
Geschichten von Frank O'Connor bis Bernard Mac Laverty. Herausgegeben von Gerd Haffmans. Mit einem Essay von Frank O'Connor, bio-bibliographischen Notizen und Literaturhinweisen. Erweiterte Neuausgabe 1995

● **Herman Melville**
Aus dem Amerikanischen von Günther Steinig. Nachwort von Hans-Rüdiger Schwab

● **Prosper Mérimée**
Aus dem Französischen von Adolf V. Bystram und Arthur Schurig. Mit einem Nachwort von V. S. Pritchett

● **Conrad Ferdinand Meyer**
Mit einem Nachwort von Albert von Schirnding

● **Frank O'Connor**
Aus dem Englischen und mit einem Nachwort von Elisabeth Schnack

● **George Orwell**
Ausgewählt von Christian Strich. Aus dem Englischen von Felix Gasbarra, Peter Naujack, Alexander Schmitz, Nikolaus Stingl u.a.

● **Edgar Allan Poe**
Ausgewählt und mit einem Vorwort von Mary Hottinger. Aus dem Amerikanischen von Gisela Etzel

● **Alexander Puschkin**
Aus dem Russischen von André Villard. Mit einem Fragment ›Über Puschkin‹ von Maxim Gorki

● **Joachim Ringelnatz**
Ausgewählt von Winfried Stephan

● **Saki**
Aus dem Englischen von Günter Eichel. Mit einem Nachwort von Thomas Bodmer und Zeichnungen von Edward Gorey

● **Arthur Schnitzler**
Herausgegeben und mit einem Nachwort von Hans Weigel

● **Georges Simenon**
Aus dem Französischen von Wolfram Schäfer, Angelika Hildebrandt-Essig, Gisela Stadelmann, Linde Birk und Lislott Pfaff

● **Muriel Spark**
Aus dem Englischen von Peter Naujack und Elisabeth Schnack

● **Stendhal**
Aus dem Französischen von Franz Hessel, M. von Musil und Arthur Schurig. Mit einem Nachwort von Maurice Bardèche

● **Robert Louis Stevenson**
Aus dem Englischen von Marguerite und Curt Thesing. Mit einem Nachwort von Lucien Deprijck

● **Adalbert Stifter**
Mit einem Nachwort von Julius Stöcker

● **Leo Tolstoi**
Ausgewählt von Christian Strich. Aus dem Russischen von Arthur Luther, Erich Müller und August Scholz

● **B. Traven**
Ausgewählt von William Matheson

● **Iwan Turgenjew**
Herausgegeben, aus dem Russischen übersetzt und mit einem Nachwort versehen von Johannes von Guenther

● **Mark Twain**
Mit einem Vorwort von N.O. Scarpi

● **H. G. Wells**
Ausgewählt von Antje Stählin. Aus dem Englischen von Gertrud J. Klett, Lena Neumann und Ursula Spinner

Victor Hugo im Diogenes Verlag

Der letzte Tag eines Verurteilten

Aus dem Französischen und mit einem Vorwort von W. Scheu

1828 kam Victor Hugo über den Platz der Guillotine, als dort die letzten Vorbereitungen für eine Hinrichtung getroffen wurden. Der Scharfrichter veranstaltete eine Art Generalprobe. Am anderen Morgen setzte sich Victor Hugo an seinen Schreibtisch und begann die Niederschrift seines Buches *Der letzte Tag eines Verurteilten*. Er vollendete diese Arbeit in drei Wochen. Der Verleger erwartete das Werk voller Ungeduld. Anfang 1829 erschien es gedruckt. Es ist ein dramatisches Plädoyer gegen die Todesstrafe. Ein dramatischeres wurde in der Tat wohl niemals geschrieben.

»Ich habe nachgedacht über diejenigen, die leiden. Das ist mein ganzer Ruhmestitel.« *Victor Hugo*

Der Glöckner von Notre-Dame

Roman. Deutsch von Philipp Wanderer
Mit einem Nachwort von Arthur von Riha

»Es dürfte sich bei *Notre-Dame de Paris* um den größten historischen Roman der Romantik handeln. Das Kolorit des späten Mittelalters ist sowohl in der Schilderung von Massenszenen als auch in der von einzelnen Lebensbereichen, schließlich auch in der Zeichnung hervorragender historischer Persönlichkeiten wie des dämonischen Ludwig XI. gegenwärtig.«
Christian Schäfer

Die literarische Vorlage für zwei legendäre Verfilmungen: 1939 von William Dieterle mit Maureen O'Hara, Charles Laughton, Sir Cedric Hardwicke, Edmond O'Brien; 1956 von Jean Delannoy mit Gina Lollobrigida und Anthony Quinn in den Hauptrollen.

Das Teufelsschiff

Roman. Deutsch von Hans Kauders
Mit einem Nachwort von Christian Schäfer

Gilliatt, der Fischer mit dem Ruf eines Zauberers, ein ›Hiob des Ozeans‹, lebt auf der Insel Guernesey und liebt Déruchette, die Nichte des Reeders. Eines Nachts erleidet der verwünschte Dampfer Durande Schiffbruch, und *Das Teufelsschiff* wird vom wütenden Meer an einen Felsen geschleudert, an dem es hängenbleibt. Im Kampf mit ungeheuren Naturgewalten bietet Gilliatt sämtliche Kräfte auf, um aus dem Wrack wenigstens die ›unheimliche technische Neuerung‹ zu retten, die Maschine. Doch alles gewinnt er damit nicht...
Das Teufelsschiff war Vorlage zu Jules Vernes Roman *Zwanzigtausend Meilen unter Meer.*

»Mein ganzes Sein ist erschüttert nach der Lektüre dieses seltsamen und starken Romans.« *Emile Zola*

»Die französische Literatur besitzt keinen zweiten Dichter, der mit gleicher Gewalt eine solche Fülle von Bildern zusammengefügt, so mächtige Symbole heraufbeschworen, Klänge und Rhythmen so meisterhaft gehandhabt hat wie Victor Hugo.« *André Gide*

Charles Baudelaire im Diogenes Verlag

Die Tänzerin Fanfarlo und Der Spleen von Paris

Prosadichtungen
Aus dem Französischen von Walther Küchler

»... diese kleinen Spielereien gingen aus einer großen geistigen Konzentration hervor. Dennoch hoffe ich, daß es mir gelingt, ein sonderbares, jedenfalls noch fremdartigeres und eigenwilligeres Werk zu schaffen als die *Blumen des Bösen*, in dem ich das Grauenhafte mit dem Närrischen und sogar das zarte Gefühl mit dem Haß verbinde... Im Grunde sind es die *Blumen des Bösen* noch einmal, aber mit viel mehr Freiheit, Details und Spott gestaltet.« *Charles Baudelaire*

»Weil es aber etwas anderes ist, das Ungesehene zu erkunden und das Ungehörte zu erlauschen als nur den Geist des Abgestorbenen wieder zu beleben, ist Baudelaire der erste Seher, König der Dichter, ein wirklicher ›Gott‹.« *Arthur Rimbaud*

Die Blumen des Bösen

Gedichtzyklus. Deutsch von Terese Robinson

»Mein lieber Freund, ich habe *Die Blumen des Bösen* zuerst von Anfang bis Ende verschlungen wie eine Köchin einen Feuilletonroman, und nun lese ich den Band seit acht Tagen Vers für Vers und Wort für Wort noch einmal; ja, er gefällt mir und bezaubert mich. Ich liebe Ihre Schärfe mit ihren sprachlichen Köstlichkeiten, die sie zur Geltung bringen wie Damaszierungen auf einer feinen Klinge. Was mir vor allem an Ihrem Buch gefällt, ist, daß darin die Kunst den Vorrang hat. Außerdem besingen Sie das Fleisch, ohne es zu lieben, auf eine traurige und indifferente Weise, die mir

sympathisch ist. Sie sind hart wie der Marmor und durchdringend wie der englische Nebel.«
Gustave Flaubert an Charles Baudelaire

»Baudelaire scheint mir eminent gebildet gewesen zu sein; womöglich war er in der Kunst der Verstellung Meister. Übertrug man ihm eine diplomatische Sendung? Nein? Jedenfalls stelle ich ihn mir als einen Salonmenschen von erster Qualität vor.«
Robert Walser

»Vielleicht hätte nur Walter Benjamin die Klassik von Terese Robinsons Baudelaire-Übertragung durch Modernität übertroffen.« *Alfred Andersch*

»*Les fleurs du mal* von Baudelaire: ein Buch fürs Leben, für *alle* Leben.« *Rainer Maria Rilke*

Gustave Flaubert

Madame Bovary

Sitten der Provinz

Roman. Aus dem Französischen von René Schickele und Irene Riesen. Mit den Rezensionen von Sainte-Beuve, Jules Barbey d'Aurevilly und Charles Baudelaire und einem Nachwort von Heinrich Mann

»Die meisten Romane veralten schnell, nach einer Generation kann man sie nicht mehr lesen. *Madame Bovary* hat die Zeit überdauert. Sie liest sich, als sei sie heute geschrieben. Es gibt keinen klassischeren Roman.« *Otto Flake*

»Das Erscheinen von *Madame Bovary* war eine Umwälzung für die gesamte Literatur. Es schien, daß die Technik des modernen Romans, auf die man im Riesenwerk Balzacs schon hie und da stoßen konnte, in den vierhundert Seiten eines einzigen Buches klar umrissen und formuliert worden war. Die neue Kunst hatte ihre Grammatik gefunden.« *Émile Zola*

»Bei der *Bovary* hat man von der ersten Zeile an das Gefühl, niemals enttäuscht zu werden.«
William Faulkner

»Eine Handvoll literarischer Gestalten hat mein Leben nachhaltiger geprägt als manches Wesen aus Fleisch und Blut, das ich gekannt habe... Aber es hat keine Gestalt gegeben, mit der ich ein dauerhafteres und eindeutig leidenschaftlicheres Verhältnis gehabt hätte als mit Emma Bovary.« *Mario Vargas Llosa*